フェスティバル照明の魔術師

スリダール・ダスの信じられない物語

Translated to Japanese from the English version of
The Wizard of Festival Lighting: The Incredible Story of Sridhar Das

Samragngi Roy

Ukiyoto Publishing

2024 年発行

国際標準図書番号 9789364943789

www.ukiyoto.com

デディケイション

魔法使いに捧げる、
マジシャン、パイオニアその人である。

少しでも燃えないなら、火遊びをする意味はないだろう?

-ブリジット・デヴュー

謝辞

祖父の人生の物語を私に託してくれたことに、私はいつも恩義を感じている。さらに、祖母のスミトラ・ダスと両親のサンガミトラ・ダスとデビェンドゥ・モハン・ロイには、この物語に大きく貢献してくれたこと、今の私を作ってくれたこと、そして激動の時代を威厳と気品をもって乗り切るためにいつもそばにいてくれたことに感謝したい。また、弟のスワルネンドゥ・モハン・ロイには、私が彼のプリンターを使う必要があるときはいつでも、あまり迷惑をかけず、非常に快く協力してくれたことに感謝したい。

リミ・B・チャタルジー教授には、私の最初の読者の一人であり、インスピレーションとサポートの宝庫であり、本書の最初の章の編集を手伝ってくれたことに感謝している。教師、指導者、哲学者として、私の人生に変革をもたらしてくれたサンタヌ・ビスワス教授、私の突拍子もない研究アイデアを常に奨励し、私の学問的努力を評価してくれたラファト・アリ教授、最も素晴らしいコースを提供し、私の創造的・学問的努力を認め、助けが必要なときにはいつでも効果的に指導してくれたアビジット・グプタ教授、ラミット・サンマダー教授、ピナキ・デ教授の名前を挙げることはできません。ジャダヴプール大学の友人たちには、人生で最も困難な時期を乗り越えてくれたことに心から感謝している。

また、ナンディタ・パルチョードゥリ、ネリーヌ・モンダル、ウジャル・モンダル、アミヤ・ダス、シプラ・ダス、カルヤン・チャクラボルティには、私が入手できなかったであろう極めて重要な情報を提供してもらい、それがなければ本書は永遠に不完全なままだっただろうと感謝している。愛情深い叔父のアビジット・ダスとスロジット・ムカルジー、叔母のロパムドラ・ムカルジーとサゴリ・チャタルジーは、毎日私を幸せにしてくれ、どんな時もそばにいてくれた。

そして何よりも、私の文芸エージェントであるディプティ・パテル、出版社のレヌカ・チャタルジー、編集者のタヒラ・タパーに心から感謝したい。あなたがいなければ、この本を世に問う機会はなかったし、この本に誇りを持つこともなかった。スピーキング・タイガー・ブックスさん、希望を捨てかけていた私の努力を認め、認めてくれて本当にありがとう。宇宙がこうなるように仕向けてくれたのだろう。

ジャーニー・アフター・ミッドナイト

パンジャブライフインドからカナダへ

ウジャル・ドサンジ

インド独立の数カ月前にパンジャーブ地方の田舎町で生まれたウジャル・ドサンジは、18 歳のときに単身イギリスに移住し、夜間学校に通いながらクレヨンを作ったり列車の運転をしたりして 4 年間を過ごした。4 年後、彼はカナダに移住し、製材所で働きながら、やがて法律の学位を取得し、移民の女性や男性、農場労働者、宗教的・人種的マイノリティのための正義に尽力した。

2000 年には、ブリティッシュ・コロンビア州首相に選出され、西側世界で初めて政府を率いたインド出身者となった。その後、カナダ議会議員に選出された。

ジャーニー・アフター・ミッドナイト 』は、豊かで多様な経験と稀有な信念に満ちた人生の説得力ある物語である。1950 年代から 60 年代初頭にかけてのパンジャブ地方での生活、19 世紀後半から現在に至るまでのイギリスとカナダにおけるインド移民の経験、独立後のパンジャブとパンジャブ系ディアスポラにおける政治（シーク教徒の武装化期を含む）、そして世界でも有数の平等主義国

家であるカナダにおける民主主義プロセスの内情について、ウジャル・ドサンジは魅力的な洞察力をもって書いている。また、移民一世という二重のアイデンティティについても、珍しく率直に書いている。そして、パンジャブ・コミュニティ内の退嬰的で過激な傾向に反対しながらも、いかにして母国の差別的な政策に反対するキャンペーンを展開する必要に迫られているかを語っている。1980 年代、カリスタン運動に反対する彼の率直な意見は、殺害予告や悪質な身体的暴行につながり、1985 年のエア・インディア 182 便爆破事件の犠牲者になるのを間一髪で免れた。しかし、彼が母国と呼ぶ 2 つの国、カナダとインドにおける民主主義、人権、グッドガバナンスを擁護する姿勢は揺るぎない。彼の自伝は現代を鼓舞する一冊だ。

真鍮の手帳

回想録

デヴァキ・ジャイン

アマルティア・セン序文

この率直な回顧録の中で、デヴァキ・ジェインは南インドでの幼少期、マイソールとグワリオールのプリンスリー国家でデューワンを務めた父親との安楽な生活から始まる。しかし、正統派のタミル・ブラフミン一家で育ったがゆえの制約もあったし、肉食系男子の危険性についてもあまり語られることはなかった。1955 年、22 歳のとき、オックスフォードのラスキン・カレッジで初めて自由を味わった。

オックスフォードでは哲学と経済学の学位を取得したが、学費を払うためにカフェで皿洗いをするという苦難も味わった。彼女が官能的な生活と出会ったのもこの地だった。オックスフォード大学とハーバード大学でのロマンチックな恋愛や、最愛の父の意に反して結婚した夫ラクシュミ・ジェインとの〝不似合いな男の子〝との恋に落ちたことを、珍しく率直に書いている。

デバキの職業生活は、インフォーマル経済で働く〝貧しい〝女性労働者の問題に深く関わるようになった。国際的な舞台では、南の植民地化された国々が、かつての植民地支配者であった富裕で強力な国々に対抗するために、自分たちの声を届けるために戦っていた。彼女の仕事は、ヴィノバ・バーベ、ネルソン・マンデラ、ヘンリー・キッシンジャー、アイリス・マードックといった世界の指導者や思想家たちとの接触をもたらした。

著者ノート

この本を書くことは、私にとって難しい作業だった。私は、自分がほとんど知らない時代に没頭し、私の周りにいるほとんどすべての人がその一部でありながら、私が描こうとしている全体像に誰も気づいていない歴史に、首まで浸からなければならなかった。私はこれまで知らなかった事実や事件を発見し、それらと折り合いをつけるのに苦労した。その中には、私が愛し、共に育ってきた人たちや、よく知っていると思っていた人たちが含まれていた。しかし、過去にさかのぼると、私はこれらの見慣れた人々を非常に見慣れない方法で見るようになった。しかし、これはフィルターのない物語だと自信を持って言える。私は、真実を正確に伝えようと最善を尽くしてきた。ある事件、人物、出来事の展開、迷走している情報の断片など、問題があるように思われるかもしれないが、それはまさにそのように記憶されているからだ。私自身、語り手として完璧であろうとしたわけではないし、絶対的な人物の肖像画を描こうとしたわけでもない。私が試みたのは、人間的な愚かさ、偏見、不完全さ、偽善をすべてそのままに人間を提示することだ。

そして、私自身、この物語にとても親しみがあり、特に私が書いた人物のことが好きなので、私の欠点や偏見も物語の様々な場面で無意識のうちに現れていることは間違いない。

この物語を書くのが難しかったもうひとつの理由は、私が頼りにしなければならなかったのは、主に祖父の記憶、私の家族、親戚、知人、新聞、記事、ネットの書き込み、ドキュメンタリー、インタビューから得た世間の記憶だけだったからだ。というのも、私は祖父の記憶が急速に薄れ始めた時期にこの本を書き始めたからだ。私たちが知っているように、記憶というのは非常に不確かなものだ。記憶を事実と取り違えてはいけないことは分かっている。しかし、私は 1971 年以来、祖父の人生と闘争に大きく関わってきた祖母に、あらゆる情報を照合するよう最善を尽くした。とはいえ、それ以前の数年間の出来事も彼女にとっては謎である。文書がなかったため、これらの出来事の正確性をチェックする方法がなかった。これは、言及された事件が起こらなかったことを意味するものではない。それらは祖父の最も古いコアな思い出の一部であり、祖父も様々なフォーラムでそれらについて長く語っているからだ。しかし同時に、私は作者としての創造的な自由を行使して、いくつかのギャップを埋め、ある数学の解が小数点以下まで続くときに四捨五入するように、いくつかのエピソードに肉付けしなければならなかった。この本を書いている間、私は町の多くの人々と話をする機会があった。その多くは、チャンダナガルの祭りの照明が進化するすべての段階を、その栄光とともに見届けてきた古参の人々だった。ローラーの話題が出たとき、私はある論争に出くわした。子供の頃から聞いていたことだが、祖父が自動照明のパイオニアと呼ばれてきたのは、ミニチュアのアニメーションによってパネルに生命を吹き込むローラーを発明したことで有名だからだ。祖父はこのローラーをどのようにして思いついたのか、今でもはっきりと覚えているようで、この話は他の家族、彼の手伝いや弟子たち、そして 1960 年代後半に彼を知っていた旧友たちによって裏付けられた。しかし、チャンダナガルの人々の中には、祖父が芸術的なプロジェクトにローラーを使う以前から、このローラーが使われていたと考える人もいる。この関連で言及された 2 人のメカニック・アーティストはすでに存命ではないため、私はこの情報を確認することができなかった。祖父から聞いた話では、明かりのない単純な機械人物を動かすためのローラーがあり、それが彼の芸術的インスピレーションの大きな源になっていたそうだ。しかし、このローラーはミニチュア・ランプには使えなかった。当初、彼がミニチュア・ランプのアニメーションに使っていたローラーは、まったく別のメカニズムで作られたもので、当初は立体的なフィギュアではなく、パネル上のランプにしか使えなかった。その後、照明付きの立体的な機械図形が進化すると、これらすべての異なるタイプのローラーを組み合わせて使用しなければならなくなった。この議論から私が得た結論は、万能のメカニズムなど存在しないということだ。アーティストたちは、それぞれのニーズに合わせてこれらのローラーを変更し、適応させなければならなかった。

プライバシーを保護し、誤解を招かないようにするため、特定の人物の名前を意図的に変えたり、匿名にしたりしている。私は、真実は決して絶対的なものにはなり得ないと固く信じている。同じ真実を記憶し、理解し、表現する方法は人によって異なる。そのため、この物語には可能な限り他の視点も盛り込むようにした。祖母と母がそれぞれの声で語る章があり、名声の暗黒面や軽視されがちな側面を明らかにしているからだ。そのほかにも間奏曲の中で重要な役割を果たし、既存の情報にさらなる次元を与えてくれる人物がいる。彼らとの会話は、ほとんどが非公式のインタビュー・パターンに従っている。他の多くの声、他の多くの視点、他の多くの事件を入れたかったが、そうすればこの本は完成しなかっただろう。私は、私が入手した情報に忠実であること、ある複雑なメカニズムの背後にある論理を理解することに私の文系脳が強い抵抗を示したとしても、それぞれの発明の技術的な詳細を理解し説明することに全力を尽くしたつもりである。ベストを尽くしたことは言うまでもない。

目次

プロローグ

子供の頃は、松明で遊ぶのが好きだった。それが始まりだった。あとは知っての通りだ』。

パワーポイントのプレゼンテーションは祖父のシンプルな言葉で締めくくられ、会場からは耳をつんざくような拍手が送られた。ステージの照明が明滅し、サリーをまとった女性がステージの演壇に歩み寄り、喉を鳴らしてからワイヤレスマイクのスイッチを入れた。祖父は決して雄弁な人ではなかった。彼に期待できるのは、冷厳な事実だけだった。彼は自分の話を誇張したり、哲学的に語ろうとしたりすることはなかった。彼はいつも口数の少ない男で、心の中で起こっていることを言葉にするのが難しい。どこかに講演に招かれるたびに、何を話そうかと眠れぬ夜を過ごしたことは一度もなかった。彼は、聴衆が何か心を揺さぶるような、やる気を起こさせるような、人生の目的を発見させるような、あるいは瞑想から叩き起こさせるようなものを期待していることを知っていたが、その期待に応えようとはしなかった。彼はその期待を裏切ることを楽しんでいたのかもしれない。今回も同じだった。スピーチの準備はしていなかった。壮大なイベントで、私は少し不安だった。しかし、今回は予想外のことが起こった。

祖父は緊張していた。彼の目は輝き、額のシワは深くなり、歯を見せて笑う手は震えていた。私にはまったく馴染みのないことだった。

心臓がバクバクしている」と彼はささやいた。

心配しないで」私は驚いて彼の手を取った。もう何百万回もやっていることだから」。

なんて言っていいかわからない」と彼は告白した。準備しておくべきだった』。

君は君でいてくれ、いいね？私は彼に言った。自信を持って。君はスターだ。ただそこに行って、少し輝けば、みんな眩しくなる』。

彼は好意的に私を見て、『君なしでどうすればいいんだ』と言った。

どんなに努力しても、彼は私の誘惑に打ち勝つことはできなかった。彼の崇拝者たちから絶え間ない賛辞を受けながらも、彼が最も楽しみにしていたのは、私の賛辞の言葉だった。私は幼い頃から、自分が彼に振りかざしているこの力をあからさまに意識していたし、彼の心の鍵を握っているのは他の誰でもないという知識に絶大な誇りを抱いていた。私は彼をセレブ気分にさせることに喜びを感じ、彼の輝かしく幸せそうな瞳に映し出される自分の小さな姿を見るまでやめなかった。

ステージで転ばないことを祈ります」と彼は不安を口にした。滑りやすそうだから！階段が狭いから』。そうはさせない。だから私はここにいるんだ』。私は彼を安心させた。さあ、落ち着いて、彼女があなたについて言う素晴らしいことを全部聞いてください』。

スポットライトが女性を照らし、彼女のシルバーの首飾りがキラリと光った。ざわめきと拍手が静まり、誰もが目と耳を澄ましていた。

フーグリー川のほとりの美しい町チャンダナガルは、かつてフランスの植民地として有名だった。この小さな町は、絵のように美しく、文化と遺産がユニークに融合しているため、世界中から磁石のように観光客を惹きつけている。ご存知のように、ジャガドハトリ・プージャーはこの町の主要な社会文化行事である。しかし、チャンダナガルの名を歴史のページに刻み込んだものは他にもある......」。

スワブミのホールの壁が「ライト！」と反響し、祖父と私は歓喜と緊張のこもった視線を交わした。

始まりは、小さな電気トーチに魅了された少年でした。好奇心旺盛な少年は、トーチの光だけでは満足せず、その中に何が入っているのか、つまり、その電気トーチが作られるまでの機械的な部分を見たいと思ったのです」。1955 年、まだ 7 年生だった彼は、学校で行われたサラスワティ・プージャの盛大な祝典のために、ボランティアで照明を担当した。彼はライトを走らせることができると主張した。友人たちが彼の夢物語を馬鹿にし、夜な夜な町を観光している間、この毅然とした若者はアイドルの背中に隠れて学校の教室にこもり、3 つの麦の空き缶の中に 3 つの小さな電球を固定した。以前は彼の能力を疑い、勉強をほとんどしない少年を軽蔑の目で見ていた教師たちも、今では驚きと誇りに満ちあふれている。そして、それがこの少年の輝かしいキャリアの始まりであり、チャンダナガルの「自動照明」の始まりだった」。

祖父の繊細な心臓の鼓動が聞こえてきそうだった。

はい、みなさん」と、その女性は顔をほころばせた。彼はシャンダナガルの街路照明のパイオニア、シュリ・スリダール・ダスに他なりません」！ロンドンの厳かなテムズ・フェスティバルからロシアで開催された華麗なインド・フェスティバルまで、ダスのイルミネーションは彼自身の名前だけでなく、彼の愛する町チャンダナガルの名前も不滅のものにしてきた。アイルランドのクィーンズ大学では 2 週間以上彼の照明が輝き、マレーシアの有名企業から高給での正社員登用のオファーがあったが、ダスは祖国への愛ゆえに誘惑に屈しなかった。彼はインド国内外から非常に多くの賞や表彰を受けており、チャンダナガル市公社の元市長であるアミヤ・ダス氏は、それらを保存・展示することのみを目的とした観光ギャラリーを建設する可能性を検討した」。

彼女は一息つくために立ち止まり、読んでいた新聞をこっそり覗き込んだ。私は圧倒されて、彼女が言ったことにほとんど集中できなかった。

今日、街灯はこのかつてのフランスの植民地で本格的な産業に発展し、何千人もの人々に生活を提供しています。この小さな町の灯りは、国境を越えて世界中を照らしています！チャンダナガル県だけで約 1 万人、フーグリー県とその近隣県で約 5 万人が、この産業に直接的・間接的に従事している。そしてすべては、貧困にあえぐ 11 歳の少年が、野心を抱き、夢を実現するために懸命に努力したことから始まったのだ』。

彼女はピッチを下げ、より真剣な表情でこう言った。では、伝説の男、シュリ・スリダール・ダスをステージに呼ぶので、両手を合わせてください！』。

祖父は泣きそうになりながら、弱々しく席を立った。ステッキに寄りかかり、少し足を引きずりながら、私が彼のすぐ後ろにいることを確認するために振り返った。主催者の 3 人が彼の椅子のところまで行き、彼の足に敬意を表して触れた後、彼がステージに上がるのに苦労しないよう、彼のために特別に作られた緩やかな傾斜のスロープに案内した。

私は歩けるようになって以来、祖父が招待される賞の催しには必ず同伴していた。私は彼と一緒にステージに上がり、彼が助けを必要としないときでも賞を運ぶのを手伝った。彼のインタビュー中、私は記者の話を遮り、より良い質問を提案し、彼が重要なことを聞き逃さないように彼と一緒にインタビューされることを要求し、祖母の無尽蔵の記憶から集めた面白い逸話で相づちを打った。私はまた、『貢献』という言葉の意味さえ知らなかった頃、彼の魅力的なキャリアに対する自分の『貢献』を自慢した。私の祖父はライトを発明したんだ！」と。実際に電球を発明したのはトーマス・アルバ・エジソンで、彼は祖父とは似ても似つかないことを知ったのはその時だった。しかし当時、祖父はこの大騒ぎに熱中し、高名な訪問者全員に私を紹介してくれた。彼は、ジャーナリストがドアをノックするたびに、必ず私をオフィスに呼ぶようにしていた。彼はギャラリーに独立したショーケースを作り、私の小さな功績を自分の功績の隣に展示した。

私はもう小さくない。私は成長し、祖父は年をとった。しかし、私たちの関係は時とともに深まるばかりだった。私が幼児の頃、彼と一緒に過ごす時間はあまりなかった。彼はキャリアの絶頂期にあり、仕事中毒だった。私たちは皆、彼の予測不可能な不機嫌さを恐れていた。彼が工場から帰ってくるたびに、私は祖母の後ろに隠れていた。しかし、時が経ち、特に仕事を引退してからは、彼はこの上なく愛情深い人物へと変貌を遂げた。彼はいつも私をとても愛してくれていたが、私への愛を行動だけで表現していた。そして子供の頃、私の愛の言葉は褒め言葉、身体的な触れ合い、そして質の高い時間だった。あの頃は祖母が私の世界だった。しかし、時が経つにつれ、彼はますます私への愛を表現するようになった。60 代になって健康上の合併症を患い、意識的に仕事量を減らすようになってから、彼は見違えるように変わった。しかし、受賞の大小にかかわらず、ステージに呼ばれる前のこの興奮と不安は、ずっと変わらないものだった。子供の頃よくしたように、この日のために明るく着飾った。まるで私が表彰されているかのようだった！しかし、今回は何かが私を引き留めた。

祖父は、私が祖父についてきていないことに気づくと、「一緒に来ないか」と尋ねた。

いいえ」と私は微笑んだ。ショーの邪魔はしたくないんだ。

あなたの出番よ！』『でもなぜ？

私はずっとあなたを訓練してきた。今度は自分でやるんだ』。

でも、転んだらどうしよう』彼はまた不安そうな顔をした。
そうだな...お前はいつもまた立ち上がってきたんだろう？

祖父は緊張した面持ちでうなずいた。

君なら大丈夫だ！』。私は彼を励ました。今すぐ賞を取りに行け！』と。

ステージで彼が受賞するのを見るのは、おそらく 100 回目くらいだったと思うが、その光景が私の心を打つことはなかった。喉にはしこりがあり、目は突然の涙をこらえるのに必死だった。最後の瞬間にあんなふうに彼を見捨てることが正しかったのかどうか、私にはわからなかった。でも、今回ばかりは観客席にいたかった。結局、これは生涯功労賞だったのだ。そしてステージには、おなじみの笑顔の彼がいた。彼の目は観客席の私を探していた。その見事な記念品を誇らしげに頭上に掲げて私に見せた彼は、まるで小さな子供のようだった。聴衆にスピーチを求められたとき、最初は感極まったように言葉を発しなかったが、やがて感情がこもった震える声で話すと、観客席は静寂に包まれた。祖父は、自分の人生とキャリアに重要な役割を果たした友人や知人たちに感謝した。その多くは近年他界しており、彼らのことを話すといつも感慨深げだった。長い間一緒に過ごした思い出の霧は、彼の涙を誘うのに十分な力を持っていた。そして、祖母のたゆまぬ努力と犠牲の上に立って彼を支え続けたこと、母もまた、成長期には不遇であったにもかかわらず、決して不平を言わなかったこと、そして最後に私のことを挙げた。彼は私を″導きの光 ″と呼び、観客席で私を指差した。1000 人の頭が突然私の方を向き、2000 人の手が元気よく拍手したので、私は非常に気まずい思いをした。彼は、その夜、親切な主催者たちが彼を招待してくれたこと、そして彼に多くの栄誉を与えてくれたことに心から感謝した。私は彼を見つめ、その晩の彼の話のうまさに驚いた。これまでで最高のスピーチだった。聴衆は彼の謙虚な言葉にスタンディングオベーションで応え、その後、報道陣の写真撮影が盛んに行われた。

あれから 1 年

最も苦しい悪夢を見たのは 2018 年 8 月中旬頃だった。それは私の祖父に関するもので、私は祖父の身に起こりうる最悪の事態を垣間見たような気がした。

私は息を切らして目を覚まし、ベッドのテーブルの上の水差しに手を伸ばした。手が震えていた。一口飲もうとして、体のあちこちが震えた。喉はカラカラ、T シャツはびしょ濡れ。息ができなかった。以前、不気味なほど現実になる夢を見たことがあった。家族の死、流産、予期せぬ健康問題といった不吉な夢はもちろん、久しぶりに誰かに会ったり、万全の態勢で臨んだテストで大失敗したりといった単純な夢でさえ、ときどき現実になった。すべて偶然だとわかっていたが、このようなことが起こるたびに、私の一部はひどく動揺していた。愛する人が悪夢にうなされると、私はパニックに陥り、数日間私を苦しめた。今回は少し個人的すぎた。

大丈夫だ』と自分に繰り返し言い聞かせた。落ち着いて。

ただの夢だった。叶うわけがない』。

ベッドに横になって、精神科医から教わった呼吸法を練習してみた。6 秒間深く息を吸い、できるだけ長く息を止め、10 秒間でゆっくりと息を吐き出す。しかし、悪夢の映像が頭の中でループする中、私は天井を見つめていた。祖母は私のそばでぐっすり眠っていた。新鮮な空気がどうしても必要だった。そこで私はふらつく足でドアに手を伸ばし、ドアを開けた。

煙の臭いが充満した濃い空気が吹き荒れる。

そしてガレージの屋根の上には、淡いブルーの星空を背景に、黒いシルエットで祖父が立っていた。手には火のついたタバコ。ようやく息を吐き出すことができた

私は長い間、無意識のうちに抱いていた。その姿に安堵して泣きたくなった。

どうして起きているの？私は悲しみを見せかけの怒りで紛ら

わし、代わりに声をかけた。

彼は振り返って目を細め、そしてこう言ったんだ。

眠れないんだ。私が彼に言えなかったのは、彼がそこにいて、生き生きと生きているのを見て、どれほど安心したかということだった。君のことを考えていたんだ。と彼は言った。

もう、そうだろう？

私は首を振った。でも、なぜ今そんなことを考えているんだ？もうすぐ午前４時だ。部屋で寝ているべきだ。そして絶対にタバコは吸わない』。

彼はすぐにタバコの火を消して捨てた。私は彼に近づき、手を差し伸べ、ゆっくりと自分の部屋に連れ帰った。彼は何も言わずに私についてきた。

いつから起きていたの？と私は尋ねた。1 時間くらいかな」と彼は言った。

それで、タバコを吸いにここまで来たんですか？彼は申し訳なさそうに言った。

何本吸いましたか』『うーん...1 本』。

しかし、私の目にはすでに、植木鉢のそばに捨てられた２本の吸い殻が映っていた。

タバコは吸うべきじゃない。健康に悪いことは分かっているはずだ。ペースメーカーをお持ちですね。あなたは COPD です。それがどれほど危険なことかは知っているはずだ！辞めたと思っていたよ。これが君のやってきたことなんだね？みんなが寝静まった夜にタバコを吸う』。

彼は一言も話さなかった。彼は静かにベッドに入った。

なぜ彼が目を覚ましていたのか、なぜ呼吸困難にもかかわらずタバコを吸っていたのか、なぜ私にそのような質問をしたのかはわからない。私は自分の部屋に戻ったが、彼が私に尋ねたことが頭から離れなかった。なぜ書くのをやめたのか？

自分の能力を信じられなくなっていたからかもしれない。おそらく、想像力を使い果たしたからだろう。10 代の頃に書いて出版した本に対する酷評、さまざまな出版社からの数え切れないほどの不採用メール、ノートパソコンのスイッチを入れるたびに無表情に私を見つめる中途半端な原稿の山、書いては書き直し、消しては書き直したセリフ、「お前はダメだ」と繰り返し言う心の声。君は決して十分じゃない』。

数ヶ月前、私は臨床うつ病と診断された。抗うつ剤を買ってから、私はそれをしまい込み、誰にもそのことを一言も話さなかった。誰も理解してくれないと思った。私の家族にはうつ病の病歴を持つ者はいなかった。ひとつひとつが自作だ。私の祖父も私の父も、特権を持つ見ず知らずの人間であり、人生において大きな苦難を乗り越えてきた。祖父と同じように、父も家族を養うために若い頃から働き始めた。私の母は、祖父の娘であるにもかかわらず、成長期には祖父がまだライトアーティストとして奮闘していたため、学費の支払いもままならず、一人ぼっちで困窮し、ネグレクトされて育った。祖母は、家事や幼い兄弟の世話をすべてこなす傍ら、自分自身の個人的な悲劇をいくつも経験していたため、自分の娘にはほとんど時間と関心を向けることができなかった。

彼女はそれを必要としていた。私の母は、さまざまな領域で、人生のさまざまな段階で、多大な虐待の被害者だった。そんな中でも、彼女は私が知る中で最も強く、最も勤勉な女性だった。彼らの誰かが私に共感してくれるなんて、どうして予想できただろう？それ以上に、彼らの目に弱く映りたくなかった。うつ病」という言葉は、彼らの耳にはまったくなじみのないものだった。

私は幼少期の大半の間、両親の闘争を目の当たりにしてきたし、弟が生まれた 8 歳まで、両親と過ごす時間はほとんどなかった。しかし、私は彼らを責めることはなかった。なぜなら、彼らが非常に懸命に働いていることを知っていたからだ。祖母に育てられた私たちは、本当に必要なものだけを買い、食事はほどほどにし、本を読むことに多くの時間を費やし、決して贅沢をしないミニマリストの生活を送っていた。祖父は有名だったかもしれないが、浪費家ではなかった。彼はいつもお金の使い方に細心の注意を払い、不必要な浪費は見下してきた。子供の頃、私には要求がほとんどなく、若いおじさんやおばさんがたくさんいた。彼らはみんなクールで楽しくて、トフィーやその他のお菓子を持ってきてくれるので、私は彼らの訪問をいつも楽しみにしていた。でも、両親にはとても会いたかった。私は彼らのことが常に気がかりで、いつまでも孤独だった。

私の人生は 10 代で大きく変わった。両親はようやく安定した仕事に就き、かつては他人事だった贅沢もできるようになった。私たちの生活水準は自然と上がり、彼らがうまくいっていることも嬉しかったが、それ以上に彼らと一緒に過ごせる時間が増えたことが嬉しかった。やっと一緒に旅行に行ったり、お祭りを祝ったりできるようになった。私たちの家は改装された。弟がいることで、より大きく、より賑やかに感じられるようになった。学校で受け入れてもらいたくて、友だちを作ろうと頑張った。しかし、同級生たちは私を冷ややかで遠い目で見ていた。私の物語には、誰も知らない重要な部分があった。

幼少期のごく初期に、私は大きなトラウマと信頼の問題を残した一連の恐ろしい経験をした。強迫性障害に苦しみ、日常生活もままならないほどだった。私は身体は弱かったが、学業はとても強かった。実際、私はそのキック感に病みつきになっていた。ほとんど無敵の気分だった。他人とコミュニケーションをとるのがかなり難しかったので、ほとんど自分の中に閉じこもり、日々の体験を日記に書き綴った。日記が唯一の友達だった。

私も愛着の問題や社会不安を抱えていた。私はよそよそしく、近寄りがたく見えたに違いないが、私は自分の正気を守るためにガードを固めていただけだ。自分の居場所がどこにもないと感じていた。学生時代は、こうした問題について深く考えたことはなかった。孤独は嫌いじゃなかった。おかげで勉強に集中でき、いい成績を取ることができた。そのおかげで自由な時間がたくさんできた。でも、学校を出たとたん、私の中で何かが切れた。私はさらに距離を置くようになった。

私がうつ病と診断される1年前、76歳だった祖父は脳萎縮症と診断された。彼はしばしば認知症の発作を起こし、言語障害を発症し、簡単なことを理解したり、一度に多くの情報を登録したりすることができなくなった。足取りはおぼつかず、動作は乱れ、挙句の果てには、よく見えない、よく聞こえないと訴えるようになった。

わずか1年の間に。

身長は180センチを超え、鋭い眼光と際立った個性を備えていた祖父は、震え上がり、自信のない老人に成り下がっていた。2005 年以来、彼は心臓を維持するためにペースメーカーに頼っていたが、彼が健康でないように感じたり、彼の重要な部分が機械に依存しているように感じたりすることはなかった。以前はとても安定していて、活発だった。一日中自分の部屋に一人で座り、物事を覚えられず、どもらずに話すことも、怒鳴られずに聞くこともできない彼の姿は、私には耐え難いものだった。かかりつけの医師は、『子供の頃のことを思い出させなさい』と言った。昔起こった出来事を詳しく話してもらいなさい。新聞の数段落を読ませ、それについて質問する。朝に2回物語を聞かせ、夕方にそれを繰り返すように頼む。悲しいことに、脳萎縮は医学で治せるものではない。その次の段階がアルツハイマーだ。避けることはできないが、遅らせることはできる。

この脳の体操の助けを借りてね

子供の頃、祖父が年老いて、ある日突然、私の人生から姿を消すと思うと、怖くて夜も眠れなかった。今は無力感を感じるだけだった。困難な時、私がインスピレーションと力を求めていつも仰いでいたのは彼だった。私は、彼がいつまでも変わらないことを当然だと思っていた。

彼に何が起こるかわからない。ついに厳しい現実に直面し、祖父のいない人生など考えられなかった。過去 20 年間、私が住み、呼吸してきた家は、37 年前に彼自身が建てた家であり、彼の象徴となっていた。壁は彼の手触りに耐えていた。1980 年代、建設費を払う余裕がなかったころ、彼は自分の手でレンガを積んだ。彼は、私の秘密の多くを守るこの壁を描いたのだ。祖父のことを考えずには、この家のことは考えられなかった。

こうした不安はやがて意識の領域を超え、より暗く濁った領域へと浸透していった。窓の外の空は、鮮やかな青の波の中に赤と金色の朝日を浴びて、ゆっくりと目覚めつつあった。鳥のさえずりが聞こえ始めた。眠りについたのは 4 時半だっただろうか。

あのね。翌朝、お茶を飲みながら祖父に『また書き始めようと思うんだ』と言ったんだ。

彼の目は嬉しそうに輝いていた。

私は本を書くつもりだ。そして今度こそ完成させるつもりだ』。

そうすべきだよ」と彼は答え、カップを一口飲んだ。そして...君のことを書くつもりだ』。

彼は驚いたように私を見た。

彼は紅茶のカップを手の中で震わせながら、「どうして？どうして私のことを読みたがるの？

他の人のことを読むのと同じ理由で」私は肩をすくめた。

でも、私のことは雑誌や新聞、あるいはドキュメンタリー番組で簡単に知ることができる。

ええ、でもそれだと、彼らはあなたの業績しか知らないでしょう」私は紅茶のカップを置いた。彼らはあなたの物語を知ることはない』。

でも、もっと人気のある有名人は他にもたくさんいるよ」と祖父は口ごもった。僕はただの...小さな町のアーティストなんだ。なぜ私の記事を読みたがるのだろう？

あなたは自作自演だから！あなたは正式な教育を受けたことがなく、あなたが得意とする分野で集めた技術的な知識や専門知識を誰かに与えられたこともない。すべて試行錯誤の結果だった。そして今日、この町はイルミネーションで国際的に有名になった。そして何千人もの人々が、かつてあなたが始めた産業で生計を立てている。それがどんなに魅力的なことかわからないの？

彼はそうではなかったようだ。私が求めていた笑顔はなかった。

他のことを書いたらどうだ？

頼むよ、ダドゥ！お願い、やらせて！』。私は懇願した。

でも、勉強や......試験はどうするんだ」と彼は心配そうに尋ねた。

妥協するつもりはない」私は彼に向き直り、震える彼の手を取った。約束する。勉強には影響させない。もう十分に時間を無駄にした。何時間も何もしないで過ごす。何か生産的なことをしなければならない』。

　彼はそれがいいアイデアだとは思っていないようだった。

ノーと言わないでください。かなり前から計画していたことなんだ。やらなきゃいけないんだ。あなただけでなく、私自身のためにもね』。

「...理解できないと思う。自分のために？

そして諦めて、彼に本当のことを言った。最近調子が悪かったんだ』。

祖父が私を改めて興味深そうに見ているのが見えた。

病気なの？何が起こったのか？どうしたの？私は彼を不安にさせた。

いや、違う。肉体的な病気ではない。違和感があるんだ

彼の目は心配に満ちていた。珍しく静かだったね。でも、もしかしたらCカレッジや試験で忙しいのかなと思ったんだ。だから、迷惑はかけなかった。いつ会っても......部屋に一人で座っているか、携帯を打っているか、どちらかだ』。

私はためらいがちにうなずいた。

どうしたんだ？

わからない」と私は彼の目を見ることができずに言った。説明できない。もう1年以上もこうだ』。

1年以上も？」と彼は目を見開いた。

はい」と私は答えた。自分が無価値で無能であるというこの絶え間ない感覚』。

私は手首に巻いた古い赤い糸をもてあそびながら床を見た。

今はまともに考えることもできない感じなんだ」と私は必死に説明した。何事も軽く考えられない。人とどう話せばいいのかわからない。ほとんどの場合、何を言っていいかわからない。そうすると、私の言っていることが相手に伝わらないんだ。誤解されないように、話す前にいろいろ考えないといけない』。

彼は辛抱強く私が続けるのを待った。

周りを見渡すと、世界のすべてが間違っているような、すべてが無意味なことのように感じる！鏡に映った自分の顔を見て、失望しか感じない。自分のことをよく思っていない。私

の頭の中には、"私は決して十分ではない "という声がある。書いてみた。あきらめたくなかった。僕がやりたかったのはそれだけなんだ』。

じゃあ、なぜあきらめたんだ？

自分の書いたものに満足することはないからね。短編小説や詩をいろいろな雑誌に送ってみた。却下された。毎回だ。書く能力を失ってしまったか、そもそも持っていなかったかのどちらかだと思う』。

そんなことはまったくない。あなたはまだ 20 歳にもなっていない。文章を書くのに一生をかけるんだ』。

私の夢はすべて不可能に見える。絵を描いたり、音楽を聴いたり、シラバス以外の本を読んだり、何よりも書くことが好きだった。悔しいよ！』。

彼は少し困惑した様子で私を見た。そして、彼は『今、何があなたを......幸せにすると思いますか』と尋ねた。

永遠に。あなたのことを書くために。他のことは忘れて、また書きたい。それに、学業成績に影響があろうがなかろうが、本当に気にしていない。私の 3 学期は、そのために一番頑張ったにもかかわらず、大失敗だった。今は少し息をしたい。英文学を専攻したことが正しい選択だったかどうかもわからない』。

何を言っているんだ』彼は本当に心配そうだった。君はいつもいい生徒だったじゃないか！』。

優秀な生徒というのがどういう意味かわからない」と私は言った。点数なんて紙の上の数字にすぎない。教育システム全体がダメになっている！今まで教えられてきたのは、互いに競い合うことだけだ。なんという不健全な考え方を植えつけてしまったのだろう！私たちはもう他人のために幸せになることはできない』。

そうだね」と彼は答えた。でも......子供の頃から文学を勉強したかったんでしょう？1 学期の結果が悪かったからといって、あきらめる必要はない』。

何を言っていいかわからなかった。

いつか君のようになりたいんだ、ダドゥ」と私は彼に言った。つまり、私は決して自作自演を自慢できないことはわかっている。8 級以上は勉強できなかった。でも、あなたは自分の天職に従い、得意なことをやって成功した。子供の頃から、書くことだけは多少得意だった。得意ではないし、もっと上達する余地はあるけど、ずっとやりたかったことなんだ』。

それはわかっている」。

でも、"優秀な学生 "であり続けるために、いつも勉強に取り組まなければならないという義務感から、唯一の好きなことに取り組めていない」。今、私はクリエイティブな宙ぶらりんの状態から抜け出せないような気がしている。私には語るべき物語がない。創造力が枯渇してしまったようだ。何も思いつかない』。

彼は重々しくうなずいた。

でも、今は見つけたと思う。ここに素晴らしいプロットがあるのに、なぜ他でプロットを探さなければならないんだ？

彼は私を見て微笑んだ。ようやく、彼は理解し始めていた。

そしてね』私は続けた。あなたのことを実際に書けたら、このネガティブな気持ちを乗り越えられるかもしれない。少なくとも、私は何かに従事する。本当に治したいんだ、ダドゥ。私を助けられるのはただ一人、あなただけです』。

本当にそう思うか？

と私は答えた。でも、本当に心配なのは、あなたの話を正当に表現できるかどうかということなんだ。世の中には私よりはるかに優れた作家がいることは知っている。私はただのアマチュアです』。

「ああ！でも、彼らと君には大きな違いがある。あなたは、彼らが決して知ることのできない私のことを知っている。彼らは私をアーティストとして知っている。彼らは私の功績だけを書くことができる。でも、あなたは私という*人間を知っ*ている。アマチュアでも構わない。私たちの誰もが完璧ではない。私たちは誰でも間違いを犯す。今まで何百、何千と作ってきたよ！失敗や批判を気にしていては、何事も成し遂げることはできない。自分のペースでやってくれ』。

それじゃあ！」。私はその朝初めて微笑んだ。

彼がどもることなく、これほど多くを語れるとは思ってもみなかった。もっと重要なのは、自分の精神状態について彼に話すことがこれほど簡単だとは思っていなかったことだ。彼は私を理解してくれた。私は、これが私たち二人にとって良いことだと直感し、自信を深めた。私は彼をもう少し追い込むことにした。

でも、努力するのは私だけじゃない』と私は彼に言った。自分で考えたり思い出したりすることで、私を助けてほしい』。あなたの口から直接聞けるのに、どうして雑誌や新聞記事を読まなければならないの？

一日中物思いにふけっていた祖父は、その夜、いつもの時間にベッドに入った。おやすみを言う前に、私は彼に思い出の宿題を出した。20 世紀半ばのチャンダナガルに住んでいた、ごく普通の少年だった頃のことを思い出すのだ。その夜、私は睡眠薬を飲み干し、数ヶ月ぶりに安らかな眠りについた。翌日、家事が終わって午前中に少し時間ができたので、私はノートを手に携帯電話のレコーダーのスイッチを入れた。1955 年の夏。これは彼の話だ。

1955 年夏

昼食は卵！一人にひとつずつ！』。その日、私は通学路で歌った。One for each！*1人1つずつだ！*』。

子供の頃、学校を避けるために病気を装う必要はなかった。他の同年代の少年たちは、クラスで寝泊まりしているのが見つかると大変なことになるのに、私はそんなことを考えたこともなかった。学校に行くのが好きすぎたからではない。言っておくが、私はそうではなかった。しかし、父は工場での仕事で忙しく、母は料理や掃除、食事の世話、生まれたばかりの子供の世話に夢中で、私の居場所を尋ねる暇もなかった。

父のプラフルラ・チャンドラ・ダスは、アレクサンダー・ジュート工場で労働者として働き、母のサラスワティ・ダスは、13 人の家族を養うためにまともな食事を用意するのに奮闘する主婦だった。二人ともとても勤勉だった。父は公的な場で、母は私的な場でその専門性を発揮した。家だけが彼女の世界だった。わずか 8 年前に英国の支配から独立したばかりの発展途上の国の郊外に、小さな小屋がひとつあるだけだ。

しかし、私たちの町が特別だったのは、他の地域と違ってフランスの統治下にあったことだ。だからある意味、ひとつの小さな世界のようだった。決して他の場所には属さない。そこには独自の文化があり、まったく異なる味わいがあった。知り合いの多くは片言のフランス語で話すことができた。英語を話せる人の方が少なかった。私はどちらも話せなかった。友人の何人かは憤慨していたようだが。彼らはそれを大きな欠点だと考えていた。私はその理由が分からなかった。私はバングラ語という母国語を知っていることに満足していた。なぜ私が他人のものを学ばなければならないのか？彼らは私の言葉をマスターしようとしたことがあるのだろうか？難しいね。しかし、彼らは常に私たちに彼らの言葉をマスターすることを求め、まるで彼らの言葉を話せなければ私たちはそのレベルに達していないかのようだった。

自由を手に入れたとき、私はどんなに嬉しかったことか！やっとそんな期待から解放されると思った。自分の国の言葉を堂々と話し、自分の肌の色に満足することができた。私たちの周りには常にフランス人がいて、通りの向こうから彼らの白い顔を垣間見ただけでも、自分の中に強い劣等感を誘発するのに十分な威力があった。私たちは大勢いたが、彼らは少なかった。しかし、彼らが貿易のために船を持ち込む前は私たちのものであったはずの土地で、私たちは彼らの隣で対照的に目立っていた。しかし、それが間違いだと分かるのに時間はかからなかった。青白い顔は消えても、自由にはほど遠かった。英語とフランス語を話すことは、まだ識字能力の証と考えられていた。この基準に適合しない者は文盲とみなされた。私の肌の色はまだ目立ち、母にさえ家族の中で一番色黒だと馬鹿にされたこともあった。ただ貧しいだけの他の兄弟と違って、私は貧乏で暗いから、結婚もできないし、人生で何か大きなことができるわけでもないと言われた。

母にとって、苔むした我が家の４つの壁は、その先を探検する気力のない限界だった。彼女はその塀の中での生活に満足し、屋根があることに幸せを感じていた。不満も要求もなかった。そして、もし私たちの誰かが自分たちの哀れな状態について文句を言ったなら、杖がそのことを話すだろう。当時、私のような年頃の少年は、ちょっとした軽犯罪で親に殴られたものだ。私も例外ではなかった。しかし、学校を休んだからといって、母から罰を受けたことは一度もなかった。母が学校の時間帯に私を家で見かけたら、掃除を手伝うか、弟のガネーシュを抱っこするように頼んだ。それに父は、家族の中で唯一、私の教育を心配してくれていたが、一日中、工場で働いていた。彼が家にいたら、学校を休む自由はなかっただろう。年前、同じ理由で彼にひどく殴られたことを覚えている。しかし、工場は彼の時間をより多く要求するようになり、給料は正当化するために２ルピー増額された。そして、彼が戻ってきたとき、私たちは大勢いたので、彼はよくわからなくなり、私の兄のカルティクを『バララム』と呼んだり、バララムを『クリシュナ』と呼んだりした。自分たちがいつ生まれたのか、何歳なのかさえわからなかった。

私の兄弟は皆、ヒンドゥー神話の登場人物にちなんで名づけられたが、誰一人としてその名前にちなんだ人物には見えなかった。全然違う。ガネッシュは別だ。いや、違う！彼は象の頭を持っていなかった。しかし、顔立ちはぶっきらぼうで、目は褐色で大きく、手足はふっくらとして短く、腹は丸くたるんでいた。つまり、彼は食欲旺盛な家族の中で最も健康な子供だったのだ。彼に欠けていたのはトランクだけだった。残念な見落としだ！

私には、もっと責任の重い姉妹が何人かいた。もちろん、学校には行かなかった。当時の女の子にとって、それはかなり問題外だった。ジャガイモを洗い、野菜を切り、米やレンズ豆をゆで、使い古した雑巾で床を拭き、母が料理をするのを手伝った。そして余暇には、厨房の扉の前に座ってムール貝を殻から取り出したり、古いガラス瓶に保存されていた酸っぱいマンゴーのピクルスに舌鼓を打ち、時折茶色くひび割れた唇を舐めたりしていた。家のすぐ裏にある小さな池には小魚やムール貝がたくさんいたからだ。兄たちが生地のボールと２本の小さな釣り竿、そしてとても古く錆びた鉄のバケツを持ってガートの階段で何時間もかけて週末中釣りをしている間、姉たちは土手の近くに大きなココナッツの葉を浮かべて、水面に漂うムール貝の房を集めていた。そして、私たちの母親は１週間かけて少しずつ料理していた。クリシュナと私は、家の近くにあるビスケット工場の果樹園や、通学路に並ぶ緑の雑木林の中に堂々と立っている背の高い木から、よくマンゴーを盗んだ。私は他のどの果物よりもマンゴーが好きだったが、ナツメヤシの木は特に興味深かった。甘いヤシの汁を採るために幹に土鍋をくくりつけた彼らは、以前、私たちが近所のカルプクルの暗くて陰気な竹林でかくれんぼをしたとき、私の足を離そうとしなかった太った黒いヒルを思い出させた。そこは日暮れ後に背筋がゾッとするような場所で、猛獣ジャッカル、ボガート、墓地からの亡霊、魅惑的なシェイプシフター、騒々しいコオロギ、燃えるような光虫、時にはダコイトの巣窟だった。何エーカーもの背の高い竹が生い茂り、日中は青々と湿っていて、夜間は寒くて暗いので、自分の足音に怯え、ラーマ神の名前を百八回も繰り返しながら、家に帰るまでずっと震えていた。

チャンダナガルの中心部、ビジャランカにある泥と藁でできた私たちの小さなコテージは、64 年経った今思うと、私たち 13 人全員が住めるほど大きくはなかった。

今日は遅れないでね」ある朝、母が台所から声をかけた。お昼にゆで卵を作るから、一人一つずつね』。

なぜなら、母は私にほとんど甘くなかったからだ。彼女は、私が学校から帰ってこようが、途中でノックアウトされようが、ほとんど気にしなかった。その 2、彼女はゆで卵を作ってくれた。最も重要なのは、それぞれに 1 つずつということだ！ああ、夢がかなったというほかない！私は生まれてこのかた、全卵を食べたことがなかった。

昼食は卵！一人にひとつずつ！』。その日、私は通学路で歌った。One for each！1 人 1 つずつだ！』。

小雨が降り、舗装されていない狭い未舗装路は穴だらけ、水たまりだらけだったが、そんなことは気にしなかった。当時は一般的で、かなりポピュラーな戦略だった。友達と私は傘を持つのをわざと忘れ、雨の日にはよく井戸や水がにじみ出るパイプでずぶ濡れになった。ある雨の日、ボラが下水のような臭いを放っていたのを覚えている。

今日はとても幸せそうだね！」。ボラは私の背中を叩いた。どうした？

ママがお昼にゆで卵を作ってくれるの！」と私は嬉しそうに答えた。私は嬉しそうに答えた。一人一つずつね！」と私は嬉しそうに答えた。

君は本当にラッキーな子だ！」と彼は羨ましそうに言った。僕の母親はめったに卵をいっぱい食べさせてくれないんだ！彼女は卵を 3 つに切り分け、9 人でシェアする。そして、ダダはいつも一番大きいのをもらうんだ』。

　不公平よね。私の人生で、卵が一杯になったことは一度もなかった！卵を半分食べて、ダダが見ていないときにダダの卵を盗み、母のお気に入りなので叱られることのないカルティクのせいにしたこともある。卵を丸ごと食べるのは初めてだ！今日は早く帰らないといけないんだ。

親友のヴィカシュはがっかりして私に尋ねた。

ごめん、ダメだ』。

しかし、チームには君が必要なんだ、スリダール』！ラール・ディギのいじめっ子たちを倒さなければならない』。

明日はここに残ると約束するよ。今日は特別な日よ！』。私は興奮しながら手をこすり、固ゆでの黄身が口の中でゆっくりと溶けていく味と、不揃いな前歯が白くて固いアルブミンを噛みしめる様子を想像した。母は今頃、あの巨大な真珠を料理していたのだろう！すべてをスローモーションで視覚化し、想像の中で少しずつ楽しんだ。昼下がりの冷たい土間に座って、いつまであの卵 1 個をしゃぶっているつもりだったのか。しかし、私はこの機会を最大限に利用し、その祝福された卵の分子を余すところなく味わい尽くそうと決心していた。母が私を叩き、手を洗ってくるか、囲炉裏用の薪かハリケーンランプ用の燃料を取ってくるように言うまでは。

その日の朝、学校での時間は非常に退屈でうんざりしたものに思えた。私たちが座っていた粗末な袋の鋭い毛が、ズボンの安っぽい布地を突き破り、太ももの皮膚を痛むまで引っ掻いた。天井は安物のアスベスト製で、暑さは耐え難いものだった。私たちがタゴールの詩「Taal Gaach」の同じ一節を何度も何度も合唱し、特殊効果のためにはっきりとした鼻声で、自分の声の響きにうんざりするまで繰り返している間、教師のバブラル・プラマニクは杖を片手に木製の椅子の上で居眠りをしていた。そして、バブラル卿の大事なホクロに不自然な執着を見せ、そのホクロにとまり続けようとする哀れなハエがいた。バビュラール卿は、しばしばこの美しいモグラに言い寄ろうとするむなしい試みに邪魔され、ハッと目を覚ましたものの、また数秒後には居眠りをしてしまい、タゴールのエネルギッシュな詩の単調な詠唱に誘われた。あの日、学校に来たことを後悔した。ああ、家に戻っていればよかった！

耐えられない！」。ボラが後ろから私にささやいた。何とかしてくれ、スリダール！」。

どんな？私は囁き返した。

何か』！何でもだ！これは拷問だ！畑に着く頃には半分眠っていて、代わりにラル・ディギの犬たちが陽気に尻を蹴ってくれるだろう！逃げよう。彼がすぐに目を覚ますとは思えない』。

父に知られたら鞭で打たれるのか？私は叫んだ。今日は危険なことはできない！」と私は叫んだ。

ゆで卵！それぞれ１つずつだ！一人ひとつずつだ！』と頭の中で声がして、私は慎重になった。

授業が終わった後、私が午後にアヒルの卵を丸ごと食べると言ったとき、友人たちの顔に驚きと羨望が浮かんだのは言うまでもない。それこそが、あの朝私が学校に行った理由であり、この素晴らしいニュースを彼らに伝えるためだった。ある日、チャンドゥが私のことを『貧しい労働者の息子』と呼んでいたのを思い出し、父が私たち全員のために卵を買えるほど裕福になったことを彼に知らせたいと思った。

貧しい労働者の息子は今、誰なんだ？親友のヴィカシュが私の味方をしてくれた。

バカな卵なんて誰が気にするんだ」とチャンドゥは嘲笑した。毎日食べているんだ。それに、どうせ彼はまだ貧しい労働者の息子だ！破れたサンダルのストラップをピンで留め、洗濯もしていないシャツを 4 日連続で着ている。父は毎週 25 ルピー稼いでいます。月に 100 ルピーだ！父親の年収は？10 人？12 人？おそらくそれ以下だろう』。

彼はただの嫉妬だよ。気にしないで。彼は単にあなたを苦しめるために嘘をついているのです』。チャンドゥが私に嫉妬する理由がまったくないことはわかっていたのに。彼はあらゆる面で私より優れていた。彼はバラモン教徒で、上流階級に属し、色白で健康そうだった。私はヴァイシャ人で、色黒で痩せていた。父は経営者で月給 100 ルピー、私の父は単なる労働者だった。勉強も得意で、バブラル卿のお気に入りの生徒だった。私はクラスを寝泊まりさせる側で、いつも彼の怒りの犠牲になっていた。チャンドゥがなぜ私に辛く当たるのか、私にはわからなかった。彼はすべてを持っていた。私はほとんど何も持っていなかった。私が彼のライバルになれるとは思えなかった。彼は私のレベルをはるかに超えていた。おそらく、彼の苦い思いは癖になっていたのだろう。ビカシュもフェアだった。彼はクラスで一番ハンサムな男の子だった！彼もまた裕福な家庭に生まれたが、誰に対しても恨みはなかった。彼は

ハエも殺せないだろう

ねえ、どうしてチャンドゥは僕のことをそんなに嫌っていると思う？その日の午後、欄干に腰掛けてティフィンを食べながら、私はヴィカシュに尋ねたのを覚えている。

彼は私の質問について２秒ほど考えた後、こう答えた。

なに？母親が愛情込めて作った*ダムアルーを* おいしそうに食べながら、私は笑った。私は学校にティフィンを持って行ったことはない。でも、ヴィカシュはいつも余分に持ってきてくれたので、お腹が空くことはなかった。

はい」と彼は答えた。彼があなたの中に見ているものは......何て言うんですか？可能性がある！彼はあなたの中に可能性を見出している。どんな和も解ける。バビュラル卿が解決できないことでさえ、チャンドゥや私たちの誰もが解決できない』。

だから彼は私を嫌っているのですか」と私は尋ねた。私が和算を解くのが得意だから？

もちろん」とヴィカシュは言った。彼は、君の*可能性が* いつかいろんなところに行くかもしれない、ラマヌジャンのような数学者になるかもしれない、あるいは......アインシュタインのような科学者になるかもしれない、と恐れているんだ」！彼は、"貧しい労働者の息子 "がいつか自分より良い暮らしをするのが耐えられないのだ』。

でも、数学者にも科学者にもなりたくないんだ。

じゃあ、何になりたいんだ？

分からないよ。まだあまり考えていない。何か違うことをしたい。誰も考えたことのないようなことをね』。

君は必ず素晴らしいことを成し遂げるよ。ヴィカシュは私を励ました。君にはそれがある。私には見える』。

ビカシュ、バザールの明かりを見たか？長いやつ？

スダ・カカの店のライトチューブのことか？はい、見たことがあります。どうして？

魅力的でしょう？

私にはごく普通のものに見えるけど」彼は頭を掻いた。長いチューブに入ったただのライトだ』。

美しいものを作りたいんだ。そしてその言葉を口にするやいなや、私は背中に激しい衝撃を感じ、小さなティフィンボックスと一緒に地面にうつぶせに倒れた。少年たちの一団が傍らに立って笑っていた。

私を見るために。

ほらね」と聞き覚えのある声がした。人々を立ち止まらせ、見つめるために、いつも美しいものを作る必要はないんだ』
。

なんだ、チャンドゥ！」。ヴィカシュは叫んだ。笑い事じゃない！」。

チャンドゥとその相棒たちは、私をあざけり、笑い声をあげ、いろいろな名前で呼んだ。ヴィカシュは平和を愛する人間なので、肉体的な攻撃はしなかったが、口では彼らに暴言を吐き、ヘッド・サーのオフィスに問題を持ち込むと約束した。私は立ち上がり、制服についた汚れを払い、地面に落ちた*ダムアローの* かけらを拾った。おでこは痛いし、目はしみるし、片方の膝はひどく皮がむけていた。喉にしこりを感じたが、飲み込んだ。その日は涙を一滴も流したくなかった。ヘッド卿のスクーターがゲートに到着する音とともに、チャンドゥとその下僕たちはその場から逃げ去り、その間にヴィカシュは私を水道まで案内し、化膿しないように出血した膝の汚れを洗い流すのを手伝ってくれた。

あいつらは大嫌いだ！」。ヴィカシュは私の膝に乱暴に水をかけ、私のズボンを水浸しにしそうになりながら、歯を食いしばってあえいだ。私の人生で、あいつらほど人を憎んだことはない！部長のオフィスに直行しよう。今すぐだ！』。

放っておいて」と私は代わりに言った。余計なトラブルは起こしたくない』。

不要？今放っておくと、彼らはこんなことを続けるぞ』と彼は叫んだ。これが彼らのやり方なんだ。いじめっ子たちは、罪のない人々を食い物にしている！こんなことはやめるべきだ！』。

ヴィカシュ、別の日に行こう」と私は彼に言った。私は今日の午後早く帰らなければならない。今日は遅刻できない。この件はまた別の日にしましょう』。

他の日では遅すぎるかもしれない。

今日はどんなシーンにも関わりたくない」と私は彼に言った。母がランチに卵料理を作ってくれるんだ。ムードを壊すわけにはいかない』。

そしてその日、私の楽しい気分を台無しにするものは何もなかった。その日の午後、私の夢はすべて実現したのだから！

まずは、ゴーヤを薄く輪切りにしたもの。続いて、細かく刻んだ玉ねぎ、唐辛子、マスタードオイル数滴で味付けしたマッシュポテト。メインディッシュは白米に水っぽいアーラー*ル・ダール* 。そして、私たちが待ち望んでいたもの、貴重な、食欲をそそる、殻のまま温かいゆで卵の登場である！なんて贅沢なんだ！

　生まれて初めて、ランチでこんなに幸せな気分になった！卵を盛り付けると、母は満足そうに目を輝かせた。アヒルの卵が丸ごと１個、私の皿の上に鎮座し、目の前で賞味されるのを待っているなんて信じられなかった。震える手でお皿にそっと叩きつけ、殻を割り、アルブミンが固まった光沢のある表面から剥がすことに大きな喜びを感じた。そして彼女はそこにいた！美しさだ！まさに想像していた通りだった！何が幸せなのか！何という不可解な充実感だろう！

しかし、なかなか想像通りにはいかなかった。オレンジ色の黄身に何層にも塩をふりかけながら、その卵を１時間じっくりと味わうつもりだった。しかし、実際にその誘惑に直面すると、ジューシーな卵が私の皿から胃の中にすっぽり入ってしまうまで、ほんの数分しかかからなかった。その代わり、午後はずっとゲップをし、そのひとつひとつを楽しんだ。

それから 65 年近く経った今日、人生の出来事のほとんどを忘れてしまったが、この記憶は鮮明に残っている。そしてその味は、貧しい少年の心に燃えるような炎を燃やし、物乞いや借り物や盗みをすることなく、卵をもう 1 個、欲しければもう 2 個食べられるように、裕福になりたいという願望を抱かせた。チャンドゥとその腐った相棒たちに、自分の実力を見せつけてやりたかった。

その日の午後、火は燃え上がり、夕暮れまでには勢いを増した。母が私に、懐中電灯で遊んで電池や時間を浪費する代わりに、勉強に集中するように言った。

どうしていつもその楽器をいじってばかりいるの、坊や」と彼女は泣きながら、ガネーシュの背中を何度も何度も叩いて寝かしつけた。

それ自体が光るのがいい。まるでホタルのように。そうでしょう、マア？

同じエネルギーを勉強にも注いだらどう？

私の中で燃え上がる欲望の金色の炎は、ハリケーンランプの明かりが薄暗くて一行も読めないことへの不満となって現れた。

この暗さでは読めない。頭が痛い』。

あのバカみたいなライトで遊んでも痛くないでしょ？勉強の時だけ頭が痛くなる』。

どうしてもっと明るい照明がないの、マア？と私は尋ねた。
貧乏だからよ」と母は不遜に答えた、

ガネーシュが彼女の膝の上で親指をしゃぶっている間、小麦粉の入ったボウルに水を注いでいた。

この明るさでは本が読めない」と私はまた文句を言いながら、懐中電灯をつけたり消したりした。

どうしたのよ！」と彼女はキレた。今まで光について文句を言ったことはなかったのに」。

もっといい光を見たことがあるよ、マー。もっと明るいのを！』。彼女は聞こえなかったふりをした。

ラクスミガンジのバザールでスダ・カカが自分の店で修理しているのを見たよ。長いチューブに入った本物のライトだ。ハリケーンランプとはまったく違う！そして、とても明るいので、しばらく見ているとすべてがぼやけて見える』。

　そう、そういうことだったのね」母は今、激しく生地をこねながら言った。あの明かりで目が見えなくなって、もう何も見えなくなってしまったようだね」。今度あのライトを見ているのを見つけたら、コカ、1週間飢えさせるぞ！』。

禁断の果実はいつも甘い。それで翌日、もう一度そのライトを見に行ったんだ。そしてその翌日。そしてその翌日。ババに見つかったら生きたまま皮を剥がされると思っていたのに。ライトアップされた光景には、何か心地よい不気味さがあった。とても奇妙で美しかった！こんなの見たことなかった。見れば見るほど落ち着かない。不安な感覚だったが、彼らの近くにいたいと思った。私は彼らに触れ、この手で彼らを感じ、彼らの隣で眠りにつきたいと思った。彼らは私の中の何か、これまで経験したことのない感情、切迫感を引き起こしたのだ。その魅惑的な光に照らされた世界が、私を呼んでいるのが見えた。私はよく彼らの夢を見たし、その夢の中では、自分が何にでもなれると思った。やがて、起きている間はこの明かりがすべてを支配するようになり、寝るときもこの明かりのことばかり考えるようになった。

母は正しかったよ、ヴィカシュ。ライトで目が見えなくなった。

もう何も見えない』。

　彼は耳から耳へとニヤリと笑った。困ったことになったな。

1955 年秋

片手にはレモンティーの入った小さな土のカップ、もう片手には錆びたアルミのやかんを持っていた。入りなさい」。

私は何カ月もサドゥ・エレクトリックという彼の店の前で、彼の部下たちが修理する電化製品を見ていた。壁は黄色い黄土色に汚れて油まみれで、あちこちに蝶番があり、さまざまな種類の油が入った容器があり、布の切れ端があり、どれも古くて破れて汚れていた。古くてひび割れたモザイクの床には、大小さまざまな楽器が散らばっていた。彼らは私を限りなく魅了した。配電盤、ドライバー、ナットとボルト、ケーブル、電球とチューブライト、スタンドファン、シーリングファン、天国のような匂いの灯油の缶、そして火花のシャワーを放ち、細心の注意を払って扱わなければならない機械。触ってみたかったが、その勇気はなかった。

　これ全部を使ってどうやって仕事をするのか見てみたい」と私は彼に言った。教えてくれるかい、カカ？あなたのために働きます』。

でも、この手の仕事には若すぎるよ」とカカは言った。危険な仕事だよ。火遊びをしているようなものだ。こういう仕事をしていると怪我をする人がいるんだ』。

あのワイヤーを通るものは*電流*だよね？

そうだ。それは電気と呼ばれている。

電気とはいったい何ですか？私は好奇心から彼に尋ねた。私にはすべてが異質だった。電球が光り、ファンが回るのは、この電気や電流のおかげなのか？

電流には 2 種類あるのよ」とスダ・カカが答えた。交流と直流。チャンダナガールには AC しかない。一方、コルカタや他の大都市ではDCを見つけることができる。

ACとDCの違いは何ですか？私は興奮して彼を切り出した。

交流は一定間隔で向きが変わる交流電流です」とカカが教えてくれた。一方、直流は特定の方向に流れる直流電流だ」。

私は彼が何を言ったのかよく理解できなかった。私が集めたのは、電気とも呼ばれる電流というものがあるということだけだった。ワイヤーを伝って流れていった。そして、ライトを光らせ、ファンを回転させた。時には方向転換もした。そうでない時もあった。どうしてあのライトが光るのか、私にはまだ理解できなかったし、好奇心が私を殺した。そこに立って見ている時間が長ければ長いほど

カカの部下たちはスナッフをつまんだり、*ビディ*を吸ったり、レモンティーを一口飲んだりしながらも、まるで専門家のように照明や扇風機に取り組んでいた。彼らは電気のことなら何でも知っているようだった！どうしてそうなったのか？なぜ私は何も知らなかったのか？学校で習ったことなのだろうか？そんなことを教わった覚えはない。私たちがさせられたのは、本を持って座り、同じ意味のない詩を何度も暗唱したり、ロバでも解けるような計算をさせられたりすることだけだった。そんなことを教えられていたとき、私は注意を払っていなかったのだろうか？あの日、私は学校に寝泊まりしていたのだろうか？

ある日、私は彼らに尋ねた。学校？

そして、まるで私が今までで一番面白いことを言ったかのように、5 人そろって大笑いした。他のどの店にも人がいて、通りの向かいにある酪農場でクリームやバターを買っている人たちも、私たちの方を見ていた。この間、牛が私のそばで仔牛と戯れるパリア犬をぼんやりと眺めながら、忙しそうにカドを噛んでいた。彼女も面白がっていたことは間違いない。

私は恥ずかしさでもじもじした。

そのうちの一人が、涙を拭いながら私に尋ねた。

ナルア・シクシャヤタン」私は頭をかいた。あなたが？

私たちは、学校が内部からどのように見えるのかさえ知らないのです』と彼は答えた。

私たちが知っているのは、それが何の役にも立たないということだけだ」と、ヘルメットをかぶった別の者が付け加えた
。

　大金を持っていても、生きる気力もない、でっぷり太ったバカになるだけだ！」とグループリーダーが相づちを打った。いつ座るか、いつ立つかを指示される。従わないと殴られる。許可なくおしっこもできない！考えてみてほしい！数日間学校に行ったんだけど、私が行きたいと言ってもおしっこをさせてくれなかった。だから、私はそこらじゅうでおしっこをして、二度と戻らなかった。答えられない質問をすると、黙れと言う。そしてスコアが悪いと、ホームでも叩かれる。学校はない。刑務所だけだ』。

私は膨れ上がるような感嘆の目で彼を見た。私も同じように感じることがある」。

彼は嬉しそうだった。君も感じたかい？

はい」と私は答えた。学校は好きじゃない。いじめっ子は決して罰せられない』。

君はいい子だ！さあ、君は僕らの仲間だ！』グループリーダーは私の背中を叩いた。

あなたは私たちの仲間です。この言葉が丸一日心に残り、この言葉を思い出すたびに言いようのない誇りと帰属意識を感じた。カカの店で数日働くことができれば、電気について学ぶべきことはすべて学べるだろう。そして、私の家は日没後
、二度と暗くなることはないだろう。

あの電線を電気がどうやって通っているのか知りたい」と私はカカに言った。どこから来るんだ？誰が作っているのか？ガラス電球が電気に触れると、その中でいったい何が起こるのか？なぜ光るのか？ファンはどうなんだ？

君はまだ早すぎる」とカカは繰り返した。君が 14 歳になったら、電気のことを全部教えてあげよう」。

　私はがっかりした。そのとき、その瞬間に、それを学びたかった。でも、カカは忙しかったし、彼の部下たちも忙しかった。少なくとも彼は、部下たちが働いている間、私に監視をさせてくれた。あまり干渉しすぎたり、興奮しすぎたりすると、それすら禁止されるのではないかと心配だった。私は家に戻ってトーチを開けることを考えた。私はそれが電気に関係していると確信していた。そうでなければ、どうやって光るのだろう？

しかし、私が質素な住まいの門をくぐって駆け込もうとした瞬間、不意に襟首をつかまれた。私は息を詰まらせ、咳き込み、兄弟の誰かだと思って激しく反応しようとした。その日の午後早く工場から帰ってきた彼は、最近この地域に引っ越してきた金持ちの家の前庭まで、家からレンガを運ぶのを手伝ってほしいと言ってきた。彼が命令を下すやいなや、レンガを積んだトロッコが私たちのゲートに到着した。裕福な隣人は、レンガをとても安く手に入れたらしく、庭の長さに沿って境界壁を作る目的で、レンガを全部とセメントを数袋買った。

今日、プレゼントを持ってきたんだ」と、神父は私を誘惑するように言った。真摯に仕事をすれば、きっと手に入る』。

その日の終わりに、レンガの山を運び終えて、手足は痛み、首と肩はこり、背骨はほとんど痺れていた後、私は父が一日中餌として振り回していた「プレゼント」が、工場から持ち帰ったくすんだ黄色っぽい紙の束に過ぎないことを知った。彼は今、それをノートに綴じるのを手伝い、私の授業で使ってほしいと言った。というのも、その直後、痛む背中を３回も激しく叩かれたからだ。

この子は勉強に興味がないんだ！」私が痛む背中をさすりながら立っていると、彼は大きな音を立ててテーブルに拳を下ろした。あいつが得意なのは、学校に寝泊まりして、ラクスミガンジ・バザールでうろうろすることだけだ！またバザーに行ったの！」と母に睨まれた。

ああ、薪を持ってくるんだ。囲炉裏のために」。

じゃあ、薪はどこにあるんだ？

何も見つからなかった。今日の市場にはなかったよ。

でも、魚市場のハリは、おまえが一日中スダ・サドゥの電気店にいたと言っていたよ」父は怒ったような顔をした。嘘をついていたのか？

ババ、今日は行ってないよ」私は本能的に嘘をついた。昨日行ったんだ。

それなら記憶を呼び覚ませ、このラスカルめ！」と父は怒鳴った。本当は毎日行っているんだ！」。

毎日？」と母は泣いた。二度と行かないように言ったでしょう？

毎日毎日！」と父は叫んだ。実際、スダが自分で言ったんだ！なぜ彼は私に嘘をついたのだろう？彼は学校で寝泊まりし、家ではあなたに嘘をついて、スダ・サドゥやその若者たちと一緒に座って*ビデを吸*っているんだ。

それは本当なの、*コカ*？

　私は*ビディを*吸わない」と私は抗議した。私は*ビデを*吸ったことはありません」。

そんなこと言ってないぞ、この野郎！」と父親が怒鳴った。無実を装うな！あなたが無実でないことは知っている。あなたは私に背いた！あなたは母親に背いた！私の屋根の下に住みながら、よくも私に逆らうな』。

私は何も話さなかった。何を言っていいかわからなかった。

その夜、私は殴られ、餓死させられた。

翌日の午後、母が台所で忙しく、姉たちが新しい兄弟が生まれたらどんな名前をつけようかと言い争っているとき、私は松明を開けることに成功した。私は、クリシュナ神の口の中にヤショーダ・マーが見つけたように、その中に宇宙が封じ込められているのを期待していたのだが、私が見つけたのは、粗末なバネと、そのバネにお尻がくっつき、頭がランプに触れているだけの些細な電池と、宝くじを5回折ったくらいの大きさの薄い銅板がスイッチにつながっているだけだった。私が見つけようとしていたのはそれだけだったのだろうか？少しがっかりした。しかし、スイッチを押した瞬間、青銅のプレートがランプに触れ、光った。スイッチを離した瞬間、青銅のプレートが引き戻され、ランプの光は消えた。興味深い！

電池と銅板は間違いなく電気と関係がある！」と私は自分に言い聞かせた。私は自分に言い聞かせた。

　私は間違っていなかった。

1956年の冬

私は、この 4 カ月ほどの間に起こった新たな展開に誇りを持っていた。

ひとつは、父が我が家に電気を導入したことだ。私たちは今、たくさんのおかしなスイッチがついたスイッチボードを手に入れた。家の壁にはワイヤーが張り巡らされていた。扇風機が 1 台と安物の照明が 2 つあるだけだったが、私に限りない喜びと満足感を与えてくれた。スダ・カカの部下が我が家で配線を行ったが、私はその過程を熱心に観察し、近いうちに同じような実験を行うつもりでできる限り細部まで観察した。

その 2、ベッドの下に古いホメオパシーの薬箱を偶然見つけ、その中に最も興味深いものを集めた。例えば、ペンチ、ドライバー、鉄釘、針金の束、ホルダーと電球、ランプの紐、セロハン紙数枚などだ。物乞いも、借り物も、盗みもしなかった。買ったんだ。一人一人がね。私は、父が突然その寛大さを認めてもらいたくなったときのために、父がよく私にくれた小さなおこぼれを取っておいた。また、スダ・カカにお茶を運んだり、*ビディを*取ったり、ちょっとした配達をしたりと、ちょっとした雑用も手伝った。私は自分の貯蓄を少しずつ投資し、実験に役立つ電気部品や必要な器具を調達した。ある日、学校がいつもより早く終わり、家に帰ると、母が生まれたばかりの弟に乳を飲ませ、5 人の姉たちが台所で忙しくしていた。父は工場にいて、4 人の兄たちはみんな働きに出ていた。カルティクとガネーシュは私たちの母親と一緒にいて、お互いに遊び、おどけた様子で新生児を楽しませていた。クリシュナはどこかにいて、釣りをしたり、近所のフェレット顔の息子と遊んだりしていた。やかんが黒を呼ぶという話だ！母が私の弟妹を出産してから１週間が経ったばかりで、母はまだ活発ではなかった。私の海岸はクリアだった。

私は大事な箱を開け、電球とホルダーと配線の束を手に取った。ホルダーに電球を固定し、スダ・カカの部下がやっていたのを見ていた方法で電線を取り付け、電線のもう一方を配電盤のプラグポイントに差し込んだ。そして、私は動悸がして立ちすくんだ。

スイッチを押すべきか？もしうまくいかなかったら？私の希望や夢はすべて、地面の塵と化すだろう。学校に行かず、スダ・カカの修理工場の外で男たちの仕事ぶりを見て、彼らの行動をつぶさに観察し、授業への出席率の悪さや注意力の欠如について教師から文句を言われるたびに父から鞭で打たれ、殴られてきたこの数カ月が、電球が光らなければすべて無駄になる。

ホルダーに取り付けられた電球とワイヤーは、まるで「今度は何だ？何をしたいんだい？』　午後の心地よい日差しの中、外からカッコウの鳴き声が聞こえ、近くの池から水のせせらぎが聞こえてきた。マニ・カキマは洗濯をしていたのだろう、ガートの硬い階段に叩きつけられる音が聞こえた。数人の少年たちが水浴びをしていて、互いに水を掛け合い、狂ったように笑い、栄光に向かって悪態をついていた。ナツメの実と自家製スパイスで作った新鮮なピクルスのおいしそうな匂いが漂ってきて、私の鼻を直撃した。私は、姉たちの舌が口の屋根に当たるおなじみの音を聞いてすぐに、姉たちが何をしようとしているのかわかったが、私は姉たちのすべてから切り離されたように感じた。まるで私が彼らの人生の一部ではなかったかのように。まるで私がそうなるはずではなかったかのように。

私はもう、外に出て友達と*ガリダンダを* する気にもならなかった。彼らはよく私の近況を聞きに寄ってきて、遊びに行かないかと誘ってくれたが、私は毎日、病気や用事や何かを装って断っていた。電気が私をむしばんだ。他のことはどうでもよかった。私の帰属意識はすべて、あのホメオパシーの箱の中にあった。このような私の性格は私にとって新しいもので、奇妙に聞こえるかもしれないが、私はそれを誇りに思っていた。

震える手でようやくスイッチを押し、それからしばらくの間、地面に置かれた電球以外のすべてを眺めた。何かに集中しないように必死になっている間、私の心臓がこれほど速く、これほど大きく鼓動したことはなかった。母が陣痛の苦しみの中で死にそうだと叫んだときでさえも。窓の外を見ると、背の高いココナッツの木のてっぺんが揺れているのが見えた。あてもなくあれこれ触り、テーブルの上のものを整え、汗ばんだ指でレールのホコリを拭き、爪の下にたまった汚れに気づいた。

そして、私の目はかすかな光を捉えた。そしてついに、目の端で下を見ると、電球がかすかで弱く不安定な光を放ちながら、地面の上で優しく光っているのが見えた。歓喜の大声が響き渡った！

最初の実験は成功した。

サラスワティ・プージャー 1956

ご存知のように、毎年学校でプージャーを主催するのは 7、8 組の生徒たちです。だから、君たちにはグループに分かれて、役割分担をし、アイデアを出してもらいたい。プージャは来週の木曜日なので、その日の終わりまでに計画を立てる必要があります。」ヴィカシュ、ボラ、チャンドゥは喜んで寄付キャンプ、チャンダに参加することを申し出た。 党員が各戸を訪ね歩き、通りを歩く人全員を止めて恥知らずにもチャンダを要求することを義務づけた党である。 またはプージャのための寄付。誰もがいつでも喜んでお金を払うわけではなく、しばしば本当に説得力のある要求をしなければならなかった。その結果、侮辱されたり、平手打ちを食らったり、通りを突き飛ばされたり、汚い言葉で拒絶されたりすることも多かったが、両親は間違いなく私たちに人生の準備をさせてくれた。それゆえ、私たちはもう、ありとあらゆる公の場での辱めに対して免疫ができていた。一日の仕事がすべてだった

私たちのために

　毎年、バブラル卿が披露する寸劇に志願した勇敢な者もいた。俳優たちが台詞を聞き逃したり、台詞を言うのが遅れたり、表情がドラマチックな台詞にそぐわなかったりしたときのために。唐辛子を口の端に忍ばせ、泣かなければならないシーンでは唐辛子を噛ませた。

涙が自然に見えるんだ」と誇らしげに宣言する。

彼は何人かに女の子の格好をさせ、甲高い声でしゃべらせ、短いステップで歩き、一歩ごとに腰を振る方法を教えた。彼のライブ・デモンストレーションは見る者を魅了した。ああ

、彼の腰が揺れた！一人でいるときに何度も真似してみた。結局、不器用で滑稽に見えた。とても難しかった。なぜ少年たちが彼をからかったり、いろいろな名前で呼んだりするのか、私には理解できなかった。おそらく芸術を見る目もない無知な少年たちばかりだったのだろう。

翌週、法会の 3 日前、校庭でさまざまなグループが土壇場の分担について話し合っていたとき、私は勇気を出して立ち上がり、『先生、私が照明をやります！』と言った。

彼はメガネの縁の上から、目を見開いて私を見た。今なんて言った？

ライトは私がやると言いましたよ。でも、もう照明はありますよ

はい、でも固定されています」と私は説明した。ライトを走らせることができるんだ。私たちの法会では、これまで一度も走馬灯をつけたことがなかった。今回は私がやる。新しいものになるだろう』。

どうやってライトを点灯させるつもりですか？でも、やり方をお見せすることはできます。ライトは光っては消え、光っては消え、次々と色を変えていく。私は...

そうさせる』。

プージャのためにしたいことは、バカげた配電盤のそばに立って、スイッチを押したり消したりして、明かりを光らせたり消したり、光らせたり消したりして、感電して明かりがまったくつかなくなり、プージャが台無しになるまで待つことだけか？サーは皮肉たっぷりに私を嘲笑った。

25 人のクラスは笑い転げた。

ヴィカシュ以外はね。

いいえ、そんなことは言っていません...」。

いいか、スリダール、ボランティアや手伝いをしたくないの

なら、それでも構わない」と彼は唸った。君は必要不可欠な存在ではない。でも、あなたは自分が新進気鋭だと思っているんでしょう？そこが間違っている。その態度は改めるべきだ。あなたは毎日家にいて試験に合格できると考えている。私に数学を教えられると思っているのか。そして今、あなたは照明もできると考えている！今日の朝食は何だったんだ？どの世界に住んでいるんだ？

サー、チャンスをいただけませんか？私はお願いした。あなたのライトには手をつけません、私のを持ってきます』。私はあなたのスイッチに危害を加えないし、プジャも台無しにしない、約束する』。

　その時、ラリット・モハン・チャタルジー部長が、何が起こっているのか、なぜバブラル部長が激怒しているのかを知ろうと踏み込んできた。そのことを知ると、ヘッドサーは私を部屋に呼んで、『子供よ、どうしてそんなに明かりのことを知っているんだ』と尋ねた。

　スダ・カカの部下から彼らのことを学んだんだ」私は頭をかきながら彼に言った。私は彼らのために働いているんだ』。

それは完全な真実ではなかったが、その時はそれ以上の説明ができなかった。

その口調は優しく、理解を示していた。

はい、以前にもやったことがあります。何度もね』。ライトを走らせたことがあるのか？

はいそうだ。

そんなことはしたことがなかった。でも、チャンスさえ与えられれば、できると思っていた。

よし、じゃあ君がやってくれ』。本当ですか？

そう、できると思ったらやるんだ』。

でも、バブラル卿は許可をくれないんだ』。

オーケー、許可するよ」と彼は微笑みながら私に言った。私はあなたのヘッド・サーですよね』。

はい、先生」と私は恥ずかしそうに答えた。

明日、ライトを持ってきて、何をするつもりか見せてくれ。私が見たものを気に入れば、やりたいことをやらせてあげよう』。

人生で最も幸せな日のひとつだった！しかし、ひとつだけ小さな不具合があった。

それは無理です。イベントのために新しい照明を手に入れなければならないのです。他にもいくつか必要なものがある。そのすべてを集めるには時間が必要だ』。

でも、法会は3日後だよ。

プジャまでにすべて準備できることを保証します」と私は断言した。チャンスをください。あなたを失望させたり、学校の所有物に損害を与えたりしないと約束します』。

それで決まったんだ。ライトは僕がやるつもりだった。私は感謝の気持ちだけでなく、責任感にも圧倒された。私の能力を信頼してくれている人を失望させるわけにはいかなかった。今は、自分の仕事が終わるまで休まない。

ついにサラスワティ・プジャの日がやってきた。その年は 2 月 16 日で、町中が盛大に祝われたことを覚えている。人々は朝早く起き、洗濯をし、新しい色とりどりの服（主に明るい黄色）に着替えて、様々なプージャ・マンダップに行き、*プシュパンジャリを* 捧げ、学問の女神に感銘を与え、すべての試験に合格しようとした。24 時間、女神の足元で奉献されなければならないため、誰も本に触れることさえ許されない日だった。それゆえ、毎年楽しみにしていた。

女の子は鮮やかな黄色やオレンジのサリー、男の子は色とりどりのドーティやクルタに身を包んでいる。サラスワティ・プージャーでは、新しい服を着ることはほとんどなかった。父は私たちのために新しい服を買う余裕がなかった。毎年、おそらく 3、4 人が交代で新しい服をもらい、その後 3 年間は同じ服を着ていた。年長組の男の子たちは、服のサイズが合わないにもかかわらず、お互いにクルターを交換し、女の子たちは毎年違うものを着られるように、サリーを交換した。

今年も兄のお下がりを着ていた。私は家族の中で一番背が高く、一番痩せていた。クリシュナは私のことをカカシみたいだと言い、近所のフェレット顔の息子と組んで私の外見をからかった。とはいえ、その日はもっと大きな獲物があったし、見栄を張ることはその一つではなかったから、私はほとんど気にしていなかった。そして、私のような顔では、どんなに高価で仕立てのいいクルタを着ても、似合う確率は 10 分の 0 だという事実と、すでに和解していた。

ベビーフードの空き缶 3 つ、ホルダー3 つ、電球 3 つ、鉄釘 3 本、針金 1 ダース、木の板、色違いのセロハン紙を持って学校まで歩いた。校門に着くと、私は偶像が祀られている部屋に直行した。ある者は*アルパナ*を描き、ある者はマリーゴールドの花輪や*チャンドマラ*で偶像を飾った。数人が片隅に座って*プラサード* 用の果物を切り、他の数人が門や柱を安っぽい花輪や手書きの垂れ幕、学校の後輩が描いた絵のポスターで飾った。私が到着すると、ヴィカシュが手を振ってくれた。鮮やかなオレンジのクルタとさわやかな白のドーティを着た彼は、陽気でハンサムだった。彼はクラスーのイケメンだっただけでなく、マナーも良かった。私はアイドルの後ろに座り、細心の注意を払って機材をひとつひとつ取り出した。予備の電球とホルダーをいくつか持っていた。ヴィカシュはその横に座った。

私の大切なコレクションを好奇心に満ちた目で見ていた。僕が君の親友だって知ってるよね」と彼は私に尋ねた。

青天の霹靂だ。

はい、なぜですか」と私は戸惑いながら質問した。

　何か助けが必要なら言ってくれ」彼は私の肩に腕を回した。君ならできると思っているよ、スリダル。君はいつも天才だ！』。

ヴィカーシュの言葉は、私にとって触媒のように機能し、自分の目的を達成し、バブラル卿が間違っていることを証明しようという意欲に満ちていた。

私はまず、缶の閉じた両端を切り開き、そこから電球を差し込む作業に取りかかった。次に、電球の入った缶を赤、青、黄色のセロハン紙で覆い、紙の端を細い木綿糸で縛った。ヴィカシュは畏敬の念と驚きに満ちた目で、そのすべてを見つめた。

この色紙は何のためにあるのですか？

電球はこの紙を通して３色に光るんだ」と私は彼に言った。

彼は興奮して目を見開いた。

続いて、プラグポイントに接続するボードの準備に取りかかった。手は震え、私はワイヤーをねじり、釘をボードに取り付け、自分の実験で学んだことをすべて実行した。それは長いプロセスで複雑なものだったが、ここ数日の夜、私は頭の中ですべてのステップを何度も何度も再生し、その日何も問題が起きないようにした。

ボードと３つのライトの缶の準備ができたので、２本のワイヤーをプラグポイントに接続した。心臓の鼓動が大きく速くなり、私は素早く祈りを捧げ、スイッチを押した。

何も光っていない。電球ひとつない。

どうしたんだ、スリダール」とビカーシュは心配そうに尋ねた。どうして光らないの？

　光のショーは終わったんだ、君たち！」バブラル卿は、私の血を沸騰させるような小声で笑いながら嘲笑した！よくやった、スリダール！こんなの生まれてこのかた見たことがない！』。

このとき、チャンドゥと、他人をからかうことに喜びを感じていた他のクラスの少年たちから笑いが起こった。そしてフリーワイヤーをつかみ、ボードの釘にそっと押し当てた。そして私の計画通り、試合は変わった。

光っている！光ってる！」ヴィカシュは驚きと喜びで叫んだ。赤いランプが光ってる！」。

次に青いランプにつながった釘にワイヤーを触れると、少年たちから驚きの声が上がった。また息をのんだ。次に、3 つの缶を水平に隣り合わせに置き、その前面をアイドルに向け、針金を 1 本ずつ釘に触れさせる行為を繰り返した。そしてすぐに、光は缶から缶へと走り回り、アイドルの色を次々と変えていった。次に聞こえてきたのは、バッチメイトだけでなく、私が気づかないうちに立ち寄っていたヘッド・サーの拍手と驚きの表情だった。

偶像が赤、青、そして黄色に輝くと、彼は驚いて叫んだ。これは素晴らしい！どうやってこのアイデアを思いついたんだ？

　私はただ微笑むだけだった。その晩、私のライトショーは町の話題となり、人々はそれを一目見ようと私たちの学校に押し寄せた。彼らは大勢で到着した。町中のプジャ・マンダップでこのようなことをする人は今までいなかった！1956 年のサラスワティ・プージャーほど多くの人々が学校を訪れたことはなかった。私はライトを走らせただけでなく、美しいアイドルを 3 秒ごとに違う色に輝かせた。セロファンの層を通して差し込む柔らかな光がアイドルの美しさを引き立て、彼女のサリーのスパンコールを輝かせていた。王冠にちりばめられた小さな石がきらきらと輝き、色とりどりの*チャンドマラが* より大きく鮮やかに見えた。

女神の目をひと目見ただけで、背筋がゾッとした。彼らは私の目をじっと見つめ、私に何かを伝え、何か秘密のメッセージを伝えようとしているようだった。あまり長い時間見ていると、その目に夢中になってしまうと思ったので、代わりに自分の仕事に集中した。そして、私を訪問者全員に紹介するときのヘッド・サーの誇らしげな声は、生涯忘れることのできないものだと思った！

他の友人たちが次々と他のパンダルを訪れていく中、ヴィカシュは真の友人らしく、とても長い間残っていて、時々お茶やビスケットを差し入れてくれた。人の出入りが激しいので、1 分たりともライトを放っておくことができず、3 本の釘すべてにワイヤーを通して、1 つの缶から別の缶に飛び移るようにライトを順番に走らせ続けなければならなかった。手作業が多く、その晩はほとんど休めなかった。地元にあるパンダルを除いて、他のパンダルを訪れたことはない。特に、訪問者が私の名前、どこに住んでいるか、どのクラスで勉強したか、その他関連する質問をするところはそうだった。これほど重要で誇りに感じたことはなかった！その日の夜、バブラル卿も私のところに来て、謝罪の言葉を述べてくれた。

大丈夫です、サー」と私は答えた。気にしてなかったから』。冗談だってわかってるよね？

はい、もちろんです」と私は微笑みながらうなずいた。まったく心配する必要はありません』。

傷つけるつもりはなかった』。

全然怪我はしていませんよ、サー。こんなことは人生で初めてだと、あなたは最初に言った。

彼は後ろめたそうに言った。

だから、もちろん何を期待していいかわからないでしょう、サー」と私は答えた。あなたのせいではありません』と。

間奏曲

本当にクールな返事だった！」と私は言った。私は言った。そんなこと言って問題になったの？

いや、そんなことはしていない。実際、バブラル卿はあの日以来、私に無礼な態度を取ることはなかった」。チャンドゥもそうだった。

よかったね」と私は笑った。確かに」。

1957 年、8 級を終えて退学したんですよね？私はノートに走り書きした。

はい」。

次に何をした？

ジュート工場で数カ月働いた後、家を追い出されたんだ」と彼はほほ笑んだ。

家から追い出されたのか」祖父のすぐ隣に座ってテレビのリモコンをいじっていた弟のボニーが、今度は私たちの会話に積極的に興味を示した。

そうだね」とおじいさんは同意した。ある晩、父がどこからともなく現れて、私のご飯の皿を蹴り、コップの水を頭からかけて、私を家から追い出したんだ」。

でも、どうして」と兄は笑いをこらえながら尋ねた。バカな工場で働くのを拒否したからだよ」。

11 歳の弟は狂ったようにゲラゲラ笑い、祖父を大いに楽しませた。こうして祖父はこの話をもう一度説明し、弟の愉快な反応に私は爆笑した。祖父が軽快な娯楽に興じる姿を見るのは久しぶりで、心が温かくなった。

その後、どこに滞在したのですか？私は彼に尋ねた。

パルパラという近くの地域で、友人のヴィカシュと一緒に住んでいました」と彼は昔を懐かしそうに語った。彼の家に泊めてもらったんだ。母親は私を自分の息子のように扱ってくれた。彼女は私が知る中で最も親切な女性の一人だ。母親だけでなく、父親も、祖父も、姉妹も、みんなとても寛大で面倒見がよかった......ヴィカシュと私は......私たちは......ほとんど兄弟のようだった」。

私は彼のことを思い出しながら答えた。

私は母と同じように彼を『カカ』と呼んでいた。祖父と同じ年なのに、彼はとても若々しくハンサムで、まるで 1970 年代の映画スターのようだった。私の祖母は、彼がよく劇場でパフォーマンスをしていて、彼が 20 代後半から 30 代の頃、インド映画のスーパースター、ラジェッシュ・カンナに似ていると皆が言っていたと話していた。彼の目は、人の心を温かくするような茶色で、きらきらと輝き、ユーモアがあった。黄色いカーネーションとポケットいっぱいの太陽のように、彼はポジティブなエネルギーを放ち、行く先々で幸福を広めた。私はよく彼の膝の上に腰掛け、片手に塗り絵、もう片方の手にはクレヨンの箱を持っていた。その間、彼は自分の過去の面白い逸話や、ゴーパール・バー、アクバルとビルバル、ヴィクラムとベタルの昔話、タクマール・ジュリの話、インドの二大叙事詩『ラーマーヤナ』と『マハーバーラタ』の小さなエピソードなどを、飽きることなく語り聞かせてくれたことを今でも思い出す。

祖父が私の思考に割って入った。彼のような人間は他にはいないだろう』。私は彼が正しいことを知っていた。母はよく、祖父はいつも忙しくしていたから、カカが自分を育ててくれたと言っていた。彼は彼女にとって父親のような存在だった。祖母の料理を手伝い、時には市場から食料品を持ってきてくれたり、母の習い事を手伝ってくれたり、祖父母にはできない愛情を注いでくれた。うちの犬たちは、彼が毎日小さなおやつを持ってくるので、いつも彼の周りに群がっていた。つまり、彼はみんなの人気者だったのだ。別の母親から生まれた兄弟で、おそらく祖父にとって最大の理解者だった。祖父がホームレスだったときに庇護し、祖父の絶頂期とどん底の両方を見てきた。

逆境のとき、岩のように彼を支える。

彼は 6 年近く前に亡くなったが、私は彼がもういないという事実をいまだに受け入れることができない。特に彼の死に方が不自然だったからだ。あの優しい顔、慈愛に満ちた瞳を思い出すたびに、私は喉に痛みを感じる。彼の優しい声、頭を後ろに投げ出して大笑いする姿、そして、授業の課題で 10 点満点を取ったり、デッサンの試験で A+を取ったりと、私のどんな小さな成果にも目を輝かせてくれた姿は、私の記憶から消えることはないだろう。彼は私たちみんなにとって大切な存在で、健康で元気だったのに、私たちはいつの間にか彼を失っていた。さらに悲劇的なのは、彼が私たちの家に来る途中、ひどい事故に遭って命を落としたことだ。

私のことは心配しないで」と、祖父は祖父の手を握り、骨折した体が救急車に運ばれる前に苦しそうに言った。2、3 日で元気になるよ』。

そして彼は二度と戻ってこなかった。

そのような友情がもうないのは悲しい」と私は言った。家族のような友人、下心なくあなたを愛し、気にかけてくれる友人、何があってもあなたの味方でいてくれる友人』。

時代は変わったんだ。今の子供たちは、他人と絆を深める時間がどこにあるんだ？弟を見ろ。彼は友人を家に呼んだことがないんだ』。

親しい友達はいないんだ。一人、35 番の男の子がいて、彼は僕に良くしてくれるんだ。私は彼が好きだ』。

彼の名前は？私は兄に尋ねた。彼が友人のことを口にしたのはこれが初めてだった。

名前は覚えていない。しかし、私は 22 番が好きではない。彼は私のティフィンを全部食べ、宿題を全部コピーするんだ』。

この奇妙なロールナンバーは何なんだ？君たちはお互いを名前で呼んだりしないのか？

兄は肩をすくめて答え、またテレビのリモコンを忙しそうに操作した。

ほら」と祖父が言った。ほとんどの時間、彼らはこれらの機器に釘付けになって、何をしているのか......私にはよくわからない。物事はそうはいかない。子供の頃はこんなんじゃなかったでしょ。本を読んだり、歌ったり、字を書いたり、おばあさんの家事を手伝ったり、犬と遊んだり。私たちの頃は、すべてがまったく違っていた。私たちは友達と遊びに行くことにもっと興味があった。パラの　違う人たちが一緒にプレーした。以前は毎週のようにグッリ・ダンダの　試合をしていた。私たちには、本当の絆が生まれ、大切にされる唯一の世界があった。また、情報へのアクセスもほとんどなかった。それゆえ、実験への衝動があり、間違いを犯し、そこから実際に学ぶチャンスがあった」。

そして今、私たちはほとんど、人の道を歩くことを選んでいる。新しい発見は何もないように思える。もうすべて終わったことだ。

常に新しい発見がある』と彼は私に言った。犠牲を厭わなければいいんだ』。

何を犠牲にするんだ？

発見への道からあなたを引き離すものは何でもだ。つまり、気晴らしだ』。新しい発見への道を歩んでいると、世間はいつもさまざまな方法であなたの気をそらそうとする。世界を一人の人間として考えるなら、それはとても秘密主義な人間だ。この映像が見せてくれるものよりも、もっと多くのことがある。秘密を守るために、しばしば嘘をつき、誤解を招く。私たちの多くは、見たままの世界に満足している。しかし、決して満足せず、変装を見破る者もいる。彼らは世界の秘密を解き明かすために探検を始める。そして、世界がその匂いを嗅ぎ取った瞬間、他の人間と同じように、守りに入り、彼らの行く手を阻もうと様々な障害物を送り出す。自己防衛のために行動する。これらの障害は......あなたの人生における人々や状況という形をとり、そのすべてがあなたを発見への道から迷わせようとするのです」私はうなずき、彼の考えがいかにうまく表現されているかに驚いた。

そして、それが人々や状況のいずれとも無関係であることを理解しなければならない』と彼は続けた。彼らが悪いのではない。彼らが悪い人たちというわけではない。ただ、彼らの優先順位はあなたとはまったく違う。だから、戦うべき相手は彼らではない。すべてはあなたと世界の問題です。そしてここで、あきらめるか、進み続けるかの選択を迫られる。後者を選ぶなら、あなたを導こうとする...迷わせようとする人々に見切りをつけなければならない。彼らから距離を置き、必要であれば孤立することも必要だ。もう一度言うけど、彼らが悪い人たちだとは言わないけど、彼らはあなたがどこから来たのか理解できないかもしれない......だって......だって......」。

彼らは私ではないから」と私は言い終えた。

そうだね」彼の目が輝いた。そして、自分の身に降りかかるかもしれないどんな不幸にも、肉体的、精神的にどんなに負担がかかっても、強く立ち向かわなければならない。人生は続く。君も行く必要がある。今いる場所から動けないままではいられない。そんな時間はない。問題から抜け出し、再び自分の足で立ち上がるためにできることは何でもする。自分の身に起こることをコントロールすることはできない...しかし... それにどう対応するかはある程度コントロールできる。どんなに苦しくても、人生をあきらめないこと。生き残ることが最大の課題だ。すべてはその後だ』。

私はまたうなずいた。

物事は決してあなたの思い通りにはならない』。しかし、成功したければ、混乱に慣れなければならない。快適さを犠牲にしなければならない。適切な時間に食事をとり、10 時間睡眠をとり、家族や友人と過ごし、趣味を実践するなど、とても快適な生活は期待できない。時間がないんだ。良い生活とは、夜何を食べるか、どこで寝るか、自分の人生で何をしたいかを心配する必要のない、特権階級だけが手に入れられるものだ』。

そうだね。その通りだよ、ダドゥ』。

しかし、自分の限界も知るべきだ。誰にでも限界はある。誰もがすべてのことに対応できるわけではない。私たちは皆、同じように創られているわけではない』。

私を迷わせようとするかもしれない人たちを見分けるにはどうしたらいいですか？私は尋ねた。

直感がそう言うだろう』と彼は答えた。直感は決して嘘をつかない。友人、親戚、恋人、見知らぬ人、あるいは両親といった形でやってくるかもしれない』。

ご両親のように』。

そうだ。彼らは私をサポートしてくれなかった。だから、嫌でも距離を置かなければならなかった。もし彼らのアドバイスに従って工場で働き続けていたら、夢を追いかけることはできなかっただろう。今の自分はありえない』。

あの人たちに見切りをつけられるほど強くなかったらどうしよう』。もし彼らが私に近づきすぎたら？

心配しないでください」と彼は笑顔で答えた。いい人はいつも近くにいる。おばあちゃんのようにね。どんなに困難な状況でも、彼女は決して私を見捨てなかった。私が目標に向かって努力できるように、彼女は数え切れないほどの犠牲を払ってくれた。私が目標を達成するために、彼女が自分の可能性を無駄にしなければならなかったことを考えるたびに、本当に罪悪感を感じる。若かった頃の私は、熱血漢でプライドが高かったので、このようなことを認めることができなかった。今、私はとても罪悪感を感じている。お祖母様が家族の面倒を見るために自分の夢を果たせなかったことは、私の人生における最大の後悔のひとつです。でも、彼女は文句も言わず、いつもそばにいてくれた』。

もし彼らが定着しなかったら？

じゃあ、手放す必要があるね。本当に何かに心を決めたのなら、必ず代償を払う必要がある。あなたの成長を妨げようとする人ではなく、あなたを成長させてくれる人のそばにいなさい』。

運や運命を信じる？

運命は自分で切り開くものだと信じたい。そして、運は私たちの手の中にある粘土の塊にすぎない。どんな形であれ、私たちが与えることができる。しかし、悲しいかな、それは真実ではない。私は占星術や星占いを信じたことはないけれど、その特権が間違いなくあなたに先手を与えてくれることは知っている。強力なサポートシステムがあり、1日3回の食事ができるのであれば、あなたはすでに人生を先取りしている。それをすべて手に入れられる幸運な人は多くない。生まれた場所は変えられない。しかし、ある程度までは、その後に起こることを変えることができる。しかし、もう一度言うが、これはすべての人に当てはまるわけではない。人生の状況を変えられるかどうかは、自分ではコントロールできないかもしれない様々な外的要因に左右される。だから、うーん . . . その質問に対する答えはないんだ』。

それはとてもラッキーなことだよ。私は必要なスタートラインに立っている彼はうなずいた。でも、本当にうれしいのは

そのことを決して当たり前だと思わないことだ。君は強い子だ。あなたは人生のごく初期に多くのことを経験したが、. . . 自分を犠牲者のように扱うことは決して許さなかった。とても誇りに思うよ』。

胸が煮えくり返り、溺れそうになったが、それを表に出さないように努めた。

私には常に強力なサポートシステムがあったから可能だったんだ。幼少期にはなかったものだ

君のお母さんもそうだった。私の子供だったのに。私は彼女の面倒を見るのがやっとだった。これも大きな後悔だ。彼女にはもっと多くの価値があった。多くのことを経験した、私もそう思うが、私はいつも面倒を見てもらってきた』と私は彼に言った。それが悪いことなのかと思うこともある。

のことだ。

どうして悪いことのように思えるんだ？

この家族に生まれたことで、宇宙に大きな借りができたと常に感じている。そして、何かに不満を感じたり、自分が何か不当な扱いを受けたと感じたりするたびに、失望を感じることを自分に許していいのだろうかと考える。特権の仕組みに気づいていて、それを認めることを恐れないのはいいことだ。でも、だからといって、あなたの経験が妥当でないとは限らない。確かに私は、あなたの成長を支えてくれる家族、良い居場所、その他すべての生活必需品など、あなたが育ってきたある種の特権を持っていなかった。恥じることは何もない。

喉のしこりがまた戻ってきた。

君はいい人だ。少し寂しい。いつも自分のことしか考えていない。自分のことをする。でも、あなたはいつも困っている人を助けるためにわざわざ出かけている。そして...あなたは特権を乱用したことは一度もない』。

褒めすぎだよ。あなたは今、私を困らせている』。

私はこめかみを掻いた。私は自意識過剰を感じ始めていたので、話題を変えたかった。ご両親のことを少し話してくれますか？なぜ彼らはあなたを支持しなかったのですか？

母はいつも、私たちが買えないものすべてにアレルギーを持っていた。なぜなのか理解できなかった。彼女にとって、私たちが持っているものよりも良いものは不必要であり、それらを望むことを表明することは罪だった。私たちは自分たちの地位に厳しく満足し、決して不平を口にしないようにしなければならなかった。子供の頃から、彼女の考え方には本質的に問題があると感じていた。夢や願望がなければ、この状況を変えることはできないだろう。夢を見ることがなぜいけないのか？しかし母によれば、私たちは貧しかったので、より良い生活を夢見る権利はなかった。私たちは夢を見ることを許されなかった。父の態度も同様だった。彼は安全なプレーが好きで、何度も同じことを繰り返した。それはおそらく、彼には多くの口があったからだろう。冒険する余裕はなかった。後になって、なぜ彼がそうだったのか理解できた。彼らが間違っていて私が正しいとは言わないが、私は彼らとはまったく違うとわかっていた』。

なるほど」。

自分の地位に完全に満足するなんて、想像もできなかった。落ち着くということは、敗北を受け入れることのように思えた。正しかったか間違っていたかは分からないが、私は現状に満足していなかった。誇りを持って胸を張れるようになりたかった。私は自分のためにより良い人生を作りたかった。自分の置かれた状況について誰かを責めたことはなかった。

しかし、父のように残りの人生を小さな町に閉じこもり、工場やジュート工場で時間を忘れて働き、他の世界にまったく目を向けず、より良い人生に対して無関心で過ごすことを考えると、私は不安になった。そこには探検されるのを待っている世界があった。見るべき場所はたくさんある... 訪れるべき土地はたくさんある... さまざまなことができる... そしてたった一度の人生で、心の望みをすべて達成することができる』。

私は微笑みながらうなずいた。

私たちに残された時間がいかに少ないか、恐ろしいことです！』と彼は続けた。一生を無名のまま過ごして、いつか何の足跡も残せずに死ぬわけにはいかない。生きる価値のある人生とは思えなかった。私は夢を見た。自分の地位に完全に満足し、リスクを冒す勇気がないのは、良い生き方とは思えなかった』。

工場で働くことを拒否したとき、ご両親との間にいったい何があったのですか？

2 週間ごとに安定した収入が保証されるはずの工場で働くことを拒否していた。当時の私の家庭の経済状況を考えれば、それは大きなリスクだった。当然、私は実の親や兄弟から「わがまま」「家族の黒い羊」などと呼ばれた。でも、私はそのすべてが自分の闘いの一部だと考えている。実際、今振り返ってみると、それは幸運だったと思う。もし私が彼らを簡単に思い通りにしたら、もし私がすべての快適さと特権、安心感と安定感を手に入れたら、私はすぐに満足してしまうだろう。その苦労は、後に自分が達成したどんな小さなことでも大切にすることを教えてくれた。また、自分が稼いだビットのためにどれだけ努力したかを知ることができたので、充実感も得られた。大皿で与えられたものなど何もない』。

もっと詳しく教えてください』。

1957年夏

ある朝、父は髭を剃りたての頬にミョウバンを円を描くようにこすりつけながら、「母さんから聞いたが、最近学校に行っていないそうだな」と話題を振った。

はい」と私は恐る恐る答えた。もう学校に行く意味がわからない。私の兄弟は誰も8級以上は勉強していない。私も彼らと同じように働いてお金を稼いでいます」。あちこちのランプや扇風機を修理して、週に5ルピーしか入ってこないってことか？

父は少し嘲るような声で言った。

まだ始めたばかりです、ババ』と私は説明した。時間をください。そして、私は良い仕事をしてきた。近所の誰に聞いても教えてくれるよ。ゆっくりこれを広げて、もっともっと修理を引き受けて、十分な貯金ができたら、スダ・カカのように自分の店を開くことができる』。

待つ余裕はないんだよ、コカ」父は答えた。大きな夢を見る余裕もない。

お店を開きたいのですか？ビジネスをする？あなたは何歳ですか？まだ14歳だ！事業が損失を被ったらどうなるのか？誰が労働者に給与を支払うのか？そして、あなたが自分の店を構えて利益を上げ始めるまで、具体的にどのくらい待たなければならないのですか？

数年だ』。

″少ない″というのは何人という意味ですか」と彼は厳しく尋ねた。確証はありません」。

それがビジネスの問題だ」と父は言った。何事にも確信が持てない。ラクスミは成人した。我々は適切な相手を探し始めている。その言葉の意味がわかるか？

どれが？私は混乱して尋ねた。ふさわしい相手？

はい」と彼はうなずいた。持参金が増えるということです姉妹が5人いますね。兄さん2人と私だけで結婚資金を全部まかなえると思う？学校を中退して仕事を見つけるには、カルティクはまだ若すぎる。クリシュナはもう1年勉強しなければならない』。

ババ、私に何ができる？

こんな電気の狂気は捨てて、工場に入りなさい」と父は答えた。もう 20 年以上働いているんだ。毎日出勤しなければならないが、いい給料がもらえる。今の収入のほぼ2倍だ』。

でも、ババ、これは私がずっとやりたかったことなんだ。工場では働きたくない』。

　パジャマの糸を結んでいた父は、振り返って私の目を見た。彼は何も言わなかった。目だけが語っていた。そして今度は私を睨んだ。彼はミョウバンのかけらを窓から投げ捨て、水の入ったグラスをテーブルに置いた。

SARASWATI！」。

片手に油のついたヘラ、もう片方の手には麺棒を持ち、髪を整えず、破れて変色したサリーのほつれた端を腰に巻いて、即座に厨房から飛び出してきた。

何があったの？

ティフィンの準備はできていますか」と彼は威勢よく尋ねた。はい、できています」。

じゃあ、何を待っているんだ！」彼は大声で叫んだ。よこせ！」。

母は急いでキッチンに戻り、慌ててヘラを落とし、箱が見つからないのでパニックになった。父は待ちたくなかった。母に罪悪感と責任を感じてほしかったのだろう。もともと私に対して感じていた怒りを、母にぶつけようとした。彼女は決して言い返さず、彼に質問もせず、すべてを受け入れて黙って苦しんだ。だから彼は、彼女が丹精込めて用意してくれたティフィンを食べずに帰ってしまった。彼は彼女が病気であることを知っていたが、それでも容赦しないことを選んだ。私たちの姿を見るのはもう耐えられないと息を切らしながら、彼はドアを叩きつけた。母がティフィンを持ってキッチンから出てきたときには、彼はすでにいなかった。両手はベトベトで真っ白、額には汗がにじんでいた。

あの人は 1 分も待てないのよ」と息も絶え絶えに呟きながら、私は彼女にコップ 1 杯の水を差し出し、ぼろぼろのタオルで額と首筋の汗をこすった。

近寄らないで』って！腰が裂けそうだ！』。

その夜、父は家に帰らなかった。彼は、友人であり同僚でもあるヴィシュヌ・カカを通して、ラクシュミの結婚式のために数週間残業をすると知らせた。だから、毎日家に帰れないかもしれない。大した儀式もなく 2 日が過ぎた。3 日目の夜、ランプ職人のランペヤリが古い梯子を何度も上り下りし、街灯の芯を整え、油の汚れを拭き、家の前の道に並ぶランタンのひとつひとつに丹念に油を注いだ数時間後に、彼は帰宅した。

父は誰とも話さなかった。彼は私をほとんど見もしなかった。彼は黙って夕食を食べ、早めにベッドに入り、一晩中うめき声をあげて私たち一人一人を眠らせた。体を痛めていたらしい。母は徹夜で彼の手足をマッサージしていた。この 2 日間、自分ではほとんど何も食べていなかったにもかかわらず。父が本当に病気なのか、それとも私に罪悪感を抱かせるために演技をしているだけなのか、私にはわからなかった。しかし、翌朝、コックが鳴き、ランタンの炎が次々と消えると、彼はベッドに正座し、急いで風呂に入り、古くなったチャパティを噛んで水で流し込むと、工場に向かった。彼はさらに4日間、家に帰らなかった。父の健康を心配し続ける母の姿に、私は惨めな気持ちになった。彼女は、彼が健康を犠牲にしてまで残業をしなくてもいいように、工場に入って彼を助けてほしいと私に懇願した。

ある日、彼女がラクシュミにこう言っているのを耳にした。『あなたのかわいそうなお父さんは、あなたにいい結婚式を挙げさせようと昼も夜も一生懸命働いているのに、弟は一日中尻に座っているじゃない！どうして子供が父親の不幸を免れることができるのか、私には想像がつかない』。

母親が子供の苦労に気づかないなんて、私には想像もできなかった！一日中、尻もちをついていたわけじゃない。私はほとんど家にいなかった。実際、私は修理の仕事を増やし、レートを上げ、前の週に 10 ルピーを一括で稼いだばかりだった。それこそが、私が工場で稼ぐ金額だった。休憩も取らなかった。昼食を抜いた日もあった。母はそのことを知っていた。私は彼女に、父は残業をする必要はない、本当は必要ないのだとはっきり言った。バグバザールの大工に弟子入りし、木工を教えてもらったこともある。そこでもわずかな俸給を得た。工場に入らない限り、私のしたことは何も認められないように思えた。そしてその日の夕方、ビシュヌ・カカがやってきて、父が重い病気にかかり、その日の午後に病院に運ばなければならなくなったと知らせてきた。母は涙を流し、今度は公然と、すべての原因は私にあると非難した。私は途方に暮れていた。

翌朝、私は早起きして夢に別れを告げた。私はきれいな古いシャツを着て、ハーフパンツをはき、お決まりのチャパルを履いて、空腹と傷ついた心と目に涙を浮かべながら工場に向かった。ホグリー川をボートで 20 分ほど渡ると、私はそこにいた。しかし、私が驚いたのは、父も工場にいたが、まったく具合が悪そうではなかったことだ。私は大いに安堵したが、同時に驚いた。彼は工場で私を見ても嬉しそうではなかったし、その時点では気にもしていなかった。時々お腹が鳴り、周りの従業員たちが楽しんでいたお茶が飲みたくなった。父は、私が工場に入ろうが入るまいが、自分には関係ない。具合が悪そうには見えなかったが、ただ睡眠不足なだけだった。他の従業員たちに話しかけ、機械を点検し、必要な修理に目を配りながら、彼は難なく歩き回っていた。彼は私に、自分のそばには私は必要ないと伝えたかったのだ。しかし、私はそこにいなければならないとわかっていた。たとえ行きたくなかったとしても、これは私をできるだけ早く入学させるための策略なのだと。私は非難や嘲笑にうんざりしていたし、家族を食い尽くすために生まれてきたとか、自分以外の人間にはまったく関心がないとか、何度も何度も聞かされてうんざりしていた。今、私は工場にいて、彼の望んだ通りにしているのに、彼はまだ私を認めようとしない。それは良かった。せめて平穏な日々を過ごしたい。私が話しかけようとすると、いつも嘲笑するくらいなら、話しかけてこないほうがましだ。家に戻って修理の仕事を続ければ、食事はのどにつかえ、ベッドは岩のように感じ、彼の屋根の下に住み、十分な家賃を払っていない自分を恥じるべきだと、毎日毎日思い知らされることになると思ったからだ。

この決断を後悔することはない』。その夜、家に帰る途中、彼が私にかけた言葉はそれだけだった。乞食は人を選べないぞ、息子よ』。

うーん」と私はあくびをこらえながら答えた。本当は私が決めたことじゃない、彼が私を操ってこんなことになったんだ、修理や大工仕事でもっと稼げたはずだ、と言うこともできた。しかし、彼が何も知らなかったわけではない。ババに関しては、理性は通用せず、従順であることがすべてだった。揺るぎない、疑いのない服従。彼が提案したことが論理的であろうとなかろうと、私たちは彼に従わなければならなかった。しかし、これ以上問題を起こしたくなかったので、口を開くのを控えた。それにボートの揺れと夕暮れ時の空の暗さが相まって、眠気が襲ってきた。

それから数日間、ジュートがどのようにして布になるのかを詳しく学んだ。手の込んだ作業で、最初の数日は楽しかった。毎朝、ジュートの俵を積んだ巨大な艀船が川沿いにやってくる。その後、俵は荷揚げされ、倉庫に保管され、最終的に品質によって分類された。ジュートにはソフトジュートとハードジュートがあり、それぞれ違うものを作るのに使われていた。この薬品は繊維をほぐし、ジュートの茶色い繊維に毛髪のような外観を与える。この機械には、ジュートの繊維をまっすぐにする櫛のようなものがたくさんついている。私の姉たちが、黒くて絡まりやすい豊かな髪を、まずお団子ヘアから解き放ち、根元から毛先まで念入りにオイルを塗り、コームでゆっくりと滑らかに整えていたのを思い出した。

私はジュート布がどのように作られるかを見るのが好きだった。私は新しいことを学んでいたし、これは私がすでに知っていたこととはまったく違っていた。カーディング・マシン、ドローイング・マシン、スプレッダー、スピナーなど、私が知らなかった機械がたくさんあった。しかし、1 ヵ月が過ぎると、その繰り返しで生気が失われていくようだった。イノベーションの余地はなく、イマジネーションの場もなかった。繰り返しだ！繰り返しだ！私は時間に追われ、機械のように毎日同じことを淡々とこなしていた。人間とは思えなかった。何の変哲もない構造物につながれた手のようなもので、自分自身の欲望や意思を持つことは許されない。父はどうやって 20 年以上もここで働いてきたのだろう。私は仲間たちを見て、彼らが何年も毎日繰り返す仕事にどうやって満足感を得ているのか不思議に思った。私たちは皆、ある種の麻痺から抜け出せず、自分たちの存在は単なる手に過ぎなくなっていた。どうして気づかなかったのだろう？*マーリクは* 私たちの生死など気にも留めなかった。

それに、労働者の間には多くの不和があった。彼らはしばしば乱闘や口論、誤解に巻き込まれ、ヒンドゥー教徒の労働者とイスラム教徒の労働者の間では常に暗黙の戦争が起こっているようだった。日を追うごとに、私のモチベーションは下がっていった。川を渡るボートの旅、船頭の歌声が誘う夕暮れの恍惚、ミカン色、朱色、茄子色に染まる夕陽、櫂の上をさざ波のように流れる川のせせらぎ、小さなレモンティーで目覚め、重い足取りと夢いっぱいの頭で家路につく。

そしてある日、私たちのうちの一人が賃上げを要求した。でも、君は入ったばかりじゃないか！」とマネージャーは答えた。

私と同じ仕事をしているのに、なぜ他の者がもっと賃金をもらわなければならないのですか？ラヒム・バーイが訊いた。

彼らは何年もここで働いている。彼らはより多くの経験を持っている。あなたはまだ学んでいる。すべてのプロセスを学び、しばらくここで働けば、彼らと同じように給料をもらえるようになる」。

でも、私はもうすべてのプロセスを知っている！私はここで3 カ月以上働いている！私も彼らと同じようにプロダクションに貢献している』。

いいか、ルールはルールだ。それに従わなければならない。私は経営者であり、労働者に給料は払っていない。私自身は、あなたと同じように給料をもらっている従業員です。もっと賃金が欲しいのなら、残念ながら*マールイクと*話をしなければならない』。

その日の午後、ラヒム・バイが一人で隅に座ってお茶を飲みながらパンを食べているのを見た。

彼は顔を上げずに答えた。*マーリク*次第だと言っている。アンマは重病だ。私の 4 人の姉妹は全員未婚です。私の家族で稼いでいるのは私だけだ。他の人たちと同じように稼ぐには、ここでどれくらい働かなければならないか分からない。給料はいくらですか？

10 ルピー」と私は答えた。

ここで働き始めて......？

たった 1 ヶ月だよ...」と彼は笑った。私はここで 3 ヶ月以上働いている。しかも 7 ルピーしか払ってくれない』。これはとても間違っている！知らなかったよ、ラヒム

私は彼に言った。マネージャーと話してきます』。

彼は信じられないという顔で私を見た。お互いにとっていい結果にはならないとわかっているだろう』。

どうしてですか」と私は答えた。これは正しくない。10 ルピーも払うべきだ。あなたは私より長くここにいる。私たちはこれに対して声を上げなければならない。他の選手も私たちとともに戦ってくれると確信している。一緒に来てくれる？

マネージャーの部屋に戻ると、彼は椅子にもたれかかり、口ひげをいじりながら*ビディを吸*っていた。私たちは彼の開いたドアの外に立ち、ためらった。そして、私はついに咳払いをして、大きな声ではっきりと『サー』と言った。

眼鏡を鼻先にかけ、私を見上げた。

今、*ジャメラは* どうなっているんだ」と彼は喉を鳴らすような声で尋ねた。

サー、何かの間違いだと思います」。

どんな間違いだ」と彼は冷ややかに尋ね、鼻の穴から濃い煙を吐き出した。

社長、私はここで働き始めてまだ 1 カ月ですが、給料は......」。

いいか、坊や」彼は硬く手を上げて私を遮った。あのムササビ人の代弁者としてここに来たんだろう？

彼の名前はラヒムです。

名前が何であろうと関係ない」彼は呆れたように手を振った。あなたが何のためにここにいるのか知っていますし、彼に代わって話す前に、本当に私の責任ではないことをお伝えしておきます」。もし望むなら、*マーリクに* このことを話すことができる。私は彼の命令に従っただけだ。誰にいくら払うかを決めるのは彼だ』。

でも、これはおかしい！」ラヒム・バーイは悔しそうに叫んだ。私があなたに話をしに来ると、いつも同じことを言うんです！私は*マーリクを*見たことがない。この 3 カ月で一度もない！どこで彼を見つければいいんだ？私たちの不満を彼に伝えるのがあなたの役目ではないのか？それがあなたの仕事でしょう？

5 秒間の絶対的な沈黙が続いた。

よくも私の部屋に立って、そんな口調で話しかけてくれたな」支配人は口ひげをほったらかしにして、今度は席を立ち、激しく眼鏡をかけ直した。私の仕事を思い出させるために給料をもらっているわけではありません」。

先生、気を悪くしないでください」と私は彼をなだめようとした。ラヒム・バイの母親は重病なんです。彼は 6 人家族を管理するのがとても大変で......」。

お前とは話していない！」彼はまた不躾に私を切り捨てた。

ラヒム・バイは私の隣に立ち、地面を見つめていた。その瞬間、私たちにできることは何もないと思った。

　そして、すべてはその日の午後、昼食後に始まった。ラヒム・バーイと他の労働者たちの間で乱闘が起こった。私はそれが何なのか知らなかったが、私が調べたところでは、おそらくラヒム・バーイがバッチオイルの缶を間違えて落としてしまったのだろう。そこらじゅうにこぼれ落ちた。誰かが滑って尻餅をついた。それが騒動を引き起こした。マネージャーがやってきて、給料が上がらないから故意に落としたのだと責めた。怒りのあまり、ラヒム・バイはマネージャーを突き飛ばした。ラヒム・バーイが泣くのを見たのはそれが初めてだった。彼が『牛肉を食べるムシュルマン』だからキレたのだと他の者たちが非難すると、他のイスラム教徒の労働者たちは当然動揺し、乱闘が始まった。ラヒム・バーイに代わって仲裁に入ろうとしたとき、私自身も何度か殴られたことがある。

お前の父親が物乞いに来たからって、10 ルピーも払ってやったのに！」私が彼の個室で彼の前に立つと、彼は怒鳴った。君の父親の嘆願がなければ、彼の賃金は 1 カ月前に増額されていたはずだ」。そして、こうして感謝の気持ちを示すのだ！敵に味方することでお前はクビだ！』。

その時、私はもう何も必要ないと悟ったんだ。工場での仕事は必要なかった。給料は必要なかった。父に物乞いをしてもらう必要はなかった。工場でもう 1 日無駄にするわけにはいかなかった。クビになろうがなるまいが、どうでもよかった。私はその中の一人ではなかった。私は決してそうなれない。一番傷ついたのは、私が工場に入らなければラヒム・バーイの賃金が上がっていただろうとマネージャーが暴露したことだ。しかし、マネージャーは父と親しかったので、父の要求に応じて、本当はラヒム・バイのものだった給料を私に渡すことにした。ラヒム・バーイが苦労したのは、実は私のせいなんだ。そして、この騒動に自分が関わっていることにさえ気づいていなかった！

ラヒム・バイはその晩、泣きながら工場を後にした。

私もだ」と私は自分に言い聞かせた。私は家に戻って父と話した。

この 30 日間で初めて、帰りの船旅が楽しくなかった。その晩の空は赤みがかったオレンジ色で、ゆっくりと紫色に変わっていった。日が暮れ始めると、鳥たちが空を縫い始めた。間もなく辺りは暗くなる。川の水がやわらかく私の周りに打ち寄せる。地平線のどこか遠くで、喪服の白衣をまとった人々が川で儀式を執り行っているのが見えた。死体はガートの階段に横たわっていた。線香の煙が二人の頭上で渦を巻き、無に帰した。亡くなった人を知らないのに、骨の髄まで寒くなった。ある日、私の生気のない体があの階段に横たわっていた。私のために泣いてくれる人はいるだろうか？それが誰の死体なのか、誰か知っているだろうか？私の不在は感じられるだろうか？私がいることで何か変わるだろうか？

船頭の悲痛な叫びが、長い間行方不明だった弟のことを歌いながら、私の心を深く、そしてギザギザに切り裂いた。彼が『Praan kande, kande, praan kande re, bhaai er dekha pailam na, pailam na...』（私の魂が泣いている、私の魂が痛みで泣き叫んでいる、もう二度と兄に会えないのだから）と歌うとき、私は近くにいた。

涙が止まらない。愛する兄弟や友人を失ったことはなかった。個人的なレベルでこの曲に共感することはできなかった。それにもかかわらず、私は不思議な感動を覚えた。あの夜の雰囲気と歌のメロディーは、私の心をとてつもなく痛ませるものがあった。私もいつか火刑台で焼かれ、灰になる。そして灰から塵になり、私は無になる。運が良ければ、数人の後継者の口に名前が載るだけだった。私は先祖の何人を覚えているだろうか？曾祖父のことはほとんど知らない。誰も彼のことを話題にしなかった。彼がどんな人間なのか、誰も尋ねなかった。水の波紋が、私に時間がないことを感じさせた。私にはこの人生しかなかった。私は今あるものを最大限に活用しなければならなかった。このさざ波のように、いつか忘却の海へと消えていく自分が許せなかった。スダ・カカの店で魅惑的なライトを見つめたときに感じたような、極度の緊張感を再び感じた。

土手に着いたときには雨が降り始めていた。だからレモンティーはない。道は陰気で、ずぶ濡れで、人影がない。やがて雨が降り出した。傘を持っていなかったので、どうすることもできなかった。私は雨の中を家まで歩いた。体中が濡れて冷たくなり、パジャマが足に不快に張り付いた。髪から滴り落ちた水が目に入り、視界が遮られた。家に戻ってから何が起こるかわからなかった。家に近づけば近づくほど、遠く感じるようになった。アスファルトを踏む私の足音は、自分の耳には異質に聞こえた。家は心のあるところだ、という言葉をよく耳にした。羨ましかった。このような格言に共感できる彼らは、なんと幸運なことだろう！気の狂いそうな一日の終わりに帰る家、大切にし、大切にされる人々、心地よさを求めて寄り添う誰か、居場所があること。どこに行けば慰めを得られるだろうか？家はあってもホームレスだった。これほど迷いを感じたことはなかった。私が家に着いたとき、父は屋根の隙間を調べていた。その下の地面に置かれた小さなブリキのバケツに雨水が溜まっていた。母は隅に座り、満足げな笑みを浮かべながら、愛おしそうにタオルでカルティクの頭を拭いていた。

あなたはいつか私を死に至らしめるわ」と彼女は惚れ惚れして彼を叱った。あなたが肺炎になったら、かわいそうなお母さんがどうなるか、考えたこともないでしょう？

誰かが私の心臓にナイフを突き立てているような気がした。

お母さん、ただいま」と私は呼びかけ、頭からつま先までずぶ濡れになって玄関に立った。

彼女は私を見上げ、その笑顔は一瞬にして消えた。彼女からの優しい言葉を聞きたくて胸が痛んだが、私の頭は避けられない失恋を戒めていた。

お風呂に入ってきなさい」彼女は何の感情もなくそう答えると、カルティクの頭をさすりに戻った。

私は静かにタオルとバケツとマグカップを持って、近くの水道の蛇口へと向かった。雨はまだ激しく降っていた。背中を激しく打つ雨の中、私はブリキのバケツに水を入れ、氷のように冷たい水道水を何度か頭からかけた。

　そして、それは夕食時に起こった。みんなで輪になって床に座って食事をしていた。母はご飯とダールとジャガイモ入りの何かを用意していた。父はとても機嫌が悪そうだった。彼は理由もなく、私の兄のひとりにキレた。私はご飯にダールをかけて一口飲み込もうとしたが、しっくりこなかった。彼に心をさらけ出さない限り、何も正しいとは感じないだろうと思っていた。告白の結果、重大な結果を招きかねないことは承知していたが、私は自分の立場を貫き、彼に理解してもらおうと決心した。

私はクビになった」と私はついに宣言した。

誰も私に注意を払わなかった。父は食べ続け、母はクリシュナにご飯のおかわりを促した。まるで私の声がまったく聞こえていなかったかのようだった。

お父さん」と、私は今、彼の注意を引くために呼んだ。

「ああ！せめて食事くらいは静かに取らせてあげましょう』と母が口を挟んだ。今はそんなことを......」。

父は手を挙げ、母は言葉を止めた。何か言いたいことがあるのか？

私の中に。

私、工場をクビになったんです」と私は告白した。クビ？いったいどうやってクビになったんだ？

あなたは...うーん...他の新しい労働者より多く払うように支配人に頼んだのですか？私は彼に尋ねた。

そうかもしれない。それがどうした？

それは知らなかった」と私は彼に言った。私の手は震え始めていた。

要点を言え！」と彼は睨んだ。どうしてクビになったんだ？

今日、ラヒム・バイに給料をいくらもらっているのか聞かれて、私は・・・彼に話したんです」と私は説明した。二人とも何かの間違いに違いないと気づいたので、そのことを話すためにマネージャーのオフィスに行きました。マネージャーは、自分は関係ない、マーリクの 命令を遂行しただけだと言った。その後、午後になってラヒム・バーイがJBOの缶を間違えてこぼしてしまい、マネージャーはわざとやったのだと彼を責めた。他の従業員が本当にひどいことを言ったので、それが喧嘩の始まりだった。ラヒム・バイを守ろうとしたんだけど......それで......マネージャーは僕をクビにしたんだ。それから彼は、あなたが彼に頼んだことをすべて話してくれた』。

明日マネージャーと話してくる」と父は宣言した。ちゃんと謝罪の用意をしておけ』と。

ババ、謝りたくないんだ。戻りたくない』と。

今何と言った？

私は...戻りたくないって言ったんだ』。

どうしてですか？君は工場でよく働いていたじゃないか」。

あそこで起きていたことは正しくない」と、私はどうにか勇気を出して言った。私は、他の誰かにふさわしい賃金の分け前を得ることはできない』。それに、あそこの雰囲気はとても不健康だ。多くの偏見や敵意がある！私はそこで働くことにまったく満足していなかった。それに、仕事はとても退屈だった』。

君は幸せのために働いているんじゃない。あなたは賃金のために働いている。食べるために働くんだ』。

でも、私は修理や大工仕事でもっと稼いでいたのよ」と私は主張した。それに、時間が経てばもっと増えるはずだ』と。

修理の仕事は安定した収入源ではなかった。今日は修理があるが、明日はないかもしれない。他の人があなたの店の隣に修理工場を開くかもしれない。工場では毎週決まった額の賃金が支払われる。物事を運任せにする必要はない』。

ごめんなさい」と私は彼に言った。どこから力が湧いてくるのかわからない。でも、あなたが言っているようなことはできない』。

そう言ったときの彼の表情は忘れられない。でも、私は彼を見つめ返し、彼の目を見つめながら、こう続けた。時間が経てば、修理でもっと稼げるようになると確信している。誰のためにこんなことをしているのか？私たち家族のために。今日まで稼いだものはすべて母に捧げた。それに、ラクシュミの結婚資金を援助するために、できる限り努力する準備はできている。自分のものを持ちたいんだ、ババ。何か誇れるものがある。工場では働きたくない。そこでは人間ではなく、機械のように感じる。分かってください、ババ。どうか私を信頼してほしい。失望はさせない』。

私が話し終えたとき、彼の表情は読めなかった。一瞬、彼は私が言おうとしていたことを理解したのかと思った。一瞬、彼は協力する気があるのかと思ったが、黙っていたからだ。しかし次の瞬間、私の白いシャツは黄色いダールで汚れ、私のご飯は床に散乱していた。コップの水が飛んできて、私の首と胸にかかった。私はぎりぎりのところでかわしたので、ガラスは私のすぐ後ろの壁にぶつかり、音を立てて地面に落ちた。父は私のシャツの襟を引っ張り上げ、部屋から連れ出した。

おまえを息子と呼ぶくらいなら、死んだほうがましだ』。と言うのが聞こえた。お前は路上生活者にふさわしい。家から出て行け！』。

私は力なく母を見た。彼女は黙って従順にドアのそばに立っていた。

出て行け！」と父は叫んだ。そして二度とここに戻ってくるな！」。

涙を流しながら、最後にもう一度自分の家を見て、外に出た。どこに行けばいいのかわからなかったし、何をすればいいのかもわからなかった。私は空腹で、失恋し、無一文だった。そしてまだ雨が降っていた。

その夜 11 時半頃、私はパルパラの見慣れたドアをノックしている自分に気がついた。非常に恥ずかしいと思ったが、その時点では代案を思いつかなかった。ドアを開けた彼は目を見張るものがあったが、私を見て顔を綻ばせた。

スリダール！」と彼は叫んだ。何があったんだ？真夜中にここで何をしているんだ？みんな家にいる？打ちひしがれているように見える

何泊かここに泊めてくれませんか」と言うのが精一杯だった。

もちろんできるさ！」と彼は答えた。と彼は答えた。

と言っている。君は僕の親友だ！』。ありがとう、ヴィカシュ。ありがとう。

何に感謝してるんだ、バカか？どうぞお入りください。

凍えてるぞ！』。

こうして私は自分の家を見つけた。

間奏曲

何があったんだ」祖父が私の意識を呼び覚ました。何を考えているんだ？

私は『今、君がちょっとうらやましいんだ』と答えた。どうして？

あなたには私がいつも欲しがっていたものがあった。親友だ』と。

彼は遠い目をして微笑んだ。

とにかく、パルパラの環境はどうだった？私は彼への質問に戻った。

ビダランカのそれとは爽やかさが違う」とおじいちゃんは答えた。あるいは、単に家から離れていたからそう感じたのかもしれない。家から離れた場所は、私にとって休息地のようなものだった。パルパラにはたくさんの友人がいて、みんないろいろな形で僕を助けてくれた。私はある男から200ルピーをもらって商売を始めたんだ。スー・スバッシュという名前だったと思う。

大丈夫だよ、おじいちゃん、ゆっくり思い出していいよ。急ぐ必要はない

彼の名前はスバシュ・レイだったと思う」と、祖父は少し考えてから思い出した。

彼は誰だったの？私は彼に尋ねた。親戚か？

いや、彼はヴィカシュの家の近くに住んでいたんだ。あの近所はほとんど親戚のようなものだった。みんな非常に友好的だった。ヴィカシュの家族とは特に親しかったので、よく遊

びに来ていた。それで彼を知ったんだ。彼は金持ちだった。彼は先祖から多くの富を受け継いだ。彼は私よりずっと年上だったが、私に大きな愛情を注ぎ、私の能力を信じてくれていた。私がライトの実験をしている間、彼はよくそばで見ていた。本当に親切で寛大な人だった！彼は、私の家族がしてくれなかったことを私のためにしてくれた。彼のおかげで、私は自分の夢に翼を授けることができた。当時、200 ルピーは莫大な金額だった。月収 100 ルピーの人は非常に金持ちだと思われていた』。

お父さんの年収は？

父は工場で毎週 15 ルピー稼いでいました。

そして、家族 14 人を養わなければならなかった』。

収入が支えられないとわかっていたのに、なぜ人々はこんなに子供を産んだのだろう？私は不思議に思った。

当時は家族計画なんてなかったからね」と祖父は答えた。

そして、可能な限り多くの男の子供を産むことだったのだろう」。

そうだ」と祖父は答えた。また......少年たちは幼い頃から収入を得ることができる。私は 14 歳まで、ほとんど毎年兄弟がいた。そのうちの何人かは生まれてすぐに死んだ。私の最後の兄弟は......うーん......ガネーシュの後に生まれた子は、生後 2、3 ヶ月で死んだんだ』。

本当に苦しかったに違いない』。

一時的にね」と彼は不機嫌そうに答えた。何度も経験したことだ。今に始まったことじゃない。口が増える。もし男の子だったら、両親は長い間怒っていただろう。女児が死ねば、家族の出費は少なくなる。あなたは彼女を結婚させる重荷を背負う必要はない。しかし、息子は働いて家族のために余分な収入を得たり、妻を迎えたりすることができる。

お母さんは大変だったでしょう？

女の赤ちゃんが死んだこと？いいえ、一年中妊娠していて、料理を作り、掃除をし、私たち全員の世話をし、その上、陣痛という辛い過程を何度も経験し、父の機嫌の悪さに耐えることほど大変ではなかったわ」。

私の心は、毎年、自動販売機のように機能することを期待され、次から次へと、時には２人、３人と赤ん坊を産み、そして自分たちのことなどまったく重要でないかのように扱われる女性たちに、手を差し伸べずにはいられなかった。耐え難い痛みも、絶え間ない出血も、底知れぬ肉体的不快感も、まるで何の意味もないかのように。まるで、女性だからといって、家族の世話をするために、自分の健康はおろそかにして、過酷な任務を遂行し続けなければならないかのように。しかし、気分の落ち込みや怒りの問題が、まるでひどい人間である権利を得たかのように、自由にされるのはいつも男たちだった。

晩年、私が比較的裕福になった頃、祖父は私の考えに割って入ってきた。そのうちの一人がスディール・ボースというとても親切な人で、彼は私に6.2ミニチュア・ランプの最初のロットを買うための相当な金額をくれた。そしてもう一人は...名前はセーレンドラナート・ゴシュだったと思う。人々は彼をマダン・ダと呼んで親しんだ。

その名前、聞いたことがあるような気がする』。

あなたも会ったことがあるでしょう」と祖父は答えた。君が小さい頃、よく遊びに来ていたんだよ」。

彼はどうやってあなたを助けたの？

最初の頃は、同時にいくつものプロジェクトをこなしていたので、余裕資金が足りなくなることがよくあった。マダン・ダはラクスミガンジ・バザールで電気製品を売る店のオーナーだった。私は彼の店で何千ルピーもの商品をクレジットで購入し、半年後でも１年後でも、お金を稼いだら彼に返済していた。私の面倒もよく見てくれた。彼はいつも私の健康と幸福を心配してくれた。そして、彼は私をとても信頼してくれていたので、私にお金をせびったり、関心を持ったりすることはなかった。彼は、私が支払いを受けた瞬間に返済することを知っていた。

彼はとても親切だった

確かにそうだった」と彼は振り返った。今思うと、家を追い出されたとはいえ、本当に家族がいなかったわけではないことに気づかざるを得ない」。

まさにその通りだ！」と私は言った。私は彼に言った。宇宙はいつも、あなたが目標に向かって前進するのを助けてくれる親切な人たちを、あなたの道に置いてくれるのです』。本当に決心している人には、宇宙はそういうふうに働くんだろうね』。

神か宇宙かはわからない。でも、この人たちがいなければ、今の私は何もなかっただろう』。おそらく、これがある種の幸運の仕組みなのだろう。ちょっとした親切が、誰かの人生を変えることがある』。

私もいつもそう思っている」と私は彼に言った。でも、親切なつもりがとても否定的に解釈されてしまうこともあるんだ。純粋に助けようと思っても、注目されたくてやっているとか、自分の気分を良くしたくてやっていると言われることが多い』。どうして個人的なことのように感じるんだろう』。祖父は私の言葉の根底にある何かを素早く察知した。こんな経験をしたことがあるか？

私はうなずいた。昨年、志を同じくする数人と私は、本当に恵まれない人たちに食べ物やその他の基本的な生活必需品を提供する小さなグループを立ち上げたんだ。私たち自身のサークルは限られていたし、学生である私たちには収入がなかったからだ。でも、私たちが自分たちを助けようとしていると考える人もいた。

彼は悲しそうに首を振った。悲しいね。でも、ひとつだけ言えるのは、家族に見捨てられて行き場がなかったとき、起業する資金がなかったとき……私が困難に直面するたびに、親切な人たちが私を助けてくれた。彼らが注目されたくてやっているのか、それともただ自分の気分をよくしたくてやっているのか、私にはよくわからないが、私は彼らの助けから多大な恩恵を受けた。関係当局が貧困と不平等を最小限に抑えるために必要な措置を講じない私たちのような国では、あなたのような意欲的な人々が大いに役立っている。だから、無駄なコメントには決して気を許してはいけない。その代わり、受け取った寄付金を最も効率的な方法で使うよう努力してください。私もあなたのグループの一員になりたい』。私は不思議な安堵感を覚えた。彼の言葉は、私の髪を吹き抜けるそよ風のように感じられ、私を暖かくしてくれた。

完全だ。

入りましたよ、サー！」。私はうれしそうに言った。では、あなたが家を出た後のことを話しましょう』。

数年間はたいしたことはなかった」と彼は答えた。私は大工の店で働いていて、″どんな電気の問題も解決できる、あのビダランカのおじさん″として知られていました」と彼は答えた。だから、近所や近辺の人たちが何か困ったことに直面すると……真空管のライトや電球が切れたり、扇風機が回らなくなったりすると、いつも私を呼んだ。そして気軽に手伝いに行き、お金を稼いだ』。

いくらですか？私は不思議そうに彼に尋ねた。

2、3ルピーかな。当時は5ルピー硬貨は贅沢品だった』。

私は携帯電話のレコーダーをオンにしていたにもかかわらず、彼の口から出た言葉をすべて書き留めた。

1960 年代の初め頃だったかな、ドゥルガー・プージャのためにアショク・パッリの自転車小屋を飾って 14 ルピーをもらったのは」と祖父は言った。

14 ルピー！」と私は叫んだ。私は叫んだ。大喜びでしょう！」と私は叫んだ。

「ああ、そうだった！突然、すごくリッチな気分になったのを覚えている！」「アショク・パッリという場所は、正確にはどこなんだ？

彼の記憶だ。

チャンダナガルの一部ではない』。隣町の一部で、私たちの町を取り囲む堀を挟んだすぐ向こう側なんだ』。

そう、フランス人は侵入者から町を守るために、チャンダナガルの周囲にあの堀を築いたんだ」と、ずっと黙って私たちの会話を聞いていた兄が誇らしげに付け加え、祖父から頭を撫でられた。

それで、アショク・パッリの仕事はどうなったんだ」私は次の質問に飛んだ。

法会はサイクル小屋の中で行われることになっていた。でも問題は、その地域には電気が通っていないことだった。

じゃあ、電気もないのにどうやって小屋を飾ったんだ？私は知りたかった。携帯電池を使ったのか？

いいえ」と彼は答えた。アショク・パッリから半キロほど離れたチャンダナガルの至る所に電力が供給されていた。電気供給局の許可を得て、チャンダナガルの電柱からアショク・パッリの自転車小屋まで長いケーブルを取り付けたんだ」。

そんなことが可能なのか？半キロメートルも離れていて、その間に堀があり、たくさんの民家があったと言いましたねえぇ、ケーブルを家々の屋根の上に運び、堀を渡らなければなりませ

んでした。私のルートには女子大もあった。彼らは私を狂人だと思ったのだろう。

彼らが私に気づいた瞬間に

彼はそこで立ち止まり、大笑いした。

ああ、ダドゥ！」彼は涙を拭いながら言った。笑いが止まらない！』。

私は彼らの陽気さに参加せずにはいられなかった。

君は本当に一人前だね』と私は祖父に言った。で、小屋には何を飾ったんだい？

とても基本的なものだよ」と彼は嬉しそうに思い出した。ブラケット、チューブライト... うーん... 小さなシャンデリアと小さなディスコグローブ。6.2 ミニチュアランプはまだ流行っていなかった」。

私はまだ笑いながらノートに走り書きした。本当に人の屋根の上にケーブルを運んだなんて信じられない」。

ああ、そうだった！」と彼は答えた。苦労は辛かったけど、人生で最高の日々だった』。

その時、母が2つのドアの隙間から覗いて、ボニーの数学の家庭教師が到着したことを知らせてくれた。すっかり失望した兄は、不吉な知らせの持ち主である彼女に眉をひそめ、しぶしぶ部屋を引きずり出した。

あの後、もっと大きなプロジェクトがあったんだ」と祖父はしばらくして回想した。1966 年だったと思う。ジャガッダトリ・プージャのための街灯は初めての試みだった。

どうだった？

私のライトは拒絶された』。

なんだって？私は叫んだ。ライトが不合格だったのか？

はい」と彼は顔をしかめた。近隣の地域でした。私は 25 ワットの電球でライトのトンネルを作った。初めてローラーを使った。

ローラー？私は彼に尋ねた。何ですか？

ライトはローラーの助けで勝手に動くんだ。私の手作業は必要なかった。トンネルの各アーチにはそれぞれ独立したローラーがあった。学校のサラスワティ・プージャーで、私は一晩中偶像のそばに座って、針金をそれぞれの爪に押し付けて、走馬灯のような効果を出していたのを覚えている？

覚えているよ。1 分たりとも会場を離れることはできなかった』。

それこそが今のローラーの仕事だ。私が常に立ち会う必要はないだろう。ローラーを電源につなぐだけで、照明が自動的に点灯するんだ』。

私の時代には 2 人の偉大なアーティストがいた。

とジバン・バー。ラルバガンのドゥルガー・プージャーでの彼らの機械的な仕事には大いに刺激を受けたが、彼らが使っていたものは、私が照明でやりたいことには合わなかった。だから、何か違うことを考えなければならなかった』。

それで、このローラーはどこで見つけたの？チャンダナガルにすでにあったのですか？

いや、自分で作ったんだ」と祖父は答えた。えっ？ローラーを作ったのか？

どうやって？

それはまったく新しい話だ！」と彼は微笑んだ。

とても聞きたい話だ』。オーケー、では。始めよう

1965 年秋

君のアイデアはユニークだ！』。ある日、ヴィカシュに言われたんだ。でも、3 つ以上の照明を使って仕事をしなければならなくなったときのことは考えたことがあるかい？

私も同じことを考えていました」と私は答えた。一列に並んだ 4 つか 5 つ、多くても 12 個のライトを手動でコントロールすることはできるけど、それ以上は無理だ』。

ヴィカシュはこう付け加えた。それはとても不便だ。あなたが関与しなくても、照明が自動的に作動する方法はないのですか？そうすれば、一度に 1 つのプロジェクトに集中するのではなく、複数のプロジェクトに取り組むことができる』。

絶対に出口がある」と私はつぶやいた。あるに違いない！ただ、まだ思いつかないんだ』。

すぐに何かわかると思うよ」と彼は励ました。私はあなたを信頼している』。

ジュート工場で働くことを拒否して家を追い出され、親友のヴィカシュの家に身を寄せてから 7 年。それ以来、私は時々そこに住んでいた。それはとても古い家だったが、ザミンダールのもののように立派なもので、中央には開放的な中庭があり、その周囲には広々とした大きな部屋が建てられていた。家の内側には礼拝用の部屋が別にあり、中庭の片隅には*トゥルシーのマンダプが* 厳かに建っていた。洗っていない服を着て、その近くには行ってはいけないことになっていた。

私がカキマと呼んでいた彼の母親は、毎晩祈祷室でクリシュナ神の巨大な偶像を礼拝した後、赤い縁取りの白いサリーを身にまとい、髪にはチャンパの 花を挿して階下に降りてきて、*トゥルシーマンダの*足元でロウソクとオイルランプに火を灯し、香りの余韻を残していった。サンダルウッド、インセンス、花の重厚な香り。彼女の仕草には気品があり、目には優しさがあり、手のひらには豊かさがあった。両手を胸に当て、その前にひざまずいて祈り、それから部屋から部屋へと回って、祈祷室のお菓子を皆に配った。

あなたがとても長く豊かな人生を送れますように、私の愛する人』と、彼女はいつも明るく微笑みながら、私に*プラサード*を差し出しながら言ったものだった。あなたはとてもいい子よ』。

もし母が裕福な家に嫁ぐ幸運に恵まれていたら、まったく違う人間になっていただろうかとよく考えたものだ。彼女はおそらくそうするだろう。私たちも違うだろう。状況は人を変える。私は家族の誰よりもそれを知っていた。ここ数年、私は向こう側にいることがどんな感じなのかを経験していたからだ。年長者から賞賛や励ましの言葉を聞くこと、自分の能力を信じてくれる人が周りにいることは、その人の人格を大きく変える。ヴィカシュの家では呼吸ができ、自分自身に満足し、自信を持てるようになった。彼らは私が絶望的だと感じさせず、私の努力を賞賛し、私の仕事を評価してくれたからだ。彼らは私に劣等感や不甲斐なさ、わがままを感じさせなかった。柿間はいつも私に優しい言葉をかけてくれた。彼女はよく私の健康状態を心配してくれ、私が病気になるといつでも看病してくれた。しかし、なぜ母が私にそのようなことを言いにくいのか、私には理解できなかった。彼女にそれができないわけではなかった。カルティクが何もせずに座っているときでさえ、彼女はいつも愛情を注いでいた。兄たちとの関係も悪くなかった。なぜ私はいつも例外扱いされたのか？まるで害虫を足で踏みつぶすように？

ヴィカシュは大家族で、叔父、叔母、姉妹が何人もいた。だから、お祭りがあるたびに、彼の家は幼児から年老いた祖父母まで、謙虚で陽気な人々の大群で賑わい、私はすっかりくつろいでしまった。彼らは私を部外者のように感じさせなかった。実際、私はヴィカシュ自身と同じくらい重要な家族の一員であり、彼らの私に対する優しさは無条件だった。そのような家庭の出身である私は、優しさは親友が生まれながらに持っている美徳だと知っていた。それとも、優しさは特権とともに芽生えた美徳なのだろうか？特権階級であればあるほど、親切にするのは簡単だ。しかし、私がヴィカシュに最も感心したのは、彼の謙虚さだった。彼はチャンドゥのような裕福な男子生徒と友達になることもできただろうが、私を選んだ。そして、彼は私のそばにいて、厚かましくも私を助けてくれた。その必要はなかった。彼にとって何があったのだろうか？何もない。しかし、彼はそれを選んだだけだった。彼は私を実の兄弟のように扱ってくれた。そしてその日を迎えた。ヴィシュワカルマ・プージャーだった。

その日の朝、私たちの学校の友人数人が彼の家に招待されていた。正午に彼の屋上で凧合戦をすることになっていた。毎年恒例で、他の凧の鋭利 な*マンジャに* 糸を切られることなく、最も長い時間生き残った凧が優勝する。*マンジャと* 呼ばれる特別な凧糸は、自分たちの手で作ったものだ。*マンジャが* 強ければ強いほど、優勝の可能性は高くなる。だから、*マンジャ* 作りはこれらの競技において非常に重要な役割を果たした。この７年間、大会で優勝するのはヴィカシュか私かのどちらかであり、お互いの凧を切ることはなかった。これは私たち自身のちょっとした伝統で、正式に合意したわけではなかったが、ふたりはそれに従った。ポリエステルの撚り糸を*使い* 、特別に用意した接着剤と微粉末のガラスでコーティングした。注意深く扱わなければ、肉を切り裂くほど鋭かった。今年も勝利は約束されている。

凧揚げ大会の後は、熱々のプルオパイ、チャナマサラ、スパイシーな*アルードゥム*、マスタードオイルで揚げたナスの輪切り、新鮮な*カアトラ・マッハ*で作った特製フィッシュカレーといった豪華な食事が待っている。ランチのことを考えるだけで、朝から口がパクパクしてしまった。その上、厨房で調理されているさまざまなものの匂いがした。たくさんのスパイスが挽かれ、大きなガラス瓶に保存されていたものがようやく使われ、熱く煮えたぎる油にプーリの豊かな香りが放たれ、塩とターメリックパウダーでマリネされた魚の切り身が玉ねぎ、ニンニク、生姜のペーストを混ぜたものでコーティングされ、*アルードゥムと　チャナマサラの* 材料が巨大なフライパンにひとつひとつ流し込まれ、ヘラでかき混ぜられ、とろりとしたおいしいペースト状になる。さまざまな香りが漂い、私の自制心を翻弄し、焦らせ、ビクビクさせ、異常に空腹にさせた。だから、チャンドゥが何年も前に学校を中退し、いまだに安定した職に就いていない私の足を引っ張ろうとしたとき、私は少しも怯まなかった。その代わりに、私の胃と私は、大声で、威嚇するように、彼に向かって一斉にうなり声を上げた。

黙らないと、寝ている間に感電死させるぞ！』。彼は私が完全に気が狂ったかのように私を見た。しかし、私の顔の何かが、私が冗談を言っていないことを示していたのだろう。

午前中いっぱい。

正午になり、私たち 9 人は真新しいカイトとスピンドルを持って屋根の上にいた。凧もスピンドルも買っていなかった　。買えないわけではなかったが、単に買いたくなかっただけだ。私は稼いだ金のほとんどを新鮮な照明や実験器具の購入に投資し、残りはヴィカシュの家族に食料品や生活必需品を買うために使った。私は 21 歳の健脚な男で、自分の分は自分で払うのが好きだった。何の貢献もせずに、いつまでも衣食住を提供させるわけにはいかなかった。自尊心を傷つけられた。私が家にいたら、家族のために同じことをしなければならない。だから、別に普通だったよ。それに、彼らは私に十分すぎるほど尽くしてくれたし、私のなけなしの稼ぎを凧や回転木馬につぎ込んで朝の娯楽を楽しむ余裕はなかった。ビカシュは新品同様の古いカイトとスピンドルをいくつか持っていたので、そのうちのひとつを使った。

空を見上げると、すでに何百もの凧が舞い上がり、互いに激しく競い合っている。それがヴィシュワカルマ・プジャの最も素晴らしいことのひとつだった。空だ！何百もの色鮮やかな凧が自由に舞い、風に乗って華麗に浮遊し、色も大きさもさまざまなエキゾチックな鳥のように見えた。他の凧を切り落としたり、隣人と競争したりするつもりはなく、純粋に凧揚げが好きで凧揚げをする人もいた。そして私たちのように、歯が立つような凧揚げ合戦ほど爽快なものはないと感じた者もいた。勝ち負けは私たちには関係なかった。スリル、楽しさ、大声で罵ること、悪態をつくこと......私たちはすでに大人の仲間入りをしたのだから、それを自由に行使することが許されていた。凧揚げ合戦が始まり、15 分ほどで私は友人 2 人と見知らぬ近所の人を見事に倒した。BHO-KATTA！」友人たちはそのたびに叫び、私の背中を叩きに来た。それから 10 分後、ヴィカシュは他の 2 つの凧を切り落とした。凧が 4 つ落ち、残ったのは 5 つだけだった。ボーラ、チャンドゥ、パラシュラム、ヴィカシュと私は激しい競争を繰り広げていた。やがてパラシュラムはボラの凧を切り落とし、彼の凧もチャンドゥに切り落とされた。私の凧、親友の凧、そして宿敵の凧を除けば、あと 2 つだ。私は後者を退け、引き分けとすることにした。

　しかし、そうしようとした矢先、私の手の中で難なく転がるスピンドルの姿を見て、私はひらめいた。私はしばらくの間、その場に立ち尽くし、まるで恋人が愛する人の瞳を深く見つめるように、自分のスピンドルを見つめていた。

どうしたんだ？ボラが叫んだ。あいつのカイトを降ろせ！」
。

その代わり、私はまるでトランス状態のようにマンジャを転がした。いったい何をやっているんだ！」と叫んだ。

パラシュラム

彼らの叫びにも耳を貸さず、私はゆっくりと凧を降ろし、ヴィカシュに渡した。

と彼は驚いて私に尋ねた。

今思いついたんだ！」。私は呆然としながら言った。このスピンドルをしばらく貸してくれないか？

もちろん、できるさ！」彼は当惑した様子だった。でも、なぜ先に試合を終わらせないんだ？

解決策を見つけたよ。私は泣いた。

ヴィカシュは私が外国語で話しているかのように私を見た。

今すぐ行かなくちゃ！」と私は主張した。私はそう主張した。

オーケー！行け！』彼は興奮した様子で私に近づき、耳元でささやいた。チャンドゥのケツを蹴り上げたらすぐに合流するよ』。

そして、私は笑いながらスピンドルを手に自分の部屋に駆け込んだ。

彼は完全に狂ってしまったね」。冷たく硬いモザイクの階段をよじ登りながら、チャンドゥがそう言ったのを聞いた。

私はある発明の呼び出しに出席しなければならなかった！

それから数日間、私は町中の何軒かの大工を訪ね、小さな円筒形の紡錘のような木の構造物を作ってもらい、その長さに穴を開けた。私はまた、今月の貯蓄の大部分をテーブル・ファンのモーターに費やした。電源につなぐとスピンドルが回転するのは、このモーターのおかげだった。スピンドルの準備ができたら、木枠の中に水平に置き、胴体に等間隔で５本の縦線を引いた。そして、それぞれの線上に銅板を１枚ずつ、もう１枚の銅板の斜め下に植えた。そして、ローラーの片方の端に、連続したリングのように一周する一本の銅片を置いた。

あれは何に使うんだ？ある日、ヴィカシュが私に尋ねた。

これが私の電気の導体になる」と私は誇らしげに言った。

次に、5 枚の銅板をすべて小さな銅線で導体に接続し、電力が導体に達すると、すべての小さな板が帯電するようにした。そして、独立した別のワイヤーを私のコンダクターに緩く固定した。これはプラグポイントに接続され、継続的な電力供給源として機能する。私のコレクションから５つの球根を選んだ。それぞれに２本のワイヤーがあった。すべてのランプから１本ずつワイヤーを取り出し、ワイヤーの端がローラーの対応する５本の線にちょうど接するように、骨組みにガムテープでぴったり並べて固定した。残りの５本のワイヤーをつなぎ合わせて１本のコモンワイヤーを作り、プラグポイントに接続した。つまり、2 つの電源があり、1 つはローラー専用、もう１つはテーブルファンモーター用だった。

電源のスイッチを入れると、ローラーがゆっくりと回転を始めた。骨組みにテープで固定されたワイヤーは固定されたが、ローラーは回転した。そして、私の木製ローラーが回転するにつれて、固定された電球のワイヤーが帯電した銅板に次々と触れ、電球が一列に並んで光り、消えていくのを見たとき、私は恍惚感に洗われた。私は喜びのあまり飛び跳ね、歓喜の叫びで天井が落ちそうになった！

ヴィカーシュヴィカシュ私が作ったものを見に来てくれ

私は圧倒され、涙をこらえることができなかった！

電気技師になるべきだったんだよ！』。ヴィカシュはそれを見て叫んだ。君は遠くへ行けるよ、友よ！』。

すべてあなたの助けがあったからです』と私は彼に言った。

君がそばにいてくれなかったら、こんなことはできなかっただろう』と。

私は何もしていない！すべてはあなたのアイデア、あなたのデザインだった』。

あなたは私に滞在する場所を与えてくれました」私の声は感情で重かった。紡錘を貸してくれた。あなたはいつも私を信じてくれた。恩返しができるかどうかわからない』。

その必要はない！』と彼は叫んだ。スターになっても私のことを忘れないでね』と。

その時、私たちは涙を流しながら笑い始めた。

　ローラーには 2 つの役割があった。まず、テーブルファンのモーターを電源に接続した後、私はただ後ろに立って、私のローラーが私のランプで奇跡を起こすのを見守るしかなかった。第二に、ランプは銅板の位置によってすべて異なる時間に光る。プレートを並べて植えていたら、すべて一緒に光って消えてしまうだろう。しかし、皿を斜めに置いたため、ランプは一列に並んで次々と点滅した。

やがて私はローラーを開発し、パネル上の何百ものライトを 1 つのローラーで作動させ、ローラー表面の銅板の戦略的な位置によって、光と影の効果やアニメーションの効果を生み出す、より新しいメカニズムを作ることを学んだ。それは私の最も重要な技術革新のひとつであり、その青写真が一本の紡錘によって明らかにされたものだった。ジャガドハトリ・プージャのために、私は初めてローラーを使って近所の通りを照らした。ドゥルガ・プージャーよりも、私が毎年固唾をのんで待っていたのはジャガッダトリ・プージャーだった。私はドゥルガ・プージャのメッセージにあまり関心がなかった。というのも、私は阿修羅のように見えたからだ。地元で上演される寸劇で阿修羅を演じる人々は、顔色が黒かったり、黒いペンキで覆われていたりする。何度かその役に誘われ、兄たちは私をからかって喜んだ。だから、楽しみにしていたわけではないんだ。ジャガドハトリ・プージャは、私たちの眠ったような小さな町で、より華やかに盛大に祝われる祭りだった。新しいドレスを買い、家を掃除し、古い靴を磨き、顔を美しくし、町は新婚の花嫁のように着飾り、遠くからの客を迎える準備をした。それはお祭り騒ぎと再会の時であり、帰郷と社交の場であった。全国から集まった人々は、5日間にわたる吉祥の法会を祝うために帰郷した。以前は電気がないため、爆竹を鳴らしたり、マンダップ 周辺やイマージョン中に火のついた松明を使っていた。後で知ったことだが、これらの習慣はすべて、バスティーユ陥落を記念して毎年 7 月 14 日に私たちの町で大規模な爆竹ショーを開催していたフランス人によって始められ、影響を受けたものであり、彼らがいなくなった後もこれらの伝統は守られ続けた。

子供の頃、私は年長者から、マア・ジャガドハトリはマア・ドゥルガーそのものの一面であると教わってきた。マア・ドゥルガーとマア・カーリーの精巧な物語は覚えられず、どちらか一方ともう一方を混同してしまうことが多かったが、マア・ジャガドハトリの物語はいつも覚えていた。

ドゥルガー女神を創造した後、インドラ神、ヴァルン神、その他の神々は自分たちを全能だと考えるようになったという話だ。彼らはシャクティ、宇宙全体を動かしている根源的な宇宙エネルギーを認めようとしなかった。彼らは自分たちが彼女より強いと思い込むという極悪非道な間違いを犯した』。ダダはそう言った。

それからどうなったの？私は熱心に尋ねた。

それはもちろんシャクティを激怒させ、彼女は彼らに責任を取らせることにした。そこで彼女はマヤに変装して彼らの前に現れ、彼らの前に一面の草を生やした。みんなマヤをバカにしていたけれど、一人、また一人とテストに落ちていった。その時、シャクティがライオンに座ったジャガドハトリ女神として彼らの前に現れたのです」。

じゃあ、象はどうなんだ？神々はすぐに自分たちの過ちに気づき、誇りは象の姿になった。それが私たちの礼拝の仕方だ

マー・ジャガドハトリは、ライオンに座った女神で、その下には象がいる」。

後に知ったことだが、西ベンガル州クリシュナガルのマハラジャ・クリシュナチャンドラ・ロイが、ジャガドハトリ・プージャーを最初に始めたことで知られている。彼はベンガルのナワブ、アリワルディ・カーンに王権を譲ることを拒否されたため投獄されていたが、ドゥルガ・プージャの最終日であるドゥルガ・ナバミの日に釈放された。マハラジャは毎年楽しみにしていたお祭りを楽しめず、非常に悲しみ、投獄されたことで王国のドゥルガ・プージャのお祭りは台無しになってしまった。マア・ジャガッダトリはマハラジャの夢の中に現れ、次のシュクラ・ナバミの日に彼女を礼拝するよう求めたと言われている。彼は女神の指示に忠実に従い、ジャガドハトリのプージャーを始めた。このプージャーはやがて他の町や都市にも広まり、チャンダナガルはそのひとつとなった。

昨年同様、今年もアショク・パッリの人々が、ジャガドハトリ・プージャのために小屋の装飾を私に依頼したいと言ってきた。彼らは 18 ルピーに値上げしてくれたが、私は今回は何か違う、もっと大きなことをしたかった。私は自分の発明を使いたかった。彼らの申し出に応じるべきかどうか、まだ考えていたとき、ヴィカシュの家に近所の男たちが数人、私に会いたがって立ち寄った。

どうやって私を見つけたの？スバシュ・バブが君の住所を教えてくれたんだ』。

パンダルへと続く通りの飾り付けをしてほしいとのことで、私の作品が印象的である限り、好きにさせてくれるとのことだった。また、彼らは私に 25 ルピーの報酬を支払って

くれた。

私は、電球が並べられたアーチ型の竹を使って、光のトンネルを作ることを思いついた。どのアーチにも、斜めに銅板を植えた独立したローラーがあり、ランプを竹ひごの端から端まで走らせる。通り全体を飾ることになるので、一大プロジェクトだった。彼らは私に 25 ルピーを支払ってくれたが、それは私の予想をはるかに超えた額だった。しかし、私が取り組みたいアイデアを考えると、25 ルピーでやっと賄える額だと思った。それでも、私はやる気満々だった。当時、私は炎に吸い寄せられる蛾のように新しい革新的なものに惹かれ、今回はリスクを冒してでも何か新しいものを発表しようと思っていた。

友人のパラシュラムと私は眠れない夜を過ごし、25 本ほどのローラーを作るのに懸命に働いた。約束の倍である 50 ルピーもかかったので、仕事を終えるためには貯金を取り崩すしかないと思った。でも、私はお金よりも賞賛を得たかった。私は人々に立ち寄ってもらい、私の作品を評価してもらいたかった。おそらく、私は幼少期から賞賛に飢えていたのだろう。尊敬や憧れほど、お金は私にとって重要ではなかった。すべてのローラーを作るのに 1 カ月以上かかったが、その過程を存分に楽しんだ。

法会の数日前、私たちはもう一度通りを調査し、必要な寸法をすべて記録し、委員会のメンバーと最終的な取り決めをした。2 日後、私たちは現場に行き、等距離にある小さな竹の支柱を道の両側に刺し、細いアーチ型の竹の切れ端で道を挟んで各組をつないだ。それは洞窟の入り口のようで、最終的にはメインのパンダルにつながっていた。それから、黄色いセロハンで包んだ 25 ワットの電球を竹ひごの長さに沿っていくつか取り付けた。

なぜ黄色なんだ？パラシュラムは私に質問した。なぜ赤や青や緑じゃないんだ？黄色が一番いい」と私は説明し、夜に輝

くアーチをイメージした。一番明るい色だから。電球

夜の闇の中で蛍のように輝くだろう』。

頭の中に浮かんだ見事な絵が私を奮い立たせ、一日中、鼻を高くしてアーチ作りに励んだ。私は自分の想像力に生命を吹き込みたかったし、新しいことをするという興奮が、空腹や喉の渇きという苦痛を感じさせないようにしていた。夕方までに、通りのほぼ半分にアーチを設置し終えた。そして、想像していたとおり、夕暮れ後に試運転をしたとき、アーチは息をのむほど美しく見えた。まるで光虫やホタルに照らされた魔法のトンネルを歩いているようで、タゴールの書いたお気に入りの歌の一節を口ずさまずにはいられなかった。

ジョナキよ、キ・シュケ・オイ・ダナ・ドゥティ・メレチョ！」 （ああ、ホタルよ、君はなんて陽気に羽ばたくんだ！）。

パラシュラムはキラキラした目で私の背中を叩いた。素晴らしいよ！すべてのアーチを取り付けたら、どんな風になるのか想像もつかない。このようなことは、かつてここで行われたことはない』。

その夜は興奮してほとんど眠れなかった。私はタゴールのメロディーを何度も何度も口ずさみ、翌日、実行委員会のメンバーに、プージャのパンダルでこの曲を流すように提案しようとさえ思った。翌日、私たちがもう半分の道路で仕事に戻ると、竹ひごとともにすべての照明が消えていたのだ。竹竿とローラーだけが残った。1 カ月以上、昼夜を問わず懸命に働いたローラーだ。私たちはすぐにパンダルに駆けつけ、プジャ委員会のメンバーと話した。私たちは間違いなく、このような事態を想定していなかった

私たちは彼らから話を聞こうとしていた。

何があったんだ？パラシュラムが一人に尋ねた。明かりはどこだ？

パンダルの後ろに置いてあるんだ」と彼は答えた。

なぜ外したんですか？

　正直に言わせてもらうと、彼は質問されて少し困ったような顔をした。我々が望んでいたようなものではないんだ。もっと大きくて明るいものが欲しかった。この照明は暗すぎる！通りは暗く、陰鬱に見える。フェスティバルの本質を台無しにしている。既製のチューブライトで何かできるのであれば、それは素晴らしいことだ。チューブライトの代金はお支払いします。でも、私たちが球根代を払うとは思わないでください。私たちはあなたの計画を承認したとき、あなたの仕事がこんなに不器用だとは思っていませんでしたから』。でも、私たちはまだ仕事を終えていません！』。涙が目にしみる。まだ 10 個のアーチを取り付けただけです。あと 15 人いる。ご希望であれば、さらにアーチを取り付けることも可能です。なぜ分からないんだ？不完全だ！完成すれば、非常に明るく見えるだろう

チューブライトを使って何かできるのであれば、大歓迎だ。そうでなければ、他で働くのは自由だ。球根はパンダルの後ろにあるから、都合のいいときに受け取ってくれ』。

パンダルの裏にある小さな湿地帯に走って行って、自分たちのライトが無事かどうか確かめると、竹ひごが無造作に地面に散らばっていた。生まれて初めて、私はまるで裸足で電線の上に立っている人のように、上から下まで震えた。私のアイデアを否定するだけなら気にしなかったが、彼らは一歩進んで私の芸術を軽蔑し、ゴミのように地面に投げ捨てたのだ。私は彼らをそう簡単に逃がしたりしない。

気を落とすな、友よ」パラシュラムは私を慰めようとした。次はきっとどこかで受け入れてもらえるよ』。

この男たちに私の力を見せてやる！』。私は涙をこらえようとした。

そうでしょうね」。

私の怒りは静まり、ライトは散乱し、ポケットは空っぽで、心は傷ついた。

私はパラシュラムの肩で泣き叫んだ。

大丈夫だ。信じてください！』『もう二度と彼らの下では働きません！』。

その必要はない』。

そして、私は決してそうしなかった。その委員会のために働くことは生涯なかった。後でどんなに懇願されても、どんなにお金を積まれても......。私の芸術は、私の心の中で神と同じくらい重要な位置を占めていた。そして私は、彼らが相応の報いを受けることを、自分自身に対してではなく、自分の芸術に対して負っていた。

間奏曲

じゃあ、何をしたんだ？

祖父は肩をすくめた。金が必要だったんだ。私は貯金をすべてトンネルのために使ってしまった。そこで、言われた通りに竹竿にチューブライトを取り付け、ローラーとアーチを家に持ち帰った。通りはひどい有様だった

がっかりだ！』。

しかし、翌年のビダランカでは、同じトンネルをより大きな球根とローラーで作り、大きな評価を得た。ビダランカはその年一番の観客を集めた』と目を輝かせた。

君の努力は完全に水の泡になったわけではないんだね」。いいえ、そうではありませんでした」と彼は微笑んだ。そして

1968 年だったと思う。細くてしなやかな竹でデザインされた長方形の構造で、花や動物など好きな形に模様をつけることができる。そして、6.2 のミニチュアに付けたパターンの線に沿ってね。

よくわからないのですが」と私はわざと言った。私は彼に覚えていてほしかった。

よし、デッサンノートの 1 ページを考えてみよう」祖父は自信を取り戻して立ち上がった。まず 4 つの余白を描くんだな？

そうだね

それはパネルの 4 つの側面です」と彼は答えた。フレームだよ』。

う、うん」。

『さて、花とか象とか、描きたいものの輪郭を......どこに描くんだ？

余白か枠の範囲内で」と私は答えた。

もちろんだ」と彼はうなずいた。ここでも同じようにするんだただし、輪郭を描くのに鉛筆は使わない。しなやかな竹を細く切って、粘土のように曲げて、好きな形にするんだ」。

なるほど」と私はようやく理解した。このパターンを貼り付けるベースがあったはずだよね？

もちろん、それは常識だ！そうしないと絵柄が落ちてしまうんだ！」祖父は笑った。こんな質問をする私はなんてバカなんだろう、と思いながら。土台は、より丈夫で太い竹ひごを縦横に配置し、格子のような構造にしてデザインを保持した」。

すべてあなたのアイデアだったのですか？私は魔法にかけられたようだった。

そうでもないよ」と祖父は答えた。スディール・ダラとデベン・サルカルの男たちが、前年にバグバザール・プージャー委員会のために同じようなことをしているのを見たことがある。彼らは車のヘッドライトにある 12 ボルトのランプを使い、結婚の場面を描写するようにランプを配置したのだ』。

どうだった？私は、彼が思い出すことのできる詳細の数にまったく感激しながら尋ねた。

とても素晴らしかった！私は魅了された。それが私の頭の中に新しいアイデアを生み出すきっかけとなった。しかし、彼らは固定灯を使っていた。違うやり方でやりたかったんだ』。

それで、パネルはどうしたの？どんなデザインをしたの？

パネルを使うのは初めてだったから、複雑なことはせず、シンプルにしたんだ」と祖父は元気よく説明し、背筋を伸ばして目を輝かせた。ミニチュアのランプでできた鳩が飛んでいるパネルがあった。ベンガル語のアルファベットのパネルもあった。花や魚などが描かれたパネル』。

このライトは全部動いていたのか？

そう、ひとつひとつね」と彼は答えた。鳥が羽ばたいたり、花が咲いたり、そういうことだよ。当時、このテクニックを知っている者は誰もいなかった。そのうちに、私はいろいろな人にローラーの作り方を教え、デザインに命を吹き込んだ。

すごい！このデザインは誰が描いたのですか？

私たちの時代に偉大な芸術家がいた。彼の名はマハーデヴ・ラクシット。彼は私のデザインをすべて紙に描いてくれた。そして、それに従って構造物を作った。彼の死後、サティナスという男が後を継いだ。二人とも信じられないほど才能があった』。

そのデザインは動いていたのか、それとも静止していたのか？興奮で胸の鼓動が聞こえてきそうだった。彼がすべてを記憶していることが信じられなかった！彼の過去の詳細がたくさんある！すべての名前だ！そして、それを語る間、彼はほとんど口ごもらなかった。

もちろん、紙の上のものは動いていなかった。

彼は淡々と答えた。アニメーションのように......ほら......人物が動いたり、色が変わったり......。私たちは照明でそのような効果を生み出した。紙の上では、図面や寸法などがあるだけだった。照明の動きはすべて、ローラー上の銅板の位置に依存していた」。

巨大なパネルの複雑なデザインを１本の木製ローラーにつなげるのは、非常に難しかったに違いない』。

そうだった」と祖父は答えた。皿をローラーに適切に取り付けるには、技術的な理解が必要だった。すべてはプレートの位置にかかっていた』。

おばあちゃんが、自分で何本ものローラーに皿を植えたと言っていたのを覚えている。彼女も本当に上手かったのか？

祖父はしばらく重々しくうなずいていたが、驚いたことに突然笑い出した。

何ですか？私は面白がって彼に尋ねた。冗談も聞かせてくれよ」。

おばあさんには内緒だよ。でも、彼女が働いていたローラーは、どれも使い物にならなかったんだ！』。

本当に？

そのどれでもない』と彼は答えた。彼女は自分が何をしているのかまったくわかっていなかった。彼女は好きな場所に無造作に皿を植えた。でも、私を助けてくれることが、彼女にとってこの上ない喜びだった。だから、彼女のやりたいようにさせたんだ』。

私は笑った。彼女はまだ、ローラーに皿を植えるのがプロだと信じている！実際、彼女は自信たっぷりにそう言った、

私も彼女を信じた！彼女曰く、今までで一番簡単なことで、テクニックさえ知っていれば誰にでもできることなんだって。

祖父はそれを見てさらに大きな声で笑った。私もそうだった。実に愉快な発見だった！

お祖母様が食事の支度をするために家に戻ると、私の従業員が皿を正しい位置に戻すのです」。そして翌日、ローラーの準備が整う頃にまた戻ってくると、彼女は光り輝くパネルを指差して「ほら......ほら」と歓喜の声を上げるのだ！あれは私が作ったものだ！自分にしかできないと思っていたのか

？私は彼女の話を懐かしく聞き、彼女が作ったものが最高だと教えてあげた。そして、彼女の目に宿る幸せは、私の一日を幸せにしてくれるだろう』。私はそれに少し圧倒されずにいられなかった。若く、美しく、少しひょうきんな祖母が、工場で大勢の労働者に混じって懸命に働き、白いジャスミンで飾られた長い黒髪を束ねて、銅板をハンマーでローラーに釘打ちしている姿が目に浮かんだ。そして祖父は彼女のすぐ隣に立ち、彼女が忙しそうに散らかしたものを感心した目で見下ろし、内心ニヤニヤしながらも、パネルが光ったときの彼女の楽しそうな笑顔を見るために、いい仕事をしていると思わせていた。翌年、私は水中にライトを展示した。

と祖父は言った。

「ええ、それについてはよく聞いています。誰もが水中ライトについて話す。私の知る限り、あなたのキャリアのターニングポイントでした』。

ああ、確かにそうだった」と彼は遠い目をした。賭け金もかなり高かった。私は失ったかもしれない

私の人生実際、一時はそうなりかけたんだ。おじいちゃん、私はすべてを知りたいんだ。

ディテール！』と私は主張した。私はそう主張した。

じゃあ、昼食の後にまた来てくれ』と彼は熱心に私に言った。私は・・・詳細を思い出して、すべてを話すようにするよ』。

その日の午後、ノートと電話を持って彼の部屋に行くと、彼は眠っていた。私はしばらくの間、彼を愛おしそうに見つめていた。彼の頭髪の白髪の筋には黒髪が散見され、手や顔の皮膚には年とともにしわが刻まれていた。眠りが彼の顔に奇妙な威厳を与えているようだった。柔らかくてシワだらけの外見の下に、かつては強い個性があったことがわかる。しかし、目が覚めたとき、彼は別人のようになっていた。眼鏡と

補聴器を手探りで探し、震え、自信を失っていた。彼は言語障害と記憶障害を見事に克服した。実際、それこそが私を前進させ続けた理由だった。もし彼が改善の兆しを見せなかったら、私はとっくに諦めてうつ病の深淵に沈んでいただろう。

私は彼を優しくなでて起こした。彼はゆっくりと目を開け、私を見て、何が起こったのかと尋ねた。しかし、彼が私に語るはずだった水中ライトの話を思い出すと、彼は虚ろな目で私を見た。

心臓がバクバクした。

何を言ってるんだ」と彼は弱々しく私に尋ねた。おじいちゃん、本を読みに来たんだ。あなたについて書いている本だよ。今晩、あなたのところに来るように言われたでしょ』。

本？』彼は当惑した様子だった。何の本？

覚えていないのか？私の中の何かが砕け散った。私はずっとあなたにインタビューしていたのよ。あなたは自分の人生をすべて話してくれた。

何を言っているんだ？

本当に覚えていないのか」私の声はかろうじて囁く程度だった。

彼は、まるで私が見ず知らずの人間であるかのように、ただ言葉を失って私を見ていた。そして一瞬、周囲の世界が静止した。

理解できないと思う。

大丈夫だよ」私の声は震えていた。もう寝なさい』。私は寒く、痺れ、そして無言のままドアから出て行った。私の目から思わず涙が溢れ出た。私は自分の部屋に急ぎ、詮索好きな目と絶え間ない詮索を避けるためにドアに閂をかけた。人前

で泣くのは好きじゃなかった。実のところ、泣くのはまったく好きではなかった。私の涙は

自意識過剰で、ほとんど裸に近い。

静まり返った部屋でベッドに腰掛け、涙をこすりながら自分に言い聞かせた。彼は覚えている。彼はすべてを覚えているだろう』。

泣いているのがバカらしくなり、楽観的になろうと、すべては一時的なものだと自分を納得させようと努力した。祖父が私の興味を引きそうなことを思い出すたびに、血走った目を輝かせ、眉毛が額に触れそうになり、両手を前後に動かして説明する様子がおかしかった。彼は大丈夫だろう。彼は良くなっていた。彼は何度も口ごもったが、大丈夫だった。しかし、彼がついに成功し、吃音や思考の糸が途切れることなく長い文章を話すようになったとき、私は彼の顔が希望と喜びで輝いたのを見た。

おそらく祖父の衰えは、私がうつ病になった多くの理由のひとつだろう。子供の頃から、彼は私のお手本だった。ちょっとした試験の前には、彼の部屋に忍び込んで祝福を求めたものだ。彼の言葉はいつも私にとって触媒のように働いた。彼の信頼が私の背中を押してくれた。

試験の最中のある晩、叔父の一人から電話があり、祖父がスクーターに乗っていて事故に遭ったとのことだった。数分後、彼は３人の屈強な男たちに家の中に運び込まれた。怯えているような、弱々しくしがみついているような彼の姿に、私は涙をこぼしたくなった。私は状況を軽くしようと、代わりに彼を笑わせようと努めた。

君のような大の大人が、どうやって小さなスクーターから落ちたんだ？私は彼の傷に軟膏を塗りながら尋ねた。こんなことになるとは思わなかったよ、ダドゥ」。

傷口が刺さると、彼はたじろいだ。

その後、レントゲン検査の結果、膝に重傷を負っていることが判明し、事故後４カ月近くはギブスをはめたまま寝たきりの生活を余儀なくされた。その間、彼は眠るか、もう二度と立ち上がれないのではないかと絶望していた。

その４ヶ月の間に、彼は肉体的にも精神的にも目に見えて壊れていった。彼はすぐに泣きすぎ、タバコを吸いすぎ、肺から咳き込み、手の震えが止まらず携帯電話を何度も落とし、毎日の出来事のほとんどを覚えていなかった。

ある日の午後、彼は私を部屋に呼び、最悪のことを言った。彼の目の光は消えかけていた。目を痛め、頭痛を引き起こすため、部屋の電気をつけることさえできなかった。かつてあれほど熱狂的に愛していた照明が、今ではほとんど嫌悪感を抱くようになっていた。彼の涙目は、もうその明るさに耐えられなかった。

彼は私の手を握り、とても苦しそうにこう言った。私が話すと、みんなイライラするんだ。彼らは私に向かって叫ぶんだ。ライトが目に痛い。私はつっかえずに話すこともできない。立ち上がるのもやっとだ...」。

おじいちゃん、大丈夫だよ」私はそう言って彼を安心させようとした。

いや、聞いてくれ。私は大丈夫じゃない。私はそれを感じることができる。私は決して大丈夫ではない』。

彼の目は真っ暗な二つの空洞だった。これほどトラウマになったことはなかった。午後は枕の中で泣き続け、結局３日間高熱が続いた。

こうして、私は下降線をたどることになった。

1968 年秋、1969 年

こんなことはするな、スリダール」ビカシュは何度も私に警告してきた。「新しいアイデアを思いつくのはいいが、これは危険すぎる！」。

私は彼に言った。可能かどうか確かめさせてくれ』と。

1968 年、街路照明の提供という目的でビダランカ・プージャ委員会に雇われたとき、私は 3 つの主な理由から、古い池の土手も飾ることを志願した。第一に、私はその隣で育った。その 2 は、子供の頃、最も豪華な食事の源だったことだ。そして 3 つ目は、私の子供じみた悪ふざけの舞台だったことだ。しかし、日没後、池の周囲に明かりが灯ると、池のほとりに囲まれた空間が非常に空虚に見えた。しかし、もちろん、閉ざされた空間には首まで浸かる水しかなかったから、私は何もできなかった。

　その時、私は初めて水中でライトを光らせる可能性を考え、あまりに非現実的な自分に笑った。しかし、そのアイデアはしばらく私の心に残り、夕方には不可能に思えたことが、夜には試してみる価値のあるアイデアに思えてきた。前例のないことなので、そのアイデアが実現可能かどうかもわからなかった。それに、25 ワットのランプを水中で光らせること自体、非常にリスキーなビジネスだった。もし水中でライトを光らせなければならないとしたら、修理やテスト、その他必要なことをするために水中に入らなければならない。しかし、私は好奇心が旺盛で、常に新しいことに挑戦し、たとえ危険であってもユニークなことをやりたいと思っていた。私はリスクがあろうとも、自分のアイデアを試してみようと決心した。

そこである晴れた日、友人のパラシュラムと私は、25 ワットのランプで飾られた小さなパネルをビダランカの池に下ろし、私たちの計画が実現可能かどうかを確かめ、また起こりうるリスクを把握した。膝まで水につかりながら、どうすれば体を傷つけずにこの作業に取り組めるかを考えた。ランプは明るくカラフルに輝いていた。何が起こるかまったく予想できなかった。

パラシュラムは緊張した面持ちで笑った。

うーん」私は彼を見ずに重々しくうなずいた。でも...もし私たちが死んだら？

お望みなら、土手の上に立ってもいいですよ」と私は彼に言った。テストしてお知らせします』。うまくいかなくなったら、少なくともどちらかが助けを求めることができる』。

それこそが、彼が私に聞きたかったことだったようだ。

そこでパラシュラムは、よちよちと池を渡り、池から上がって土手の階段に立ち、私が勇敢にも棒を手に水の中に立っている間、精神的な支えになってくれた。他に選択肢がないことはわかっていた。すべての新しい発明は、リスクを喜んで背負う誰かから始まる。遅かれ早かれやらなければならなかったし、早ければ早いほどよかった。

聞いてくれ、パラシュラム」と私は彼に言った。もし私がショックを受けたら、あわてて水の中に入って私を助け出さないでくれ。まずは電気を消して、メインワイヤーを抜いて、数分待って、それから助けてくれ』。

彼はうなずいた。

私の警告を無視しないでください』私はもう一度彼に言った。たとえ私がここで水の中で死んでも、私の言った通りにしてください。ステップ・バイ・ステップ。衝動的に突っ走らないで』。

死なないから、そんなことを言うのはやめてくれ』と、最初に死の可能性を口にしたのは彼だったにもかかわらず、彼は私に言った。そう、君の忠告には忠実に従うよ。生きて帰れたらね』私は微笑んだ。ビマールのところに行こう

ミシュタンナ・バンダール、いいね？

はい、サー！」と彼は叫んだ。サモサをご馳走してくれたら、ジャレビをご馳走するよ』。

その後、タバコを吸おうディール？

生きがいはたくさんあった。生きていたかった。そして、私たちの実験が成功すれば、もっと幸せになれると思っていた。ジャレビやサモサはもっと美味しいだろうし、その後にタバコを吸えば罪悪感もない。実際、私はタバコを吸う権利を得たように感じるだろう。

そこで私は目を閉じ、素早く祈りを呟き、棒で光るランプを叩き割った。

そして衝撃を待った。私には何も感じられなかった。

ずっと緊張してこわばっていた筋肉が、ゆっくりとほぐれていった。パラシュラムと私は顔を見合わせた。私が優しく頷くと、彼はガートの階段で嬉しそうに小さなジグを披露し、興奮を爆発させた。やったぞ！我々はやり遂げた！イエス！』。

その日の午後、私たちは水中ライトのアイデアが実現可能であるだけでなく、池全体に電気を流すのではなく、壊れたランプの周りのわずかな水域に電気を流すだけなので、リスクもほとんどないことを発見した。私たちの恐怖は基本的に神話の岩盤の上に築かれていた！大喜びでその日の午後、私たちはお腹と心を満たし、それから私は新しいプロジェクトに取りかかった。プージャー委員会のメンバーから、水中のランプをベンガル語で書かれた『ビディヤランカ』という文字の形になるように並べるよう依頼された。私はそれでいいと思った。実際、それは簡単で手間のかからないプロジェクト

に思えた。だから、私は彼らの提案を快諾した。

私は彼らにこう告げ、彼らの顔が喜びで輝くのを見た。

このプロジェクトでは、柔らかい竹のスライスは使わなかった。その代わりに、太くてしなやかな針金で文字を作り、太い竹ひごで文字を縁取った。数週間後、文字ができあがり、ランプは相変わらず明るく輝いた。しかし、ジャガドハトリ・プージャーを2日後に控えたチャトゥルティの日、明かりをテストするために池にフレームを下ろしたところ、チャンダナガルで唯一の電力供給会社であるバー・カンパニーの電気技師たちが、まるで空気のようなところから現れ、「危険であり、訪問者に致命的な脅威を与える可能性がある。

でも、これは危険じゃない」と私は主張した。テスト済みだ。何が起こるかわからないぞ、若者よ」とエンジニアの一人が注意した。誰が

誰かが怪我をしたらどうするんだ？

怪我をすることはない」と私は言い続けた。水中でランプが爆発しても、まったく安全だ』と。

ノー・チャップ、こんなことは許されない」と別のエンジニアが固辞した。

せめて見せてください」と私は要求した。このために一生懸命働いてきたんだ。どういうことかお見せしよう。それから決めればいい』。

疲れ知らずの説得が数分続いた後、彼らは私にチャンスをくれると決めた。

私はすぐにパラシュラムに明かりをつけるよう合図し、近くに転がっていた棒を手に取り、自信たっぷりに池に腰までつかり、彼らの前でランプを1つ破裂させた。そしてまた破裂した。

大丈夫ですか？とパラシュラムが尋ねた。もちろんです」と

私は肩をすくめた。

　エンジニアたちは驚いた様子だった。それが安全だと納得させるために必要なことなら、私は手紙のランプを全部破裂させて、もう一度作り直すこともできた。とにかく、私はラッキーだった。私がランプを3つ破裂させた後、彼らは納得し、計画を続行させると言った。

しかし、熱心な技術者たちは、訪問者の安全と安心のために池の周囲にフェンスを作らせた。

その年の水中ライトは驚異的な成功を収め、翌年にはボロライン・カンパニーの創設者たちから、前年に私がビダランカで行ったのと同じように、水中ライトで社名を宣伝してほしいと高額なオファーを受けた。そしてその年は、過信のせいで死ぬかもしれなかった年でもあった。

白と緑の 25 ワットのランプが「ボロリン」の文字を形作っている。まだパンチャミーだというのに、ビダランカは大渋滞だった。大勢の人々が池のほとりに押し寄せ、私は水中に立ってパラシュラムに合図を送った。フェンスの向こうから何百もの視線が私を見つめていることを十分に承知していた私は、このライトに不賛成であることを表明し、そのために何かをしようと決めた！

パラシュラムは私のすぐ隣に立っていたにもかかわらず、私は「薄暗い」と叫んだ。

何を言っているんだ？去年よりずっと良く見えるよ！』。

いや」と私は腰に手を当て、聴衆に見えるように知ったかぶりのポーズをとって答えた。何かが間違っている。ワイヤーを締める必要がある』。

　照明に問題はなかった。ワイヤーは完璧だった。しかし、私は池の中で仕事をしている私を見てもらいたかった。水中でライトがまだ光っている間、想像上の危険にさらされている私を見てもらいたかった。彼らにとっては致命的で危険なものであり、私は彼らの神話を打ち破りたかった。何人かは不安で震えながらそこに立ち、手のひらを互いに押しつけ、怯えながら私の無事を祈っていた。注目されるのが好きだった。地元の有名人になった気分だった！私はわざと 2、3 のワイヤーを緩め、接続しては外し、接続しては外し、その間に対応するライトが水中で明滅し、周囲の人々は驚きと恐怖で息を呑んだ。

ほら、あれがスリダール・ダスだ！』。誰かが言うのを聞いた。なかなかの命知らずだ、あの若造は！』。

彼はどこだ？池を見ることができなかった、おそらく後ろに立っていた人たちだろう。

ああ、いた！まだ若いのに！」と誰かが言った。それでも、とても勇敢だ！」と別の人が答えた。

その夜、光ったのはランプだけではなかった。

そして、土手の群衆が少し熱狂的になりすぎた瞬間があった。突然、大きな爆発音が鳴り響き、フェンスは激昂した群衆を抑えきれず、やがて崩壊した。池の近くに立っていた人々の憮然とした悲鳴に不意を突かれ、緩んだワイヤーが私の指を捕らえ、肌を焼いた。電気で手全体がヒリヒリした。私がピクッとそれを放そうとしたとき、それは私の背中に落ち、そこも火傷した。次に、それは私が立っていたすぐそばの水の中に落ちた。

　瞬時に気を失ったので、その後のことは覚えていない。自信過剰もここまでだ！

私はすぐに意識不明の状態で池から運び出された。誰かがすでに救急車を呼んでいた。脈拍がしばらくわからなかったので、ほとんどの人は私が生きて帰れないだろうと思っていた。そして、私がブーツを履いたまま死んだという噂が町中に広まった。

不慮の事故による死」と彼らは呼んでいた。

しかし、それはすべて誤報であり、私が不慮の事故から 3 時間後に地元の病院で復活したことで、彼らの誤りはすぐに証明された。

パラシュラムは、私が海から引き上げられた直後、わざと緩めたワイヤーを直してくれた。

これで私の有望なキャリアは終わったと思ったが、1 週間も経たないうちに、町中だけでなくコルカタからも新しいプロジェクトが殺到した。パイクパラのお偉いさんたちが、来年のカリ・プジャのために私を事前に予約したいと言ってきた。カレッジスクエアのプージャ委員会は、私の水中ライトを欲しがっていた。近隣の州から何度も電話がかかってきて、いずれも高額な報酬を提示してきた。

間奏曲

私が部屋にいると、祖父がベッドの端に座り、優しい笑みを浮かべていた。眠気をこらえ、私はすぐに立ち上がった。私のお気に入りの曲、スコーピオンズの「The Winds of Change」が携帯で流れていた。聴いているうちに眠ってしまったことに気づいた。私は電源を切り、時間を確認した。携帯電話の時計は4時半を指していた。

君を待っていたんだ。午後に私の面接を受けに来ると言っていたじゃないか』。

インタビューを覚えているか？私の心臓は跳ね上がった。もちろんです！なんで忘れるんだ？

今日の午後、君のところに行ったよ。私はあなたを起こした。でも、あなたは何も覚えていないようだった』。

それはたぶん、うーん...寝てたからだよ」と彼は笑いながら答えた。目が覚めてから物事を思い出すのに数分かかるんだ」。

私は安堵のため息をついた。私は彼が完全に頭が真っ白になり、ある種の記憶喪失に陥ったのだと思った。こんな当たり前のことを見落として、憐れみの宴に浸っていた自分がバカみたいだった。

おじいさんは私の困惑した表情を見てさらに笑い、私がお茶なしではうまく機能しないことを知っていたから、まずさっぱりしてお茶を飲むように言った。私は顔に水をかけ、気分が良くなったと自分を納得させようとした。もう動揺する理由はないと思っていた。すべて順調だった。おじいさんはまったく大丈夫だった。

私はお茶を飲んですぐに祖父の部屋に入った。今回は何も質問する必要がないことに驚いた。彼はすでに答えを用意していた。彼はハガキ大の小さな薬包紙に、いくつかの事実を書き留めていた。彼の部屋には小さな封筒がたくさんあった。時折新聞を見ながら、彼は初めて水中ライトで仕事をしたときのこと、そして2度目に受けたひどいショックについて、長々と話してくれた。

すべては私の自信過剰のせいだ！」と彼は言ったが、私はそれを不思議に思いながら聞いていた。

水中ライトのことを全部話してくれた後で、私は言った。あなたが照明の仕事を始める前、チャンダナガルのジャガドハトリ・プージャの期間中、街路照明やプージャの行列はなかったのですか？

ええ、ありましたよ」と彼は答えた。でも、装飾照明も自動照明もなかった。彼らはすべて固定されていた』。

さっきのライトはどんな感じだった？

簡単な電球やチューブライトで通りを照らす。三角形や星のようなパターンに配置される。しかし、それらはすべて固定灯で、木に取り付けられているか、通りに沿って竹竿に固定されているものだった」。

行列については？

行列はおもしろかったですよ」と彼は興味深そうに答えた。最初は、人々は巨大な灯油ランプのようなペトロマックス・ランプを肩からぶら下げて、アイドルの後ろを歩いていました。その前は、手に火のついた松明を持って行進していた』。

それから......やがて進化して、タブローが導入された」と彼は続けた。人々は歴史やヒンドゥー教の神話、時には民話に登場する人物に扮し、動くタブローの上でそれぞれの役を演じた」。

つまり、基本的には動く劇場のようなものだったのですか？

私は膨大なメモを取った。

昔、ある行列で本当に面白いことがあったんだ」とおじいちゃんは言った。何年かはっきり覚えていないんだけど......ある法会委員会が、革命家クディラム・ボースの処刑を描こうとしたんだ。ボース役を演じた男は興奮しすぎて、テーブルの上に固定されたポールやバーに首を吊るはずのところをやり過ぎてしまった。処刑のシーンでは、小さなスツールの上に1分間、首輪をつけて立っているだけのはずだったのだが、熱中するあまりスツールを蹴ってしまい、間一髪で救出されなければ窒息死していただろう。その男はすぐに病院に運ばなければならなかったので、行列はすべて中止された』。

何だって？

何を考えているかわかるよ」と祖父は微笑んだ。その時、そこにいたのか？私は彼に尋ねた。つまり、

目の前で起きたことなのか？

そう、私はそこにいた。ビダランカで起きたことだ』。

私は、この男が祖父に、危険を冒すことに関しては自分も向こう見ずな人間になるよう、何らかの影響を与えたのだと確信していた。

では、2度目に水中ライトと仕事をしたのは、1969年でしたね？私は尋ねた。

はい」と彼はうなずいた。

そして 1970 年、あなたがおばあちゃんと出会った年よ！」。私は興奮気味に手をこすった。

そう、そして1971年に彼女と結婚したんだ。でもその前、1969年に......父が亡くなったんだ』。

ああ」と私はため息をついた。彼に何があったの？

本当にわからないんだ。彼は胸の痛みを訴え、数日後に病院で息を引き取った』。

心臓発作か何かですか？

そうだったかもしれない」と彼は答えた。誰も確信が持てなかった』。彼はそんなに年をとっていなかっただろう？それはとても悲しいことだ』。

ええ、そうでした」と彼は答えた。でも、仕事で忙しくしていたら、すぐにあなたのおばあさんが私の人生に入ってきたんです』。

私は耳から耳へニヤリと笑った。

その頃のことはあまり覚えていないんだ。どうしてそうなんだ？私は彼に尋ねた。あなたは

過去のことはほとんど覚えている。結婚について何か覚えておくべきだよ。

お祖母ちゃんに聞いた方がいい」と、お祖父ちゃんは不快そうに答えた。彼女ならもっと詳しいことを教えてくれるだろう」。

そうですか」と私はかなりがっかりして言った。彼女に聞いてみるよ』。

羽目をはずした祖父は、今度はタバコに慰めを求めた。私はふと、彼がどうして喫煙中毒になったのか聞いたことがなかったことを思い出した。

いつから吸い始めたんですか？私は彼に質問した。

本にも全部書くつもりなのか」と彼は後ろめたそうだった。

面白ければ、間違いない』。

よし、じゃあ聞いてくれ」と祖父は言った。すべては学校を出てから始まったんだ。パラシュラムと私はよく駅を訪れ、ホームで売られているおいしいひよこ豆やアルー・カーブリ

ーを 食べたり、近くに生えている木のマンゴーを盗んだりした。旅客列車が近くを通ると、乗客の何人かがコンパートメントの窓から吸いかけのタバコを捨てていく。それがすべての始まりだ』。

私はぞっとした。冗談だろう?彼は首を振った。

そもそも線路で何をしていたんだ?あんな風に線路の上を歩き回るのは危険だ!』。

そうやって近くの駅までヒッチハイクすることもあったよ」と彼は答えた。

チケット・コレクターに捕まらなかったのか?

何度かはね」と彼は認めた。でも、あの頃はすべてが楽しかった。TC に捕まって叱られるのはスリリングだった。そしてタバコを吸うチャンスを待った。だから、近づいてくる列車の乗客が寛大であるように祈ったんだ』。

線路にタバコの吸殻をポイ捨てするなんて寛大だね」「そう言われると、本当に罪悪感を感じるよ

おじいちゃんが答えた。

そうあるべきだ!」。私は怒ったふりをした。線路はあなたの遊び場ではなかった。最も重要なのは、なぜ見知らぬ人が投げ捨てたタバコを吸うのか、ということだ」。

祖父は遠い目をしていた。みんな、私も人間だということをよく忘れるんだ。彼らは......いつも私が完璧で、模範的であることを期待している。でも、私も昔は子供だったし、それから青年になった。私は人生で多くの過ちを犯した。だから、あまりショックを受けないでほしい。その表情を見るのはつらいよ。この話で君を失望させてしまったような気がする』。

まあ、少なくともその話をするまでに生き延びてくれてよかったよ」と私は彼に言った。君のしたことは本当に危険だっ

たからね。あんな風に線路で遊びまわるのも、知らない人が捨てたタバコの残り物を吸うのも、どちらも大きな健康被害だ』。他に何ができただろう？お金がなかったんだ

タバコを買うために。だから、道路や線路が唯一アクセスできる場所だったんだ』。

当時はどの銘柄のタバコを吸っていましたか？私は気分を少し明るくするために言った。

チャーミナール・シガレット」と彼は目を輝かせて思い出した。当時、私たちのような庶民が買えるタバコはそれしかなかった。ゴールドフレークは私の手段には高すぎた』。

なるほど、なかなかいい話だ。でも、本に書くべきかどうかわからない』。

考え直したよ。本には絶対に載せるべきだと思う。これは私の欠点であり、最も古い依存症である。これがなければ、私の人格は誠実でも完全でもない。それに、僕は何も悪いことをしない完璧な男として描かれたくないんだ。もう十分だし、疲れるよ』。

私は目の前の男に対する賞賛の念が心の中で突然沸き起こるのを感じたが、それを表には出したくなかった。オーケー、それはまた今度」と私は代わりに彼に言った。でも、その前に話していたことを本題にしましょう」。あなたとおばあちゃんのこと。恋愛結婚だったことは知っているし、どちらの家族も賛成してくれなかった』私は彼から何か反応を引き出そうと、むなしくこの話題をもてあそんだ。彼らは結婚の儀式に出席さえしなかった』。そうです。私の友人の何人かは

そのとき私たちは私たちはラーメン・ダの家で結婚式を挙げたの。彼は誰だったの？

古い知り合いです」と彼は答えた。彼は私の先輩で......実の兄弟のように私を愛してくれました』。

なるほど」と私は思った。では、なぜあなたたちの家族は結婚に協力的ではなかったのですか？

彼女はバラモンだったから。そして私たちは下位カーストに属していた。私たちはヴァイシャだった。

それだけか？

私たちの時代には、カースト間の結婚はタブーでした」と祖父は答えた。家族の意に反して彼女と結婚した後、私たちはビダランカの家に住むことを許されなかった」。

待って、パルパラでビカシュ・カカと一緒に住んでたんじゃなかった？

と彼は答えた。

不公平じゃないか」と私は言わずにはいられなかった。

もちろん、不公平だった。でも、私がそれに耐えたのは、彼らが......彼らだけが私の家族だったからだ。私は母と弟たちの生活環境を良くするために、稼いだお金をはたいてコテージをプッカハウスに改築した。私は家族を養い、日々の出費のほとんどを支払った。しかし、母は決して私に愛情を注いでくれなかった。彼女は私の業績を誇りに思っていなかった。彼女はほとんど彼らに気づかなかった。彼女はお金が必要なときだけ私のところに来て......とても素直だった。まるで私が彼女にお金を払う義務があるかのように。天井は永久的なもので、床はタイル張り、壁は漆喰塗り、小さな水槽、ラジオ、さまざまな種類の照明を備えた自分のための別室を作った。私があなたの祖母と結婚し、2 度目に家を追い出された後、私の部屋は弟たちに占領されました』。

それで、おばあちゃんと何をしたの？ガンガー川沿いのストランドロードの近くにある、ラーメンのダの家に住んでいたんだ。毎月家賃を払っていた。

そこでの生活はどうでしたか？

ほとんど家にいなかった。おばあちゃんに全部聞いた方がいいよ。彼女と過ごす時間はほとんどなかった』。

せめてどうやって彼女に会ったのか教えてくれ！」と私は主張した。私は主張した。私はあなたについて本を書くのだから、絶対にあなたの視点から物事を知る必要がある』。

そうか、彼女の父親は僕ととても親しかったんだ」と彼は短く答えた。それで彼女と知り合ったんだ......」。

それはわかっている」と私は彼を切り捨てた。彼女とどうやって知り合ったのか、初めて会ったときのこととか、いろいろ知りたいんだ。この本のとても重要な部分になるんだ。

私は・・・本当に覚えていない」と祖父は頑なに繰り返した。おばあちゃんに聞いてきなさい」。

翌日の夕方、祖母を探しに行くと、祖母は祈りの宿舎にいた。彼女は瞑想をしていなかったので、私が彼女にインタビューを申し込んだとき、良心がとがめることはなかった。

どうして？何を急いでいるの？彼女は少し苛立っていた。祈りの部屋で誰かに邪魔されると、彼女はいつもそうだった。

時間がない！』。私は彼女に言った。とても長い間、あなたと話したいと思っていたんだけど、いつ探しても、あなたはお祈りをしているか、テレビを見ているかのどちらかなのよ』。

わかりました、行きます」と彼女は降参し、法螺貝を３回吹き鳴らし、ようやく椅子を離れた。

彼女が崇拝していた数々の偶像は、私がその崇拝の長さを短くしてしまったため、私を裁くような目で見返しているようだった。

祖母は背が低く、ふくよかで、とても若々しく見えたが、背骨が曲がっていて、治すことができなかった。多臓器不全を乗り越えたにもかかわらず、彼女は年齢の割に活動的で粘り強かったが、手足に影響を及ぼす痛みがしばしば邪魔をした。若い頃とは似ても似つかないが、それでも彼女は非常に美しかった。祖母に似ていると言われたことが何度かある。彼女はいつも冗談だと思っていたが、私は誰かがそう言うたびに少し誇らしく感じずにはいられなかった。

何が知りたいの？今、彼女は檳榔の葉、檳榔の実、タバコの入った小さな箱を持って、ベッドの上にゆったりと座っていた。

じゃあ、おじいちゃんとの結婚のことを全部話してよ』。おじいちゃんに聞いてみたら？

二人とも、恋愛のことは絶対に口にしないと誓ったのか？彼は唇のボタンを閉めた。あなたの結婚生活には一体何があったのですか？何か怪しいことがあるに違いない』。

今までで一番気まずい結婚だったことを除けば、何も。だから、おじいさんはその話をするのが恥ずかしいんだろう』。

え？どうしてですか？

まず第一に、これは計画されたものではありません」とおばあちゃんは言った。私たちの家族はどちらも関与していない」。

何度も聞いたよ！何か新しいことを教えてくれ！』。

まあ、あなたの祖父が結婚式の途中で私を置いて、バグバザールの他人の結婚披露宴で動かなくなった照明の束を直しに行ったことは知ってる？

本気なのか？

信じられないなら、おじいちゃんに聞いてごらん」と、彼女はパーンを噛みながら答えた。彼女の唇は、食べる前に葉を和えるために使ったカッタの　せいで、何十年もかけて永久に赤みを帯びていた。彼は結婚の儀式の真っ最中に出て行ったの。聖火の周りを7回歩く直前だった』。

さぞかし恥ずかしかったでしょう！』ってね。

もちろんそうだ！さらに悪いことに、私たちの結婚に出席していたのは、見ず知らずの人ばかりで、そのほとんどが男性だった』。

なんてことだ！」。

また、結婚の日に着ていたものはすべて借り物です。サリーから始まり、装飾品、すべて。そして私たちは、その義理の母がビダランカに所有していた別の家から私の家族を追い出した人の家で、石のように寒い冬の真夜中に結婚したのです』。

これで良くなるのか？それとももっと悪い？

まあ、母と私は同時に妊娠していたからね』。

その時、お茶を飲んでいなかったことがただ嬉しかった。

最初から全部話してくれ」と私は要求し、時計を見て「今晩いっぱいあるじゃないか！」と言った。

私が知らなかったのは、私たちの部屋とは薄っぺらな仕切り壁で隔てられた隣の部屋に、すべてを覚えている祖父が座っていたことだ。彼は不愉快なディテールをひとつひとつ覚えていた。ただ、48 年間も埋葬してきたのに、どう折り合いをつければいいのかわからなかっただけなのだ。

1970 年夏

初めて彼女を見た日のことはよく覚えていないが、彼女が来た後の近所の好奇心と興奮は覚えている。彼女は両親と 3 人の姉と 2 人の弟を連れてやってきて、私たちの家のすぐ隣にある、電気も通っていない安っぽいアスベスト屋根の小さな一間小屋を借りた。彼らはみなとても格好良く、他人との接し方も私が慣れ親しんだものとは違って新鮮だった。彼女はスミトラといい、兄弟の中で一番年上で、一番美しかった。私は彼女とインドの有名な女優、ヴィジャヤーンティマラが酷似していることに気づかずにはいられなかった。彼らは皆、カーストの高いムカルジー・ブラーミンだった。噂によると、彼らはみなコルカタからやってきて、とても教養があり、洗練されていて、よく英語で会話をしていたそうだ。

と、ある日、メジダと呼んでいた真ん中の弟が訊いた。

聞いたところによると、彼らの父親は事業で大きな損失を被ったようで、コルカタにある先祖代々の家から追い出されたようです」と、もう一人の兄弟、シェイダは口ひげをくねらせながら言った。

なんにせよ、みんなとてもイケメンだよ」とカーティクが目を輝かせて言った。

そして彼らは英語を話す」とクリシュナは付け加えた。

みんなバラモンよ」と母がキッチンからキレた。私たちが気にしなければならないのは、それだけなのです」。もし彼らと友好を結ぼうとする者を見かけたら、二度とこの家には足を踏み入れさせない。自尊心を持て』。1970 年、私は 28 歳で、自立した自由な男だった。私のお気に入りの場所は、パルパラの友人の一人が経営していたマノラマ・メディカル・ストアだった。私はそこでお茶を飲んだり、新聞を読んだり、たまにそこに集まっていた人たちと会話をしたりして、余暇の大半を過ごしたものだ。そのうちの一人が医療関係者のスニル・バブだった。彼は私よりかなり年上だったが、それでも私たちの絆を妨げることはなかった。

何気ない会話の中で、私たちは好みが似ていて、食べ物、音楽、映画、サッカーなど、いくつかの共通の趣味を持っていることがわかった。私たちは二人ともモフン・バガンの熱烈なサポーターであり、キショール・クマール、モハメド・ラフィ、ヘマンタ・ムカルジーの曲を口ずさむのが好きで、ウッタム・クマールとスチトラ・センの熱烈な崇拝者であり、二人ともチェスでは無敵だと思っていて、それが私たちの友情を確固たるものにした。スミトラがスニル・バブの娘だということもわかった。潜在意識のレベルでは、それがスニル・バブに惹かれ、彼のいいなりになりたいと思った大きな要因だったと思う。ある日の午後、彼は私を昼食に家に招待してくれた。

パルパラにはもっといい家があるんだ。なぜそこに引っ越さないんだ？

と謙虚に答えた。

そんな心配はしなくていい」と私は断言した。パルパラには友人がいる。ちゃんとした宿を用意するよ』。スリダール、ここは僕らにとっては十分まともな場所だよ。

それに、ここからなら早く駅に着くよ』。

正当な言い訳には聞こえなかった。あの 8 人がどうやってあのワンルームに住んでいるのか理解できなかった。1940 年代から 50 年代にかけて私たちが住んでいたコテージよりもさらに狭かった。スミトラの母親は 30 代半ばだったが、いつになく弱々しく、病弱そうだった。末弟のゴパールはまだ 1 歳にもなっていなかった。彼女には、マナ、ヌナ、アニーというニックネームの 15 歳から 20 歳の美しい 3 人の姉と、12 歳くらいのプロシャントという弟がいた。スミトラのすぐ下の弟、ゲドはまだ 20 歳で、国立医科大学で MBBS を取得するためにコルカタを離れていた。スミトラ自身、レディ・ブラボーン・カレッジをベンガル語の優等学位で卒業したばかりだった。スニル・バブは、彼女が同じ学年の中で一番の生徒だとよく自慢していた。

マナはもうすぐコルカタの親戚のところに引っ越すんだ。そして、私は毎日ここにはいない。ここは 6 人で使うには十分な広さだ』。

どうして来ないの？

僕の会社はコルカタにあるんだ。だから、ほとんどの時間をそこで過ごさなければならないんだ』。

コルカタに 2 番目の妻と 3 人の子供がいて、時々一緒に暮らしていたことを知ったのは、後になってからだった。私はそのことをどう考えていいのかわからなかったので、考えるのを控えていた。

昼食を終えて帰ろうとしたとき、彼女を見かけた。彼女は風呂に入ったばかりで、サリーは部分的に濡れており、背中の大部分を覆う厚い長い黒髪はジャスミンの香りがした。彼女の目は大きく、暗く、夢見がちで、一本眉が鷲のようにその目を守っている。透き通るような肌とパンの汁で赤く染まった唇は、まるで大理石の彫像のようだった。女性の前でそのように感じたのは初めてだった。

目が合った瞬間、彼女は不思議そうな笑みを浮かべ、おどけた様子もなく、私に直接こう言った。

うーん......はい」私は驚いて答えた。彼女がこんなに積極的だとは思っていなかった。それに、これまで誰も私を『スリダール・バブ』と呼んだことはなかった。もし私が色白だったら、彼女はきっと私の頬の赤みに気づいただろう。でも、そうじゃなかったから、大恥をかかずに済んだ。こういうときこそ、私の顔色が有利であることが証明された。

父からあなたのことはよく聞いています」と彼女は敬意を込めて付け加えた。あなたの家のそばに住めることを光栄に思います』。

いえいえ、そんなことはありません」と私は呆れたように手を振った。小さな町だし、私のことを知っている人はほんの一握り。誇れることじゃない』。

今年は水中ライトアップを作るんですか？

ええ、でもコルカタで。ここではダメだ』。

これは私の長女、スミトラです」とスニル・ダは誇らしげに紹介した。

　彼女はバケツを持ち、目を輝かせ、割れた窓から差し込む日差しを浴びて肌を輝かせ、今まで見たどんな光よりも明るく輝いていた。

1970年秋

運命に導かれるように、私はスミトラと恋に落ちた。一目惚れではなかった。時間をかけてそうなったんだ。おそらく、彼女の無私無欲で人を育てる性格に惹かれたのだろう。また、彼女には揺るぎない威厳と独立心があり、私はそれを大いに賞賛した。彼女の成績と資格があれば、コルカタでも有数の大学の修士課程に簡単に入学でき、人生を再出発させることができる。しかし、彼女の優先順位のトップは兄弟であり、兄弟のためならすべてを犠牲にする覚悟があった。私は彼女がいつか講師になれるよう、教育を続ける手助けをしたかった。それが彼女の夢だった。しかし彼女は、自分勝手に夢を追い求め、無力な母親と兄弟を一人残して自分たちだけで生きていくのでは、本当の幸せは得られないと私にはっきりと伝えていた。

そのうちに、私は彼らの家をよく訪れ、スニル・バブも街に戻ると私の家をよく訪れるようになり、私たちはお互いを知るようになった。そのような貧しさのため、彼らはしばしば食べ物なしで過ごした。スミトラは決して私と苦労を分かち合わなかった。彼女は、私たちが通りや彼らの家で会うと、いつも勇敢で明るい顔をしていた。しかし、彼女の兄であるプロシャントは、私に心強い味方を見つけてくれた。私はスミトラに自分の気持ちを伝えたことはなかったが、彼女はそれを理解してくれているような気がしていた。そして、彼女が私に対して同じように感じているかどうかは、考えたこともなかった。私の環境はまだ不安定だったので、結婚なんてもってのほかだった。結婚を考えるのは、妻にいい暮らしをさせてあげられると確信できるようになってからにしたかった。

スニル・バブの妻は私を弟のように可愛がってくれた。わずかな食料しかなかったにもかかわらず、彼女はよく私をお茶や食事に招いてくれた。このことを知ったとき、私は食料品の購入や家への電気供給を手伝おうと申し出たが、彼らは威厳と自尊心のためにその都度断ってきた。しかし、彼らの困窮は最終的には他のあらゆる感情を凌駕し、現実的であることを余儀なくされた。スニル・バブが町に戻ってきたとき、私は彼に一緒に食事をして、私の家に泊まってくれるように頼んだ。

　母は私がムカルジー家と関わることを少しも好ましく思っていなかった。彼女は私がスミトラに抱いている感情を察し、私が再びスミトラを訪ねるのを阻止する策を講じることにした。知り合いに大金持ちがいた。私の知らないうちに、彼女は私と彼の娘との縁談を取り付け、スミトラと私の間に関係が芽生える可能性を阻止するために、私の結婚を前もって計画し始めたのだ。

今までどこにいたの？」と、ある日突然、母に聞かれた。

スニル・バブの家にいたんだよ」と私は正直に答えた。明日、ラメッシュ・バブの家に行くんだろう？

母が爆弾を落とした。私も同行するわ』。何のために？と私は尋ねた。

私の知らないところで起きていたことだった。あなたはもう28歳よ。そろそろ結婚して

自分の家族だ。

ラメッシュ・バブとこの件に何の関係があるんだ？

母は私を見ずに答えた。待って...」私は混乱した。どんな言葉？

兄たちは、まるで私が正気でないかのように私を見た。

完全に途方に暮れている。何が起こっているのか、誰か教え

てくれないか？

もちろん、結婚の言葉だよ」と一人が肩をすくめた。

結婚？

そう、ラメシュ・バブの娘、プルニマと結婚するんだよ』。

なんだって？私は信じられない思いで叫んだ。彼女を知らないのに！ラメッシュ・バブと最後に話したのも覚えていない。実際、今は結婚もしたくない』。

覚えていますよ」と母は答えた。プルニマが生まれたときから知っているのよ。彼女は君にぴったりだ！彼女は裕福な家庭の出身だ。私たちは同じカーストに属している。彼らは持参金、金の鎖、金ボタン、家具、そして現金も用意している。それに、プルニマはとてもいい家政婦になるだろう。彼女は、自分のことしか考えない教養ある現代女性とは違う。妥協を許さず、誰とも共存できない。プルニマはそれほどイケメンではないかもしれないが、美しさは時間とともに消えていく。彼女との将来は安定し、長い目で見れば幸せになれる。バカなことを言わないで、いつかは結婚しなければならない。

結婚することになっているのは*私の* ほうでしょう？私は反対した。私が決めるべきことでしょう』。

それこそが、明日彼女たちを訪ねる理由よ」と母は淡々と言った。彼女と彼女の家族の両方をよく知るためにね」。

私は絶望して髪を握りしめた。

これのどこが悪いの」と母は鋭く私を見た。あなたのお兄さんたちはみんな結婚して定住している。それぞれが私の選んだ女性と結婚し、幸せそうにしている。あんなに大騒ぎしたことはなかった。彼らは皆、相当な持参金をもらっていた。ベッド、食器棚、金、現金。バララムの義理の両親が毎年、米、小麦、豆類の袋を送ってくれる。みんなとてもまともな人たちだ。何が違うんだ？

まだ結婚の準備はできていないと思う」と私は単刀直入に彼女に言った。結婚するときは、必ず自分の好きな女性と結婚するつもりだ』。

私がそう言った後、しばらくの沈黙があった。

好みの娘か」と母は苦々しげに私に尋ねた。ムカルジー・バブの長女のこと？

何を根拠にそう思うんだ？私は冷静さを保とうとした。

私が盲目だとでも？ええ、私は派手な大学で勉強したこともないし、学校も出ていない、経験も浅い、田舎町の女かもしれないけど、もう 35 年以上も結婚して、11 人の子供を育ててきたのよ。私は世界とそこに住む人々のことを、あなたよりもよく知っている。プルニマとの結婚が決まりましたね。明日は彼女の家族に会いに行くんだろ？それで問題は終わりだ』。

私はプルニマと結婚するつもりはないし、明日彼女を訪ねるつもりもない」と私は宣言し、生まれて初めて面と向かって母の命令に背いた。

彼女は私の大胆さに驚いて、「何て言ったの？

聞いた通りだよ、マー」私は確認した。彼女と結婚するつもりはない』。

兄たちは激怒したようだった。どうして」と母が唸った。

だって私の人生だもの」と私は彼女に言った。そして、私は私自身の選択をする』。

すべてはあのバラモンの売春婦のためなんでしょう」と彼女は怒鳴った。彼女と結婚して、私の屋根の下に住まわせるつもりなのか？彼女が私の足に触れるたびに、私をもだえさせるつもりか？

彼女は売春婦じゃない』と私は血の気が引いた。彼女をそんなふうに呼ぶんじゃない！』。

ああ、じゃあ今度は、私が何をすべきで、何をすべきでないか、あなたが指図するつもりね」母の目がギラギラした。誰がそんなことを教えたの、息子よ？あのアバズレの金食い虫か？あの魔女の呪縛から解き放たれないと、またはっきり考えることはできない』。

彼女は尻軽女じゃない！」。私は叫んだ。金目当てでもない！ここに金目当ての人がいるとしたら、それはあなたよ。あなたが私と話すのを気にするのは、お金が欲しいときだけ。私の兄弟を結婚させたのは持参金のためでしょう。持参金が多ければ多いほど、花嫁は良い。彼らが何を望んでいるかなんて誰が気にする？一家を支えているのはほとんど私なのに、あなたの屋根のせいだなんて言わないで」。まあ、あなたのお金なんていらないのよ、坊や！』母はしわがれた声で言い返した。お金は独り占めしなさい。あなたの兄弟は家族を養うのに十分な能力がある。そして１つ覚えておいてほしいのは、一家を切り盛りしているのはあなた１人ではないということ、そしてこの家はあなた１人に遺言されたものではないということだ。

私が生きている限り、ここは私の屋根だ。もしあのバラモン人の娘と結婚したら、私の屋根の下に居場所はなくなる』。

あなたの惨めな屋根の下に居場所はいらない」と私は叫んだ。どうせ、私はここの人間じゃない。一生、愛する屋根の下で愛する息子たちと一緒に座っていても構わない！でも、私を部外者のように扱ってきたこの数年間を経て、急に世話焼きな母親を演じたり、私の人生に口を出したりすることを期待しないでほしい。お母さん、あなたが私にした仕打ちは決して忘れません。父が生きている限り、私が最も必要としていたとき、あなたは見て見ぬふりをしてくれた。そして彼がいなくなった今、あなたは彼とまったく同じことを話し始めた。私がこれまでしてきたことはすべて、あなた方の愛、あなた方のサポートなしにはできなかった。私はヴィカシュの家で何年も暮らしてきたのに、あなたは私の生死を気にもかけなかった。そして、何を知っている？彼らは私を部外者のように感じさせなかった。でも、あなたはそうした。実の母です！私がこの家の前を通るたびに、あなたは私があなたの息子でもないかのように顔を背けていた。私はあなたを母と呼ぶべきでもない。自分の家は自分で建てる。私は、あなたが家と呼ぶこの汚染された掃き溜めの一部になる必要はない。そして、何を知っている？もし彼女が僕を受け入れてくれるなら、スミトラと結婚するつもり だ。止められるものなら止めてみろ』。

私は部屋のドアに鍵をかけ、錆びた鉄の門を叩いて家を飛び出した。

1970 年の冬

スライダール」パラシュラムは、新しい工場で 2 本の電線を溶接している私の肩にそっと触れた。それは、彼が毎月の家賃と引き換えに差し出してくれた隣家の粗末な玄関先だった。ムカルジー・バブの娘が君を探している』。

誰が？と私は仕事から目をそらさずに尋ねた。いいえ、スミトラ」と彼は答えた。

私は少し驚き、彼を見上げた。スミトラは普段、私を探しに来ることはなかった。必要なときにはいつも、プロシャントかアニーのどちらかが私のところに来てくれた。

彼女はどこにいるんだ？私は彼に尋ねた。

すぐ外です」と彼は答えた。彼女を中に入れましょうか』『ええ、もちろんです』。

私はすぐに立ち上がり、姿勢を正し、セーターの袖で額の汗をこすり、髪に指を通し、身だしなみを整えた。

数秒後、スミトラは初めて私の工場内に足を踏み入れた。そして、肺から風が抜ける代わりに、彼女の蒼白で涙に濡れた顔を見たとき、奇妙な恐怖感が私の中に忍び寄った。

どうしたの、スミトラ？私は彼女のところに行った。どうして泣いているの？

しばらくの間、彼女は一言も話すことができなかった。涙が頬を伝い、淡い黄色のサリーの端で嗚咽をこらえようとした。私の工場で働き、私のプロジェクトを手伝ってもらうために雇った若い男の子たちは、合図を受けて去っていった。

スリダール・バブ、どう言えばいいかわからないわ」彼女の

唇が震えた。でも、言わなきゃいけないの

何でも話してくれていいんだよ』私は人を慰めるのが苦手で、その時は何もわからなかった。何があなたを悩ませているのか教えて』。

お兄さんたちのせいで、私たちは生き地獄よ」彼女は唇を噛み、涙をこらえようとした。もう1ヶ月になるのに、何も話さなかったのは...トラブルを起こしたくなかったから。でも、今日のようなことをされたら......どうやって近所に顔を出せばいいのかわからない』。

私はこのような事態を想定していなかった。彼らは何をしたのですか」と私は弱々しく尋ねた。

窓ガラスに石を投げつけてガラスを割っているんだ。彼らは私たちのアスベストをいじり、私の姉妹を公衆の面前でひどい名前で呼んだ。昨夜、彼らは電線を切った。ゴパールはここ 2、3 日ひどく体調を崩していた。そして...今日...マノラマ・メディカルから熱の薬を持って家に帰る途中、彼らは私の母を...売春婦、そして私を尻軽女と呼んだ。私がお金のためにあなたを誘惑していたって、近所のみんなに言っていたのよ』。

そして彼女は涙を流した。私の中の何かが切れた。

母は売春婦ではありません。私の知る限り、最も犠牲的な女性よ』。

分かってるよ、スミトラ。分かっている。そんなこと言わなくてもわかるだろう』。

彼女は 15 歳そこそこで父と結婚した。それ以来、彼女は父を愛し、仕えることに人生のすべてを捧げてきた。父が別の女性と付き合い始め、1 年足らずで結婚したときも、母は何の反対もしなかった。彼女は打ちのめされたが、すべてに耐え、父の活動に疑問を抱くことはなかった。彼女は彼のやりたいことを止めようとはしなかった』。

私はもう一度彼女に言った。彼女がどうなのかは知っている。私はあなたを知っている。兄弟を代表して謝罪するよ、スミトラ。彼らは恩赦に値しないことをした。言っておくけど、スリダール・バブ、私はあなたを誘惑しようとはしていないわ」彼女は私の言葉を遮った。あなたのお金目当てじゃないのよ。私は決してそうではなかった。私があなたに良くしてきたのは、あなたが私の家族に非常に寛大だったからです。感謝以外のお返しができなかった。でも、あなたに頼ってばかりいないで、仕事を見つけたいんだ。でも、ここでは誰も私や私の姉妹を雇いたがらない。それが今の私たちのアイデンティティだ』。

その日の午後、家に戻って兄たちを責めたが、兄たちは私が何を言っているのかわからないふりをした。彼らはムケルジェ夫妻を『嘘つき一家』とまで呼び、母は大喜びでその会話に加わっていた。

どうして結婚しないんだ」と兄弟の一人が私をバカにした。結婚すると言ってから、もう3カ月以上も経っているじゃないか」。そうだよ。それに、この家にもうひとつ部屋があれば、私たちにとって便利なのは間違いないでしょう』。

邪悪な笑みを浮かべて。

母は独特の鼻で笑いながら、彼らを励ました。

好きなように言いなさい。でも、もしまたシスターに迷惑をかけたり、不適切な名前を呼んだりしたら、昨夜あなたがシスターにしたのと同じことをしてあげるわ』。

昨夜、俺たちは何をしたんだ」兄の一人が無邪気なふりをした。何を言ってるんだ？

自分が何をしたかわかっているのか』私は彼をにらみつけた。ドラマは勘弁してくれ。

私たちは彼らの電気を切っていない」と若い者の一人が漏らすと、すぐに別の者に頭を叩かれた。

よくやった。私は拍手を送った。嘘つき一家が実際にどのようなものかを実証してくれた」。

どうして家を出て行かないの、坊や」と、今度は母が口を挟んだ。そんなに悪い人たちばかりなら、どうしてわざわざ私たちと一緒に暮らすの？避難場所を探すのに二の足を踏む必要はない。あなたは有名になった！喜んで部屋を提供してくれる人をたくさん知っている。

もう十分だった。母は文明的な振る舞いの境界線を越えて、わざわざ弟たちの前で私を辱めたのだ。自分の血が私に敵対したのだ。もうあの家に住む理由はなかった。すぐに荷物をまとめて、ヴィカシュのところへ向かった。彼の扉はいつも私のために開かれていた。実際、彼らは私にいつでも泊まれるようにと、家の中に別の部屋を与えてくれた。

その夜、私は工場で遅くまで働いた。おそらく今年一番の冷え込みで、私は最高の気分ではなかった。仕事だけが私を支え、自分の血族や家族の嘲笑から心を遠ざける唯一の気晴らしだった。私が仕事に没頭していると、パラシュラムが飛び込んできた。

一体どうしたんだ」と私はショックを受けて彼に尋ねた。午前２時だよ！』。

すぐに家に行ってください』と言われた。誰か死んだのか』私は一瞬にして圧倒され、パニックになった

罪悪感とともに。

いや、でも、今すぐ行かなければ、誰かが行く可能性がある』。

　私は仕事を残したまま急いで家に戻り、門にたどり着いたとき、ムカルジー一家が家の外の欄干に座って暗闇の中、厳しい寒さに震えているのに気づいた。熱病に冒された小さなゴパールは、震えるスミトラの腕の中にいた。彼女の青白い顔は泣いて紅潮し、母親と姉妹は毛布に身を寄せ合って泣いていた。

どうしたんですか？私は戸惑いながら、彼らのドアの南京錠を見て尋ねた。

ラーメン・バブのお義母さんは、私たちをもう家に住まわせてくれないの」アニーの唇が震えた。一晩だけ泊めてくれるように頼んだんだけど、なかなか許してくれないの」。ゴパールは一晩中嘔吐していた。彼は寒さで死んでしまう』。

でも家賃は払ってある！」と私は叫んだ。私は叫んだ。あの女性はどうしたんだ？

彼女は、私たちが家にお客さんを呼んでいると信じているんだ」。

それで？

彼らはまるで私がバカな質問をしたかのような顔をした。

彼はわかっていないと思うわ」ヌナがアニーの耳元でささやいた。

クライアント」とスミトラは虚ろな目で言った。クライアントって言ってよ、アニー。観光客ではない。彼女は私たちが自分の家を売春宿に変えたと思っている。

なんだって？私はショックを受けた。ええ」と彼女は答えた。

パラシュラムを工場に残して、私はスクーターにまたがり、ラーメンバブの義母の家に向かった。怒りを抑えながら、私はドアを4回ノックした。返事がないので、私は叫ぶしかなかった。夜中の3時近く、犬とジャッカル以外は人っ子ひとりいない通りで、私は寒さと暗闇の中、誰かがドアに応対してくれるよう叫びながら立っていた。片手に棒、もう片方の手に灯油ランプを持った眼鏡をかけた老未亡人がようやくドアを開けた。そこで何をしているのかと訊かれる前に、私は彼女に私の訪問の目的を伝えた。

何を言ってるの、スリダル？彼女は驚いた顔をした。あの姉妹が私の家を売春宿として使っていると、今晩、他の3人の若者と一緒に文句を言いに来たのは、あなたの実の兄ですよ』。

私はできる限り冷静に、彼女に事態の真相を説明しようと努めた。

　そして30分もしないうちに、ムカージ夫妻が安全で暖かい家の中に戻ったことを確認した。

1971 年夏

翌年の 4 月、スニル・バブが街に戻ってきたとき、私は自信満々で彼に近づき、スミトラに結婚を申し込んだ。私の予想に反して、スニル・バブはこの試合を否定した。

でも、どうして？

　娘を居場所のない家に嫁がせるわけにはいかない。それに、彼女には勉強してほしい。師匠の仕事をこなし、自立すること。彼女は結婚には若すぎる。スライダール、あなたが私の家族のためにしてくれたことには非常に感謝しているが、これを認めることはできない』。

しかし後になって、彼が私たちの結婚に反対した主な理由のひとつが、私のカーストだったことを知った。彼は、バラモンであるスミトラはヴァイシャとの生活に適応できないだろうし、汚染された血統を生み出すことにもなるだろうと考えた。腹を殴られたような気分だった。だから、私は頑固ながらも、やるべきことをやった。週間後、私はスミトラに直談判し、結婚を申し込んだ。

でも、スリダール・バブ、あなたのことをそんなふうに思ったことはないわ」と彼女は明かした。それに、私たち家族の間がどうなっているか知っているでしょう？

もし私たち家族の間に何も問題がなかったら？

それでも私を拒否しますか？

と彼女は答え、初めて私の目を見ることができなかった。

彼女は冷たく固い地面を見つめ、サリーのほつれをいじりながら、しばらくして私が「大丈夫ですか」と尋ねると、顔を上げずに途切れ途切れの声で答えた。その時、彼女が泣いていることに気づいたんだ。何があったの？私は当惑しながら彼女に質問した。

なんでまた泣いてるの？

何もなかったわ」と彼女は涙をこすりながら答えた。父のことはごめんなさい。あなたは私たちのために多くのことをしてくれた。

それは君のせいじゃない。人々の考え方を変えることはできない』。

私は......バラモン教徒に生まれなければよかったのに」と彼女は唇を震わせながら答えた。そうすれば、こんなことは問題にならなかったのに』。

そして緊迫した状況にもかかわらず、私は思わず笑い出してしまった。彼女は涙を流しながら私をちらっと見て、しばらく黙っていた。そのとき、彼女の唇の端が少し尖ったのが見えた。

バラモンでなくても解決しなかったでしょう』と私は彼女に言った。不平等がある限り、抑圧者になるか、抑圧されるか、その両方になる。ヒエラルキーからは逃れられない』。

彼女の目から涙がこぼれ落ちた。

ああ、スリダール・バブ、私はあなたの人生を台無しにしてしまったわね」と彼女は言った。私のせいで、自分の家に泊めてもらえないのよ』って。

それは問題ない」と私は彼女に言った。私はその家族の一員になったことは一度もない』。

そんなこと言わないで」と彼女は私を遮った。私がここに来る前は元気だったじゃない。あなたは彼らとうまくやっていた。

ああ、何も知らないんだね』。

ひどい気分よ」と彼女は嘆いた。自分も家族も、そしてあなたも馬鹿にしてしまった。みんな私のことをふしだらな女だと思っているのに、あなたが私に親切にしてくれるから悪口を言うのよ』。

どれもあなたのせいではない」と私は彼女を安心させた。あなたはこれとはまったく関係ない。誰にも説得させないでくれ。これは私たちの社会のせいだ。何があっても女性のせいにする。彼らは、事実関係を確認しようともせずに、女性について耳にしたどんな噂も信じようとする。悪いのはあくまでも兄たちであり、私は彼らに教訓を与えたい。でも、あなたは私の質問に答えてくれなかった、スミトラ』。

どの質問？

　私たち家族の間に何も問題がなければ、それでも私にノーと言うだろうか？

スリダール・バブ、あなたはまだ結婚の準備ができていないと思っていたわ。

私はまだ結婚する準備ができていない。誰とも結婚したくないし、私の苦労のせいで彼女を苦しめたくない。結婚を考える前に、十分に裕福になりたかったんだ』。

「では、なぜ気が変わったのですか？

このままでは、結婚の準備ができるとは思えない」と私は正直に答えた。私は純粋に経済的な観点から結婚を考えてきました。しかし、私があなたを深く愛しているという事実を否定することはできない。私はあなたに、この混乱から離れた快適な生活を与えたい。でも、そこにたどり着くまでどれくらいかかるか分からない。僕が知っているのは、君を愛しているということだけだ。そして、そのような人生をあなたに捧げることができるようになるためには、私がとてつもない努力をしなければならないことも知っている。私たち２人が孤軍奮闘するのではなく、なぜ一緒に闘えないのか？でも、そんなことよりも大切なのは、あなたが私をどう思っているかということ。私のことを男だと思ったことはないのか？

しばらく居心地の悪い沈黙が続いたが、やがて彼女は首を左右に振った。

本当に私のことを気にかけていないの？少しも？

彼女はまた首を左右に振った。

するのか、しないのか？私は混乱しながら彼女に尋ねた。正直に言って、スミトラ。誰も何も恐れる必要はない。しかし、私は真実を知りたい。最近、この考えが私を蝕んでいて、仕事に集中できていない。本当のことを教えてください。もしあなたが本当に私にそのような感情を抱いていないのであれば、私はあなたの決断を尊重し、二度とあなたを煩わせることはないでしょう』。

私は......私はしています」と彼女は言いよどんだ。あなたのことが気になるの」。

僕と一緒に家を建てたいかい」と、私は彼女の手を握って真剣に尋ねた。

長い沈黙の後、彼女はおずおずとうなずき、私の手首に大きな涙が飛び散った。

心臓がドキドキして、一瞬何を言おうとしているのかわからなかった。そして、私の口から漏れたのは、まさにこの言葉だった。

じゃあ、逃げよう』。

彼女はショックを受けて私を見た。

そうだ、逃げて結婚しよう。数週間後、ここが落ち着いたらまた来よう』。

それはできない！ゴパールを一人にできないわ。彼のために戻ってきます』と私は彼女に言った。ゴパールは

私たちと一緒に彼を連れてくるお母さんも私たちの結婚に反

対なの？

いいえ、そんなことはありません」とスミトラは答えた。彼女はずっとあなたのことが好きだった。

でも、あなたが知らないことが他にもあるのよ』。何？と私は尋ねた。

彼女は数秒間私を見つめ、秘密を打ち明けるか否かを決め、それから『母が妊娠したの』と言った。

また？

ええ、またね」と彼女はため息をついた。もう一ヶ月近く経つわ」。お父さんは知ってるの？私は彼女に尋ねた。

ええ、そうです」。

それなら......いいニュースだと思うよ」。

今この瞬間に、どうしていい知らせに思えるのかわからないわ」彼女は少し困ったような顔をした。私たちはほとんど食べていけないのに、また赤ちゃんが生まれるのよ。そのような環境で生まれるのは、赤ちゃんにとって拷問以外の何物でもない。それに、母はすでに体調を崩している。また出産の負担に耐えられるかどうかわからない』。

なんて言っていいかわからなくて、頭をかいた。このすべてから逃げることは、素晴らしいアイデアのように思える』。

彼女はため息をついた。でも、私にはできないわ。母と話をしなければならない。彼女がこれでいいかどうか確かめなければならない。妹たちとも話さないといけない。実現可能であれば、あなたと一緒に逃げたい』。

数週間後の 1971 年 5 月 6 日、スミトラは私と結婚した。

間奏曲

ハッピーエンドだったんだね！」。私は手足を伸ばした。もうすぐ真夜中だった。やっと結婚して幸せに暮らしたね』。

ハッピーエンドにはほど遠かったわ」と彼女は答え、呆れたように手を振った。本当の闘いはその後に始まったのだから。彼にとっても私にとっても』。

教えてくれ』。

今？彼女は疲れた顔をしていた。やっとテレビドラマのリピート放送が見られると思ったのに』。

はい、今すぐ」私は胸に腕を組んだ。どうして？まだ午前12時だ！試験中は徹夜で勉強するんだ！』。

病み上がりの乳児をなだめるために徹夜し、翌朝腕の中で息を引き取ったことがありますか？

いいよ」と私は降参した。ごめんなさい』。

続きは明日」と祖母は宣言した。私は一晩中あなたと過ごしたのよ。今すぐソープを観せてくれ』。

ノー！』私は激しく言った。あなたは今夜、孫娘が本を書くのを助けるために犠牲を払うことになる。私に協力すれば、私の本にあなたのいいところを書いてあげる』。

祖母は憤慨したように私を見た。

私はあきらめた。明日の朝、話しましょう』。目が覚めたらすぐに』。

翌朝、私たちは一緒にマグカップでお茶を飲んだ。

昨日の夜、お母さんが、おじいちゃんが手足に火傷を負って病院から逃げ出したって言ってたわ。あの事件について詳しく教えてください』。

コルカタのカレッジ・スクエアのドゥルガー・プージャーで水中ライトを作っていたときのことです」と、祖母はお茶を飲みながら答えた。1971 年半ばのことだった。私たちは結婚した。私は妊娠していた。彼は工場で作業をしていて、そこには燃えているストーブがあり、巨大なタンブラーには熱く煮えたぎる化合物が満たされていた』。

この化合物は何ですか？と私は尋ねた。

それは......うーん......石炭の副産物みたいなもの」とおばあちゃんが答えた。最初は固形で、溶かす必要があるんだ」。

何に使うんですか？

あなたの祖父は、25 ワットのランプのホルダーを水から守るために、厚い溶けたタールを使った」。

彼がどうやってあのライトを防水加工したのか、いつも不思議に思っていた。今、私はその答えを持っている。ありがとう』。

沸騰した化合物の入ったタンブラーが、誤って彼の手足の上でひっくり返ったんだ。その時、彼は本能的に素手でコンパウンドを取り除こうとした。肉の隙間から骨が見えそうなほどだ！』。

私はその出来事を思い浮かべながら、思わずうろたえた。

すぐに病院に運ばれた。お医者さんは、良くなりたければ 1 週間は手や足を使わないようにと言ったわ」と祖母は続けた。彼らは彼を厳しい監視下に置くことにした。でも、彼の頑固さは知っているでしょう？彼はその夜、杖をついて足を引きずりながら病院を脱走した』。

何だって？あの状態で？

そうよ」とおばあちゃんはうなずいた。パラシュラムが来て、工場に戻ってまた働いていると聞いたときは、頭が真っ白になったわ」。ほぼ妊娠４カ月だった私は、傷口が化膿するのを恐れ、彼のもとへ駆け寄り、彼のしていることをやめるよう懇願した。しかし、彼は厳しい顔で私に家に帰れと言った。彼は痛みに悶えていたが、聞く耳を持たなかった。両手両足に包帯を巻き、そこに座って丹念にワイヤーを溶接していた。

なぜ病院にいられなかったのですか？何を急いでいたんだ？

法会は４日後だった。彼は大ブレイクして、同時にいくつものプロジェクトに取り組んでいました。彼は４日後、傷をすべて癒し、同じ杖をついて足を引きずりながらコルカタに向かった。あれほどひどい水ぶくれを見たのは生まれて初めてだ！しかし、その年の彼の仕事は大成功だった。やがて、コルカタの有名なプージャー委員会のほとんどが彼を雇い、ドゥルガ・プージャーだけでなくカリ・プージャーにもイルミネーションを提供するようになった」。コルカタにある委員会の名前をいくつか挙げてもらえますか？

彼が働いていた？

もちろん」と彼女は思い出した。彼はパイクパラのために働き、有名な議会の実力者クリシュナ・チャンドラ・ドゥッタが始めたケシャブ・チャンドラ・ストリートのカリ・プージャーにも参加した。彼は〝ファタ・ケシュト〟として親しまれていた。

彼はファタ・ケシュトで働いていたのか？

そうだよ」とおばあちゃんが答えた。家にまで来てくれたのよ」。

わあ！」私は魅了されて答えた。彼はバラサットの KNC 連隊で働いていたのよ」とおばあちゃんが答えた。　　　　それは

もう一つ　世界　委員会　毎年カリ・プージャーを主催している。また、コルカタのアマースト・ストリートにもイルミネーションを施した。ドゥルガ・プージャでは、モハマド・アリ・パーク、セントラル・アベニュー、バクル・バガン、エクダリア・エバーグリーン・クラブ、シンギー・パーク、ダクリア、ガリアなどの委員会で働いた、

トリーガンゲ、バリーガンゲ、ジョードプル・パーク...」。

あなたの話からすると、彼はコルカタのいたるところで働いていたようですね」。

そうよ」と祖母は答えた。彼は有名な委員会のほとんどで、生涯に少なくとも一度は働いていたのよ」。

委員会のリストが必要なんです」と私は彼女に言った。おじいちゃんと話して、おじいちゃんが働いた委員会の名前を全部リストにしてちょうだい』。なぜなら、私の語りには事実に基づいて正確である必要があるからだ』。

いいよ」と彼女は同意した。彼は西ベンガル州以外のいくつかの場所でも働いていました。デリー、グジャラート、ハリヤナ、ビハール、ラジャスタン、ウッタル・プラデシュ、チャッティースガル、ジャールカンド、オリッサ、アッサム、トリプラなど、インドの北部と北東部のほぼ全域。ハイデラバードでも働いていた。当時はまだアンドラ州の一部だったんだ。

おばあちゃん、そのリストを書いてください」と私は言った。覚えきれないほどたくさんの場所があるんだ』。

わかったわ」と彼女は言った。

闘争について詳しく教えてください』。

まあ、彼はキャリアを通して苦労していたからね」とおばあちゃんは淡々と答えた。まず第一に、彼は毎年いくつものプロジェクトを請け負っていて、どれも大きなものばかりだった。ほとんど家に帰らなかった。彼は事実上、湿気の多い不衛生な工場で暮らしていた。大きなプロジェクトを受注して

からは、かなりの収入を得るようになったとはいえ、他のプロジェクトの資金調達や借金の返済のために全財産を事業につぎ込んでいたため、ほとんどの日が飢餓状態だった。仕事が忙しく、夜は家に帰って寝るだけだった。睡眠時間は 3、4 時間かな。そして朝早く、彼はまたいなくなった』。

寂しくなかったか？

もちろんよ」と彼女はうなずいた。とても寂しかったわ。私はたくさんの兄弟姉妹に囲まれて育ったので、いつも一緒にいることに慣れていた。結婚後、私は孤独を感じた。あなたの祖父はほとんど家にいなかったし、私は義理の両親と同居することを許されなかった。私たちはストランドロードに近いメアリーパークの賃貸アパートに住んでいた。寂しさのあまり、毎日泣いていたのを覚えている。結婚したことも後悔した。私は病気で妊娠していて、孤独だった。おじいさんが一生懸命働いているのを知っていたから、おじいさんを責めることもできなかった』。

わかりました』。

あなたのおじいさんは、私たちが結婚した後、警察署で最初のジャマイ・シャシュティに　合格したのよ。そんなこと知ってたの？

ジャマイ・シャシュティは　インドで毎年行われる行事で、義理の母親が義理の息子のために断食をし、義理の息子を自分の家に招いて豪華な食事をさせ、贈り物やごちそうをふるまう。

なぜだ」と私は叫んだ。

母がお菓子をお皿に盛り付け、あなたのおじいさんの前に置いたとき、警察官を満載したジープが私たちの小屋に強引に入ってきて、物色し始めたの」とおばあちゃんは言った。お祖父ちゃんの兄弟たちは、私たちがナクサライトを助けるために小屋で密かに爆発物を作っていると警察に知らせていたのよ」。もちろん何も見つからなかったが、警察署に連行され、初めてのジャマイ・シャシュティを祝う機会を奪われた」。

おじいちゃんの兄弟は若い頃、一時的に気が狂っていたのだろうか」私は驚いた、いつも私に微笑みかけ、彼らの中にいるときはいつでも私を大歓迎してくれた顔を思い出していた。子供の頃はいつも良くしてくれたのに。ずっと好きだったんだ』。

ああ、あの頃はいつも私たちに問題を起こしていたのよ」と祖母は答えた。でも、結婚して子供ができてからは、みんな変わったわ。彼らはとても大人になり、責任感を持つようになった。子供たちも、おじさんたちも、みんな私をとても愛してくれた。あなたのお母さんは、私たちがあの家に住んでいる間、いつもあの子たちと遊んでいたのよ』。

彼らはまだあなたを愛している』。

そうだね。今ではみんな成長し、すっかり定着している。彼らにも家族がいる。彼らが訪ねてくると、私はとても幸せな気分になる』。

と私は言った。ええ、でも結婚してからの最初の数日はとても辛かったです。

おばあちゃんは2枚目のビスケットをほおばりながら言った。その上、妊娠中はとても辛くて苦しい思いをした。私にはあなたのお母さんが生まれる前に息子がいた。そして、彼女の後に娘が生まれた。2人とも亡くなった。3人とも逆子だった。そのため、普通分娩を見送り、毎回帝王切開を余儀なくされた。そしてもちろん、1970年代のチャンダナガルは、医学的にはまったく進んでいなかった。第一子の出産のとき、私は2日間陣痛に苦しみ、ギリギリのところでOTに連れて行かれた。息子は無事に生まれたが、逆子のためにお腹を縦に切られ、産後数週間は激痛に悩まされた。唯一良かったのは、息子が生まれた後、義母が私を家に迎え入れてくれたことです」。

彼女は親切だった。

あなたの祖父が当時、かなりの収入を得ていたことも考慮しなければならない。それもいい理由だった。しかし、彼女は決して彼に親切ではなかった。彼女はあなたのおじいさんと接するとき、いつも冷たくて堅苦しかった』。

彼女の問題は何だったの？なぜ彼女は祖父をあんなに嫌っていたのだろう？

彼がバラモンの私と結婚したからよ。それに、彼女は私の家族から持参金を受け取っていなかったのよ』。

持参金も大きな理由だったんですね！』。

そうだ。でも、彼女は私に決して悪い人ではなかった。実際、彼女は他の義理の娘たちよりも私を愛していた』。

わあ、それは意外ですね」と私は言った。でも教えてください、最初のお子さんはなぜ亡くなったんですか？彼に何が起こったのか？

息子は生後１ヵ月半足らずで下痢になりました。同時に、息子より１カ月早く生まれた妹も下痢に苦しんでいました。母が重病でコルカタの国立医科大学に入院していたため、アニーが彼女の世話をしていた。そこで医者をしていた兄のゲドが彼女の世話をしていた』。

彼女はなぜ病気だったのですか？

彼女は産褥性敗血症に苦しんでいた。一種の敗血症です』。

メアリー・ゴドウィンを出産した後、メアリー・ウルストンクラフトに起こったことだ！」と私は叫んだ。私は叫んだ。彼女もまさにそうやって死んだんだ！」と私は叫んだ。

メアリー・ウルストンクラフトのことは知らないわ」と祖母は答えた。英文学のことは内緒にしておきなさい。でも、産褥敗血症は致命的です』。

いいわ、続けて」と私は走り書きを続けながら彼女に言った。ある晩、私は病弱な息子を連れて地元の医者に行った。

おばあちゃんは続けた。緩い動きも尿も止まる薬を出してくれた。彼は何時間も痛みで泣き続けた。一晩中泣いていた。義母は近所のタントラの女性から聖水を手に入れて、それを私の子供に飲ませ続けましたが、何の効果もありませんでした」。義母は感極まったように立ち止まり、しばらくしてこう続けた。彼が私の腕の中で死んだとき、私はまだ手術の痛みから完全に立ち直っていなかった』。

私は喉にしこりを感じ、飲み込もうとしたができなかった。

火葬の後、おじいさんは私をスクーターの後ろに乗せて、真っ暗になるまで町から遠く、遠く、遠くまで走った。チャンダナガールから200キロ近く離れたディガに着いて、安いホテルに2泊した。私たちはあまり話さず、ほとんど食べず、さまざまな方法で喪失感に対処しようとした。私は長い時間、あてもなく海を見つめていた。あなたの祖父は、生まれて初めて、自分がいなくなることで自分の仕事が危うくなるとは思わなかった。それどころか、彼は私と息子に対して怠慢であったと自分を責めた。私たち夫婦のどちらも、家に戻り、子供が2カ月近く生活し、呼吸し、笑い、泣いた同じ部屋に足を踏み入れるという考えを受け入れることができなかった。ゆりかご、オイルクロス、小さな枕、小さなエプロン、離乳食や食器がまだその部屋に散らばっていて、空気はまだ彼の匂いがしていることを私たちは知っていた。彼なしであそこに戻ることは考えられなかった』。

涙をこらえるのがだんだんつらくなってきた。

お義母さんがタントラから持ってきた聖水が毒とかじゃないとどうしてわかるんですか？私は尋ねた。それが原因で死んだかもしれない。彼はまだ生まれたばかりだった』。

いいえ、彼を連れ去ったのは致命的な下痢でした」と彼女は確信を持って答えた。理由はすぐにわかるわ」。

オーケー」。

3 日目の朝、おじいちゃんに『もう家に帰ってもいいか』と聞かれたので、代わりにダクシネワールの叔母さんのところへ連れて行ってくれるように言ったんです」と彼女は続けた。彼は快諾した。私たちはそこに着いたばかりで、叔母に何か食べるように説得されたんだけど......」と、ここで彼女はまた立ち止まった。

私の喉の奥が一瞬にして締め付けられた。私は、この後に続く恐ろしい情報のために息を止めた。

いつ？私は彼女を促した。

おじいさんの友人であるパラシュラムとヴィカシュがやってきて、家に戻るように言ってきた』。

なぜですか？

理由を尋ねると、彼らは......妹が前の晩に亡くなり、母もその日の朝に病院で息を引き取ったと教えてくれました」。

その衝撃的な情報を処理しようとして、私の手は思わず口に届いた。

姉は調合薬を持っていなかったんだね」とおばあちゃんは言った。でも彼女も死んじゃったのよ。下痢のせいだ』。

彼女が経験したことは想像もできなかった。これほど短い期間に、これほど多くの死者が出たことは考えられなかった！その 2 年後の 1974 年、あなたの母親が私たちのもとに生まれたんです

と祖母は言った。彼女は 2 日間泣かなかった。彼女はなぜか普通に呼吸ができなかった。彼女はもう助からないと思っていた。しかし、ゲドは彼女を担当し、最善を尽くし、徹夜して彼女の命を救った。彼は当時、小児科で医学博士号を取得中で、かなりうまくやっていた。日目に彼女は泣いた。そこで私たちは、平和の使者であったアショーカ皇帝の長女にち

なんで、サンガミトラと名付けたのです」。そして1年後、私が重病の間にもう一人の娘が生まれた。彼女は痙攣を起こし、真っ赤になり、青くなり、出産からわずか 2、3 日後に病院で亡くなった。出産後丸 2 日間、私は錯乱状態だった。医師たちは私を救えるとは思っていなかったが、3、4 日後に私が意識を取り戻し、看護師たちにわが子に会わせてくれるよう頼むと、彼女はもういない、と言われた。

私は一言も話すことができなかった。なんて言っていいかわからなかった。そして、やっとすべてが大丈夫になったと思った矢先、』。

1978 年、私たち家族の唯一の希望であった一番仲の良かった弟のゲドが、実習を終えたその日に首を吊って死んでいるのが見つかったのです」と祖母は語った。

なんだって？私の声はかすれていた。どうして？

当時、コルカタの大学はナクサライト運動で引き裂かれていた。彼がなぜ死んだのか、本当のところは誰も知らない。それは常に謎だった。恋に破れて自殺したという説もあれば、最も著名な学生組合のリーダーであったことから敵に殺されたという説もあり、ナクサライトの一人に殺されたという説もある。ゲドが生まれたときから、私はゲドととても親しくしていた。私たちはちょうど1年違いで生まれた。そして、私は誰よりも、彼が恋愛のようなつまらないことで自殺する最後の一人であることを知っていた。彼は同じ学年の中でトップクラスで、将来も極めて有望だった。遺体が発見されたとき、彼の部屋は荒れ果てていたが、ローブも何もかも着込み、眼鏡をかけ、磨かれたブーツを履いていた。両手が後ろに縛られていたことが、自殺ではないと思わせた。私たちは彼の死因を突き止めようと懸命に努力しましたが、警察からはあまり助けてもらえませんでした。だから、ある時期から父は挑戦するのを諦めたんだ』。

私は座っていた椅子から立ち上がり、おばあちゃんのところに行き、長く強く抱きしめた。私は人をハグしたり、感情を表に出したりすることはない。事実だ、

私はいつも、このようなディスプレイを敬遠していた。しかし、その瞬間、その瞬間、それは無意識のものだった。私は彼女を抱きしめ、彼女の髪の甘い香りを吸い込みながら、私の人生における 19 年間の波乱に満ちた日々、そのほとんどを彼女と過ごした思い出に浸り、感情が溢れ出てきた。

祖母は私を育ててくれた人であり、毎朝私を起こし、風呂に入れ、食事を与え、髪をとかし、寝かしつけ、あらゆる必要を満たしてくれた。実際、『ディダディマ』は私が初めて覚えた言葉だった。4 音節で構成され、ぎこちなく聞こえたが、私は彼女をそう呼んだ。

私がまだ3歳で、彼女にべったりくっついていたある晩、彼女は洗面所からよろめきながら出てきて、ベッドの上で意識を失った。彼女はすぐに病院に運ばれたが、そこで医師たちは彼女を見て、私には異質に聞こえる言葉を発した。私はまだ幼かったので、"多臓器不全 "が何を意味するのか理解できなかったが、どういうわけか、もう二度と彼女に会えないような気がして、恐怖のあまり小便を漏らしてしまった。今でも覚えているが、祖父は病院の冷たく白いタイルの上に倒れ、心の底から泣いていた。ただひとり立っていた母も、今にも倒れそうだった。

それからの数ヶ月間、ほとんど一人きりで家で世話をしてもらったが、私の人生で最も暗い数ヶ月間だった。祖父が自室で精神異常者のように独り言を言っているのを毎日のように聞き、母は何日も病院で希望を失っていた。祖母は最終的に昏睡状態に陥り、医師からはもう望みはないと言われていた。それでも、私は毎日彼女のために祈った。実際、私がしたのはそれだけだ。祈り、泣き、食べ、吐き、夜中に吠えて起きた。生後 1 カ月からずっと一緒に寝ていたのに、今は一緒

にいない。彼女がそばにいてくれないと、赤ん坊の髪を梳く柔らかな手も、寝物語を聞かせてくれる甘い声も、眠りに誘う背中を優しく撫でてくれないと、私はひどい悪夢にうなされた。

このとき、彼女は私より先に眠りについた。そして、はるか彼方の未知の領域へと流れ去り、おそらく迷子になり、二度と戻ってくることはなかった。そして私たちの家は、絶対的な闇に沈んでしまったようだった。

しかし、神は私の祈りを聞き入れ、私の無垢な願いを叶えてくださることにしたのだろう。医師たちは奇跡と呼んだ。夢ではないと、自分の体をつねって確かめたのを覚えている。その日、我が家に光が戻ったような気がした。彼女は数カ月間帰ってこなかったが。ほぼ1年間、祖母はいつもと同じではなかった。

あなたの過去がどんなにひどいものだったか、信じられないわ！』。その朝、私は彼女に言った。

いつも暗かったわ」と彼女は答えた。私にとっても、あなたのおじいさんにとっても。遠くから見ると、明るくて晴れ晴れしているように見える。しかし、近づけば近づくほど暗くなる。私たちは最悪の経験を一緒にしてきた。しかし、あなたの祖父が今どうであれ、それは彼が決してあきらめなかったからにほかならない。彼はどんな困難にも立ち向かった。皮肉なものだ。彼の光で世界を照らした男が、自ら最も暗い路地を歩いたのだから」。人は暗闇の中を歩かなければならないのかもしれない。

光を完全に理解するために』。

そう思うなら、彼は光そのものよ」と祖母は言った。

どうして？

彼のパネルや人物を考えてみると、光源の後ろはいつも暗い」と彼女は説明する。しかし、光源の前に置かれると、ありふれたものでさえ、装飾が施され、まばゆく見えるのです。あなたの祖父の人生、特に幼少期と出身地を考えてみれば、それはすべて闇だった。それにもかかわらず、彼は前途を照らし、後世に新たな機会をもたらし、新たな芸術、独自の文化を創造した......」。

今、すべてが彼の創り出した輝きの中で燦然と輝いている』。

それが彼の人生とキャリアのすべてを表している」。私は畏敬の念を抱きながらうなずいた。

明かりは暗闇の中でしか輝かないのよ、あなた」と祖母は言った。

美しいわ！』。私は彼女に言った。

じゃあ、私のいいところを書くのを忘れないでね！」おばあちゃんは目を輝かせた。

もちろん違うよ」と私は答えた。でも、他にも知りたいことがあるんだ』。

何ですか？

母や祖父、そしてあなたから聞いたところでは......彼はあなたとの時間を持たなかったようです」。そのことがあなたたちの関係に影響を与えることはなかったのですか？

祖母はただ微笑んだだけだったが、その微笑みはとてもよくわかるものだった。

いろいろ言いたいことがあるみたいだね」と私はコメントした。大丈夫、後でいいんだ』。

彼女は大げさに安堵のため息をついた。

祖母の回想

同じ屋根の下で暮らし、同じベッドで寝た。5 年だ。そして、彼はまだ見知らぬ人だった。朝起きて、急いで風呂に入り、仕事に出かける彼を、私は毎日見ていた。私は、彼が長い歩幅で部屋を横切っていくのを目で追った。私は 5 年間、髪の分け目に真っ赤な朱を誇らしげに塗り、彼の安全、安心、幸福を静かに祈っていた。私は日の出前に目を覚まし、密かに彼の足の埃を拭いていた。私が知っているある女性は、愛するためには女性の心は礼拝しなければならないと言ったことがある。母はこの忠告を少し重く受け止めすぎていたようで、生きている限り、父が継母を訪ねて一人になるとわかっていても、毎朝父の足元の埃を拭うのを欠かさなかった。そして私は、母のようになりたくないと思いながらも、また母のようになりたいという思いに激しく抵抗しながらも、母に似たのだと思う。私は目の前で彼女が延々と苦しんでいるのを見て、自分の人生を彼女のようにはさせないと誓った。

私は私だけの女になる。継母は現代的な女性だった。彼女には仕事があり、自分の人生があった。彼女は仕事のためにすべてを犠牲にすることを厭わず、セラミックガラス工場での仕事を維持するために、できる限りの妥協をした。彼女は独立心が強く、強情だった。だから彼女は父を惹きつけたのだろう。自分を愛する人は誰からも愛される。そして、彼女が母の心痛の原因であったにもかかわらず、私は彼女の力強さに感嘆せずにはいられなかった。心の奥底では、彼女のようになりたいと思っていた。しかし、それは私の姿とはほど遠く、結婚して初めて気づいたことだった。私は、自分が現代女性と呼ぶに値するかどうかさえ考えたこともあった。

娘のミニは私のベッドの隣でぐっすり眠っていた。第 3 子の出産とその後の死後、病院から戻って 1 週間が経っていた。私は目を覚まし、目から涙をこぼし、枕の片側を濡らした。午前 5 時で、出血していた。私のブラウスは膨らんだ乳房から出るミルクでびしょ濡れだった。痛みでズキズキする。やがて夫は起床し、いつものドリルに従って、さらに 20 時間家を空ける。彼が一日中何をしていたかなんて知らないよ。彼がいつ戻ってくるか分からない。その頃には半分眠っていただろう。そして毎朝のように、窓の外で早起きの鳥がさえずり、夜明けの光が新しい一日を告げる中、私は彼の足から埃を取り、それを私の頭や眉間や胸にこすりつけ、彼が起きないことを願った。やる必要はまったくなかったが、それでもやった。

どうしたんだ?

別に!」と私は答えた。私は唇を噛み締めながら答えた。何も問題ない。毛布が落ちていたよ』。

なぜ立ち上がったんだ?自分で拾えたのに』と。

風邪をひかせたくなかったんだ。

ベッドに腰掛けて言った。何か必要なものはありますか?

いいえ」私は真実を隠した。何もいらない』。

私はどうしても彼を必要としていた。夫と呼ばれる男性にもう一度求められたいと、体の隅々まで、魂の隅々までが疼いた。私は 5 年間、彼が私の横で眠っている間、彼の顔をじっと見ていた。砂漠が雨を渇望するように、私は彼の愛情を渇望していた。私は、彼が全身全霊を傾けて作業場のパネルに取り組んでいる姿を見て、いつか彼があのライトを見るような目で私を見てくれる日が来るのではないかと期待に胸を膨らませていた。ああ、どんなに羨ましかったことか!私はあの光になりたかった!彼が彼女たちに注いだ関心の半分でも私に注いでくれるなら、私は自分自身を恵まれた女性だと思うだろう。私は母のようになっていたのだろうか？私も同じ運命をたどるのだろうか？

5 年間、私は彼を愛し、そして憎んでいた。何度も彼の家から逃げ出したいと思った。私は決してできなかった。結婚を後悔し、何日も断食して自分を罰したこともあった。私は感謝し、恩義を感じた。しかし、無視され、見捨てられ、傷ついていることも感じていた。私が彼に感じていたのは愛だったのか、それとも負い目だったのか。確信は持てなかった。彼は私に何も悪いことはしていない。彼は私の肉体的な要求をすべて受け入れてくれた。私のものだけでなく、兄弟や姉妹のものもだ。しかし、それで十分だったのだろうか？自分は必要とされていない、重要視されていない、愛されていないという感覚を無視できるわけがない。彼は庭の植物の世話をするように、私の世話をしてくれた。毎日水を撒き、肥料で土を養い、必要に応じて殺虫剤を散布した。必要なことはすべてやったが、それ以上のことは何もしなかった。でも、私は植物ではなかった。私は彼の妻だった。彼の妻ではなく、植物でありたいと思ったこともあった！自分自身の欲望や意志がないことを願った。そうすれば私の人生はもっと楽になっただろう。これらの感情や期待は、いつか私を死に追いやるだろう。

私は残念ながら、呪われた子宮、呪われた家族、死んだ母、死んだ妹、死んだ 2 人の子供、そして無関心な夫を持つ、生きている人間だった。こんな状態で、いつまで生き延びられると思う？何のために生きるのか？仮に生き延びることができたとしても、それは生きるに値する人生だろうか？愛のない人生は、私にとって生ける死と同じだった。私をこれほど苦しめたのは父の罪なのか？それとも、夫が私のベッドから離れ、私の目の前からいなくなった今、私は責任を転嫁できる誰かを探していたのだろうか？私はいつからこんなに口うるさく文句を言うようになったのだろう？いつからこんな底知れぬ自己憐憫に浸るようになったのだろう。コルカタにいた頃の私は、こんな女性ではなかった。レディ・ブレイボーンの友人たちは、今の私を見たらわかるだろうか？

時には、彼に本当に辛らつなことを言いたいという圧倒的な欲求に震えた。彼の食事を用意している間、私の指は怒りでむずむずしていた。一度、彼のカレーに塩を入れすぎて、スプーン一杯しか食べられないんじゃないかと思ったことがある。それが私なりの復讐だった。しかし、驚いたことに、彼は何事もなかったかのように完食した。彼の心は明らかに別のところにあった。そしてその夜、結局何も食べなかったのは私だった。私が必要とされていると感じたのはその時だけだったから、私は彼の体を否定することはできなかった。しかしその直後、夜の控えめな静寂の中で天井を見上げながら、彼がすぐに美貌でも気品でも決して太刀打ちできないアートの腕の中に戻っていくことを知り、私はまったく不毛な気持ちになった。アートは彼を指に巻きつけ、光り輝く翼の下に閉じ込めた。彼は彼女の妖艶な奴隷にすぎなかった。私がどんなに愛情を注いでも、誘惑しても、彼女が彼にかけた魔法を解くことはできなかった。何かあったのか？

いいえ」と私は短く答えた。いいえ」と私は短く答えた。

どうして泣いていたんだ？何があったの？痛みはありますか？

あなたは決して理解できないでしょう』と私はベッドの上から彼に言った。理解できない？

いいえ」と私は答えた。

子供のことで動揺しているのか？

何を言っていいかわからなかった。ええ、子供のことで動揺していました。しかし、私はそれ以外にも多くのことで動揺していた。もう我慢できなかった。私は涙の大洪水を起こし、腹部を縫うのが痛くなるほど泣き叫んだ。彼は少し不安そうに私のところにやってきて、私のすぐ隣のベッドに座り、私の髪を指でなでた。そんなに悲しまないで」と彼は私に懇願した。飢餓状態が長く続くと、胃が食べ物を消化する能力を失うように。私の心は氷のように冷たく、身体は壊れ、魂は疲れ果てていた。痛みしか感じなかった。

どうしたんだ？

まだ私を愛してる？」私は永遠のように感じた後、彼に尋ねた。

どんな質問ですか？もちろんよ。じゃあ、どうして私のことを気にかけてくれないの？

私の耳には不自然だった。

彼は少し驚いたように私を見た。

どうして私と結婚したの？一日中この家で一人で腐っている私を置き去りにするため？

どうして一人だと言えるの？あなたの周りにはいつもたくさんの人がいるじゃない。あなたには私の大家族、ゴパールとアニーがいる。他に誰が必要なんだ？

君が必要なんだ。私はあなたと結婚した。あなたの家族ではない。私はあなたの妻です。君が必要なんだ』。

でも、僕はいつでも近くにいるんだ。私の工場は近くにあるから、いつでも連絡が取れるよ』。彼と話しても無駄な努力だった。まるで壁に向かって話しているようだった。彼が純粋に私のことを理解できなかったのか、それともわざと誤解していたのか、と思うこともあった。私が知っていたのは、彼の計画に私の居場所がなかったということだけだ。私は彼の人生に何の役割も果たせなかった。私は単なるアクセサリー、飾りだった。

私は彼の家の 4 つの壁の中に閉じこもっているはずだった。私は、私を汚物のように扱う人々に微笑み、敬意を払うことになっていた。私は料理と掃除と妊娠と出産を、何の評価も感謝も報酬もなく、一生続けることになっていた。すべては私が女性であり、女性がそうする『ことになっている』からだ。コルカタでは、人々はもっと自由だった。私はどこに行き着いたのだろう？なぜ父は私たちをここに連れてきたのだろう？これは私が夢見ていたような人生ではなかった。しかしまた、私には女心があった。私たち女性がどんな目に遭わされても、夫や父や兄弟や息子たちが幸せなことをするために、愛の祭壇に自分の幸せのすべてを捧げ、笑顔でそれに耐えることができることに誇りを持っていた。なんという破滅的な存在だろう！

義理の母が１歳のミニの面倒を見てくれている間、私は１日中ベッドで泣きながら過ごした。彼女は私のベッドのそばに座り、子供の頃の話で私を慰めようとしました。彼女は「ゴーリ・ダーン」として知られる古代インドの慣習に従って 8 歳で結婚させられたこと、また、さまざまな病気で何人かの子供を失ったことなどについて話しました。彼女はよく私のことを、会話の中でも『バラモンの娘』という意味の『バムナー・ミー』と呼んでいた。時には嫌味を言うこともあったが、他のどの娘婿よりも私の面倒を見てくれた。その日、彼女は私にお茶を入れてくれた。そして、私のために面倒なことをしないでくれと言うと、彼女は静かにしてくれと言うだけだった。

何も言わないで」と彼女は私に強く言った。息子たちの面倒が見られるのに、どうして娘たちの面倒が見られないの？

でも、マア、あなた自身はそんなに元気じゃないんだから……」。

静かに！大丈夫です！」と彼女は言い返した。これは年寄りの普通の痛みよ。私たちは鋼鉄でできているんだ。ソフトでデリケートなあなたは、他とは違う。みんなすぐに病気になるし、些細なことでとても苦しむ。本当に気の毒だ。しかし、私たちはこれらすべてに慣れている。私たちの母親は、私たちが生まれたときから、この人生のために準備してくれたのです』。

ありがとう、マア...私に優しくしてくれて...」。″ありがとう″は独り占めしてね。

私の枕元のテーブルの上に、小さなグラスに入った紅茶を置いた。私たち、英語の単語が全部わからないのよ。私の美しい小さな月の子が苦しんでいる。

そしてミニを膝の上に乗せ、数分間愛おしそうに見つめた。彼女は私に『あなたの子供はあなたに全然似ていないわ』と言った。彼女は戦士になる。彼女の血管には私たちの血が流れているし、肌にはあなたの夫の色がある。彼女も楽な人生ではないだろう。しかし、彼女は獰猛な女性になるだろう』。

私もそう願っている」と私は答えた。彼女には強くあってほしい』。

ミニの服を着替えながら、彼女は笑った。私の小さな戦士の子よ。お父さんのようになるんでしょ？

ミニは意味不明な声を上げた。

　私の予想に反して、その夜、夫は少し早く帰宅した。彼は私のために、バラの花束と、この町で最も古く評判の高い菓子店のひとつであるスーリヤ・モダックの、私の好きなお菓子の箱を持ってきてくれたのだ。

　君のことを十分に大切に思っていないと思わせてしまったのなら、申し訳ない」と彼は私に言い、ベッドで私の隣に座り、私の手を握った。君が私にとって重要でないわけではない。実際、君は僕にとってこの世で一番大切な人なんだ』。

私は顔をそむけて泣いた。

ここを見て、私を見て」彼は私の顔を彼の方に向け、そして私の目を深く見つめて言った。いつまでこんな生活をしていたいんだ？トイレは１つで、世帯全員で共有する。君とミニにもっといい生活を与えたいんだ』。

彼は私の頬を撫でた。

土地を買って、家を建てたいんだ。君がいつも望んでいたように、コルカタの家よりも大きな家をね」。庭付き２階建てで、あなた専用の独立した部屋、オフィス、リビングスペースがあり、素敵な木製家具で飾ります。ゴパールも私たちと一緒にそこで快適に暮らすことができる。これだけの人数では窮屈すぎると思わないか？

私はそっとうなずいた。

さあ、泣くなよ！」彼は私の額に愛情たっぷりのキスをした。我慢してください。私はあなたの夢も私の夢も叶えたい。今働かなければ、土地も買えないし、家も建てられない。土地の値段が毎年上がり続けているのは知っているよね？だから、今は一生懸命働かなければならない。稼げば稼ぐほど、早く家を建てられるから』。

私の目を涙が伝った。

君を一人にするために結婚したんじゃない。私もあなたと一緒に過ごしたい。そしてそれこそが、いつか不安や罪悪感なしにあなたと一緒にいられるように、私が今、懸命に働いている理由なのだ。私は何もないところから今日のすべてを築き上げた。知人からお金を借りたり、ヴィカシュの家にいつまでも居候したりと、決して平穏ではなかったが、当時の私はどうしようもなかった。今、私にはいくつかの借金があり、それを完済して初めて安心できる。そして、物件のための貯蓄を始めることができる。私の言うことがわかるだろう？

私は頷き、彼の苦労に鈍感だった自分を内心呪った。

お菓子の箱を開けながら、彼は言った。スーリヤ・モダックから、君の好きな*ジョルボラ・タルシャン・サンデーシュ*を

持って きたんだ。このお菓子の中に入っているバラのシロップが好きなんでしょう？この箱はすべてあなたのためにある。誰とも共有する必要はない、私ともね』。

でも、彼が最初の一口を食べない限り、私はお菓子に手をつけなかった。

祖父の回想

今にして思えば、唯一悔やまれるのは、妻や子供たちが私を最も必要としていたときに面倒を見ることができなかったことだ。私が家族にされたことを責めたのと同じことを、彼らにもしてしまったのだ。彼らが私を必要としているときに、私はうっかり彼らを見捨ててしまった。私は両家の意に反してスミトラと結婚し、彼女に良い生活を与えると約束したが、その約束を果たすことができなかった。おそらく彼女の肉体的な欲求はすべて満たされていたのだろうが、私は彼女の感情に応えることができなかった。私はいつも仕事を最優先し、彼女が望むような愛情深い夫にも、愛情深い父親にもなれなかった。私はいつも自分の感情を表現するのが苦手で、家族への思いを伝えることができなかった。

私の最初の子供の死、私の温かい肉に触れる彼の冷たい肌の感触、そして彼の命を奪った致命的な下痢の匂いは、まだ記憶に新しい。私は自分の手でわが子を火葬した。その日、私は冷たくしびれた腕に、死の静けさの中で重く、くすんだ白い布に包まれた我が子を抱いていた。風が吹きすさび、雨が私たちの体を打ちつけ、涙の区別がつかなくなる中、私は歩いた。私は時々彼を見下ろさずにはいられず、暖をとるために彼を私の体に抱き寄せた。そして、私はグロテスクな真実を思い出した。彼はとっくに亡くなっており、もう寒さに悩まされることはないだろう。

ついに彼を見送るときが来たとき、私は石のように重い心で彼をそっと棺に寝かせたのを覚えている。しかし、まぶたは青白く、少し青ざめていた。そして、彼を覆った濡れた白い布は、燃えるのを拒んだ。まるで私の小さな息子がそこにいて、死に対して全身全霊で抵抗し、もう一度生きるチャンスを懇願しているかのようだった。一方、父親の私は、燃え盛る松明を手に彼のそばに立ち、彼の懇願には一切無関心で、儀式に従って彼を塵にする準備をしていた。48 年という長い歳月が流れたが、この記憶はいまだに私を苦しめている。

3 人目の子供の死後、スミトラは完全に打ちのめされた。かつては明るい光のように目を輝かせていた美しい女性は、今では不安で、パニックに襲われ、悲観的で、常に危険や病気や不幸を警戒するようになっていた。当時は携帯電話もなかったし、私はよく全国各州を転々としていた。私たちは何日も連絡を取らず、妻は私が帰国するまで食事も取らず、夜も一睡もしなかった。彼女は家庭内の秩序を保つためにベストを尽くすだろう。彼女は私の健康と安全のために週のうち何日も断食をし、ひたすら神に祈った。しかし、事態はすぐに好転した。

1970 年代を通じて、私はコルカタのいくつかのプージャー委員会で働き、西ベンガル州以外のプロジェクトにも取り組んだ。1980 年の初め、私は稼いだお金をカルプクルの広大な土地に投資した。というのも、私が購入したのは、ジャッカルが夜な夜な徘徊すると言われる、鬱蒼とした竹林の広大な一帯だったからだ。というのも、この土地は便利な場所にあるため、いつか金のように売れるだろうという予感があったからだ。駅に近い大通りに面しており、魚がたくさん泳ぐ池も併設されていた。その地域は人口が比較的まばらだった。もちろん、一度に全区画を購入することはできず、友人たちからお金を借りなければならなかったが、稼いだら利子をつけて全額を返済した。

1982 年、私はその土地に私とスミトラと一人娘のための家を建てることにした。しかし、私の稼ぎのほとんどは新しいプロジェクトの資金に回されたので、その頃はほとんど現金がなかった。自分の家の建築費もほとんど払えなかった。私は何度か建設作業員の手を離れて、自分で家のレンガを積まなければならなかった。遠目には、私が大金を稼いでいると思われていたが、身近な人だけが私の苦闘の真実を知っていた。その後、私は池沿いに新しい工場を建設した。屋根はアスベスト製だったが、広くてゆったりしており、周囲よりも比較的涼しかった。

私の工場は私の礼拝所のようなものだった。それは私の生計の源であり、私の創造的なアイデアに翼を授ける場所であり、それゆえ私の財産の中でも極めて神聖で神聖な部分だった。やがて私は、神社を飾るように観葉植物で飾り、鉄の門扉の両脇にパッション・ヴァインを植えた。まるでエキゾチックなクモのようなパッション・フラワーの房をつけ、門のレールに沿って登っていく。濃厚な紫色で、甘い香りを放ち、五感を癒してくれる！また、池の反対側には空き地があり、道路沿いにパネルを設置する前に試しに展示できるように整地した。そして、私の家の裏手、工場の近くにいくつかの部屋とトイレを作り、助っ人たちが夜泊まりたければそこに泊まれるようにした。

1980 年代に面白いことが起こった。私はチャンダナガルのスポーツ少年団の文化担当幹事になった。まさか 17 年もの長きにわたってその称号を持ち続けることになるとは、当時は思ってもみなかった。ボリウッドの有名人やプレイバック・シンガー、劇作家をゲストに招き、毎年欠かさず素晴らしいコンサートを開催していた。ステージの照明、セッティング、音響、クラブの建物の装飾、巨大な境界の壁など、ほとんどの責任は私にあることは言うまでもない。私は、白黒のテレビ画面やラジオの静止画の向こう側で出会うとは思ってもみなかった有名人に会い、紹介されるという一生に一度の機会を得た。

マリーゴールドの花輪を首にかけ、生き生きとした態度と陽気なおどけで観客の目を釘付けにしながらステージで踊るキショール・クマールの華麗な姿を、私はここで見ることができた。ヘマンタ・ムカルジーが奏でる天にも昇るようなメロディー「*Jeona Darao Bondhu*」、つまり「つかまれ、友よ」

という意味だ。ボリウッドのドリームガール、ヘマ・マリニや、インド映画に初めてキャバレーとベリーダンスを導入した女優ヘレンが、蛇使いの笛に合わせて優雅に体を揺らす姿も見ることができた。私は、高名なウトパル・ダッタがその比類なき演劇的能力で舞台を燃え上がらせるのを目撃した。スミトラはこれらのコンサートに欠かさず出席した。そして、長い髪を開いて背中に垂らし、大きな魅惑的な瞳を満天の星のように輝かせながら、光り輝くライトの中に佇む彼女の美しさが、グラマーな世界の人々を凌駕していることに、私は何度も気づかされた。

1985 年、インドで最も著名な舞台照明デザイナーの一人であるタパス・センが、彼の息子と数人の知人を連れて私を訪ねてきたとき、私は初めて国際的な舞台で大ブレイクした。彼は私に非常に野心的なプロジェクトを提案し、私のライトを展示する気があるかどうか尋ねてきた。

モスクワ、サンクトペテルブルグ、タシケントで 3 ヶ月間開催されたロシアでのインド・フェスティバル。センの指示に従い、息子たちの助けを借りて、私は孔雀、象、法螺貝、*アルパナの* デザインなど、インドを象徴するシンボルをあしらった縦 10 フィート、横 20 フィートのパネルを 10 枚用意した。ロシア人たちはみんなそのライトに感激して、私がどのコンピューターソフトを使ってライトを動かしたのか知りたがった。巨大なパネルが動く私のシンプルな木製ローラーを見せると、彼らは博物館に 1 つ置いてほしいと言った。私のローラーは今日までそこにある。

1980 年代の後半はチャンダナガルに滞在し、さまざまな委員会のジュビリーのために働いた。その中で最も注目すべきは、1989 年のバラバザール・ジュビリーである。私はバラバザールの美しい通りを、トランクからバラ水を噴射する 20 頭の象の像で照らした。子供たちは皆大喜びで、象の周りを走り回り、笑いながら「*チャル・チャル・チャル・メレ・ハーティ*」を朝方まで楽しそうに歌っていた！親たちは小さな子供を肩に担ぎ、香りのよいバラの水しぶきを顔に浴びせて楽しんでいた。まるで茫然自失のように通りを歩く人々、夜の闇の中で巨大な星座のように輝く象たち、乳香と没薬の崇高な香りと相まって神秘的な*ダークの* 音、スピーカーから流れるタゴールの催眠術のようなメロディーなど、その雰囲気は何か不思議な古風な魔法にかけられたようで、遠くから来た人たちをこの町の素晴らしさの一部となるよう誘っていた。

ビダランカ・ジュビリーのために、私は 6.2 メートルのミニチュアパネルに、チャンダナガルのジャガッダトリ・プージャのさまざまな前提条件と段階を描いた。その年、私は各トラックに 2 枚ずつ、計 10 枚の凝ったパネルを作り、大成功を収めた。*チャンダの*収集から始まり、栄光と華麗さに満ちたマア・ジャガッダトリの巨大な偶像の制作、巨大なプージャー・パンダルの建設、金銀の装飾品と複雑な刺繍やスパンコールの施されたバナラシのサリーで豪華に飾られた華やかな偶像の 4 日間にわたる礼拝、そして*ダアキスの* 見事な技と魅惑的な*ドゥナーチの* 踊り。偶像は別々のトラックに積まれた後、素晴らしい光の行列にエスコートされながら、白熱した大行進で町中を練り歩く。最後に、偶像はガンガーに浸され、灯りは降ろされ、訪問者たちは涙の別れを告げ、翌朝最も早い列車でそれぞれの家へと去っていく。通りを掃除し、紙を拾い、町を再び安全で住みやすいものにしてくれた人々に敬意を表することも忘れなかった。私は、彼らに対する町の愛と感謝のしるしとして、彼らの活動だけを描いた別個の照明パネルを作った。

1990 年代には、コルカタでより大きなプロジェクトに携わり、ドゥルガ・プージャやカリ・プージャのイルミネーションだけでなく、1990 年にネルソン・マンデラが訪れたイーデン・ガーデンズを私のイルミネーションで飾った。その年は人手不足だったため、妻、妻の弟、幼い甥のはる、その他近所の少年たち数人が一緒になって、数百個の 6.2 ミニチュアをカラフルなセロハン紙で包み、パネルに貼り付けた。ベンガル・クリケット協会のジュビリー式典で、イーデン・ガーデンズを再び照らす機会があった。この日のために 50 本の巨大な松明が使われた。私はまた、ヴィディヤサーガル・セトゥの落成式でイルミネーションを担当した。私が作らなければならなかった "Vidyasagar Setu "という文字のひとつひとつは、高さ 16 フィート（約 15 メートル）で、高電圧の照明でできていた。それは橋のメインスパンの最上部、地上 115 フィート以上の高さに取り付けられていた。インドのナラシマ・ラオ元首相がこの日の開会式に招かれた。彼が私と握手したとき、私は雲の上の存在だった！コルカタのインディラ・ガンディー像の落成式も、私が手がけた重要なプロジェクトだった。ベンガル州の元首相ブッダデブ・バッタチャリヤが、リモコンのボタンを押して花のカーテンを徐々に降ろし、像を浮かび上がらせて除幕した。私はリモコンを作ったり、会場をライトで飾ったりする係だった。

やがて、メーソナイトの板とフォーカスライトで作られた三次元の機械模型が登場し、1996 年には、新しい技術を使った別の委員会に雇われることになった。その年の行列は、委員会ごとに 4 台のローリーに制限されていた。私は、各ローリーに 3 つのステージを作ることで、12 セットの機械式フィギュアをその中に収めることに成功した。そしてそのステージに、私は有名なマジシャンの立体フィギュアを展示した、

　P.C. サルカーは、箱の中で人間を切り刻み、カーテンの向こうに人を消し去り、人間を踊る骸骨に変身させ、手の光が当たった瞬間に土の鉢から植物を生長させた。マジックショーの描写をできるだけリアルにしたかったので、モデルの大小にかかわらず、ひとつひとつが立体的だった。バラサット・ジャガッダトリ・プージャー委員会はその年、23 の賞を受賞し、私の町の人々は、魔法の光のショーを目撃したのは初めてだと言った。数年後、私はサーカスのショーを同じように描き、圧倒的な評価を得た。

1998 年、アマルティア・センがノーベル経済学賞を受賞したとき、彼はコルカタのネタジ・インドア・スタジアムに招待され、私が特別にデザインした照明のラミネートパネルを授与された。人生で最も誇らしい瞬間であり、あの日の気持ちは言葉では言い表せない。

何年もの間、私の親愛なる友人であるアミヤ・ダス（チャンダナガール市長）は、ラビンドラ・ババンの装飾、ストランド・ロード、さらには給水所など、公共事業に関わるいくつかのプロジェクトに私を従事させてくれた。彼は 21 年間市長であり続け、常に私を励まし、支えてくれた。私はチャンダナガルの重要な交差点に初めて信号機を導入することも任された。

数年後、私はマレーシアの広告会社で働いた。私は彼らのために、口から実際に火を放つ立体的な機械仕掛けのドラゴン、水を射出する機械仕掛けの管井戸、機械仕掛けの列車を作った。すべて 6.2 のミニチュアを有孔マソナイト板の上に植えて作ったものだ。彼らは私に終身雇用を求め、インドでのプロジェクトで得た報酬の 3 倍を支払う用意さえあった。しかし、自分の国、特に愛するこの町を離れることは不可能に思えたので、その申し出を丁重にお断りした。

そしてミレニアムを迎え、私の人生における新しい時代が始まった。浮き沈みの激しい時代だった。一方では、ロンドン、アイルランド、ロサンゼルス、マレーシアで光り輝くプロジェクトに忙殺され、私の名前と名声は海外の新聞を賑わせていた。その一方で、私の住む町のおなじみの面々、特に同世代のライト・アーティストたちは、私を笑いものにし、彼らの批判や嘲笑が地元紙や地方紙の紙面を通して垂れ流されていた。まるで、私が登ってきた高みから引きずりおろすために、彼らが準備を整えたように感じた。

私は必要とされる変化をもたらそうとしただけだ。

彼らは激しい反発を示した。

間奏曲

そしてそのわずか1年後、あなたの祖父に陰謀を企て、祖父を痛烈に批判した人々が、祖父に従うようになり、反乱は失敗に終わった」と母は私に言った。

私は声を上げて笑い、この知識を邪悪なまでに満足させた。

今、チャンダナガルの照明に関する記事を読めば、何人かの照明アーティストが LED 照明の導入について、前向きで歓迎すべき変化だと語っているのを目にするだろう。そのどれもが、あなたの祖父が最初にこの考えを広めようとしたとき、彼らに嘲笑され、屈辱を受けたという話題には触れていない。そして今日、どこを見ても LED がある。ここではもう 6.2 ミニチュアや 25 ワットのランプで働く人はいない」。

どうしておじいちゃんは私に何も話してくれなかったんだろう。

彼はいつもそうなの」と母は答えた。敵意、否定、論争、嘲笑の類に免疫がないのが、時々不思議に思うわ。彼はそれを決して認めない。まるで、何が起きているのかさえ見えていないようだ！』。

彼はこういうことを覚えていると思う？

もちろんよ」と母が言った。そうでしょう？しかし同時に、彼はいつもこういったことに不思議と無関心だった。否定的なことは何一つ彼に触れることができないようなものだ』。彼の主要なプロジェクトを妨害しようとする敵がたくさんいたと言っていたのを覚えている』と私は彼女に言った。

でも、彼は何一つ話してくれなかった』。

教えてあげるわ」と彼女は答えた。ああ、たくさんの事件があるのよ！彼はいつも良いことを話したがるから、そのことについて決して口を開かないだろうと思っていた。父はどうやってそのような状況に耐え、仕事を続けることができたのだろうかと、私はよく考えていた。彼の立場なら、他の誰でも諦めていただろう』。

全部話せ！』。

一度だけ、大行列の前日、あなたの祖父がパネルの最終テストをしようとしたとき、ある裏切り者がパネルの何枚かに漂白剤をかけ、ほとんどの照明にダメージを与えているのを発見したことがある」と母は話し始めた。彼に残された時間は1 日しかない。パネルが巨大で、十分な時間がなく、彼はストレスで気を失い、病院に運ばなければならなかった』。

何だって？裏切り者は誰か？バレたのか？

そうだ。その年の入賞を逃すために、ライバルの一人から賄賂をもらって行列の前にパネルを壊したのだ。そしてちょうど 1 年後、たぶん、彼の最も重要な行列のひとつで、彼が非常に懸命に働いた行列のひとつで、別の照明アーティスト仲間が他の助っ人のひとりを買収して、審査委員会の前を通過する直前に照明パネル全体を停止させた。

おじいちゃんがかわいそう。このことを知ったとき、彼はどうしたのだろう？

彼にできることは何もなかった。被害を与えた後、彼らは姿を消した。彼はあらゆる屈辱と嘲笑に直面しなければならなかった。彼だけでなく、私たち全員に影響があったんだ』。

わかりました』。

90 年代後半か、あるいは数千年前に一度、彼は巨大な光の玉を作った。そのボールはとても魅惑的で、夜の闇に紛れて通りを転がってくると、まるで熱く燃え盛る火の玉のように見えた！おそらく白と金色のミニチュアを使ったのだろう。

そして、それは三次元の姿であり、太陽のように転がる本物のボールだった。人々は椅子から立ち上がり、驚きの声を上げた！その年の彼の行列は断トツで最高のものだった......しかし、審査員はそれを失格とした』。

失格？どんな理由で？

彼らはボールを"おまけ"と考えていたのよ」とマザーは答えた。

いやだ！」私は祖父の立場になって悔し泣きした。今どき、ほとんどすべての行列が別々の序奏曲で始まるのに、あのボールがおまけだなんて......」。孔雀が羽を見せるか、踊る人形か、ピエロか、ドラゴンか！どの選手にもイントロダクションがある！どうして彼を失格にしたのか』。

確かに不公平だった』。

あのとき、どんな気持ちだった？私は彼女に尋ねた。ひどい気分だった。ひどい気分だったわ。あなたのおじいさんのことは知らないが、私個人はいまだにあの人たちを許すことができない。彼がボールを作った委員会は、コンペティションで失格になったため、彼に報酬すら支払わなかった。委員会の年長者たちは彼を支持したが、熱血漢の若手たちは、あなたの祖父が規則を破ったのだから彼の責任だと信じていた。しかし、これが非常に評判が良かったので、翌年からは他のライト・アーティストも数人、行列用の紹介作品を作り始めた」。

彼らも失格だったのか？

いいえ」と母は答えた。それが実際に不公平だったのです」。ルールがあるのなら、そのルールはすべての人に適用されるべきだよね？一人じゃない。翌年、すべての有名なプジャ委員会は、紹介作品を用意した。どれだけの行列が失格になるのだろうか？それゆえ、翌年からは紹介曲も行列の一部とみなされるようになった。それがトレンドになった。そして、それを作ったプジャ委員会は、そうでない他の委員会よりも優位に立っていた』。

なんて言っていいかわからないよ。彼らは彼が流行を取り入れたことを嘲笑し、それにただ従っただけなのか？

そうだったわね」と彼女は肩をすくめた。なんて奇妙なんでしょう！」。

それに、毎年何人かのライト・アーティスト志望の人たちが、この仕事を学びにおじいさんのところに来ていた。パネルの作り方、デザインの描き方、接続の仕方など、すべてを一から教えてくれたわ」。ローラーがどのように動くのか、彼らの前で実演してみせたこともあった。祖父からすべてを学んだ二人は、自分のビジネスを始めた。しかし、彼を認めた者はごく少数だった。陰で彼の悪口を言ったり、彼の評判を落とすためにわざと噂を流したりする者もいた。しかし、あなたのおじいさんにとっては、そんなことはどうでもよかった。彼はすでに有名だった。そして、批判についてどう思うかと聞かれるたびに、彼は、自分たちがきちんと仕事をし、生計を立てている限り、そんなことは問題ではないと言っていた。彼は、自分たちがビジネスを存続させていると信じていたし、この業界が自分に始まり、自分に終わることを望んでいなかったからだ。彼は、バトンを引き継ぎ、より多くの雇用を生み出す後継者を求めていた。だから、彼は彼らが何を言っているのか、まったく気にしていなかった』。

どうして彼はこんなことに無関心でいられるのかしら」と私は母に尋ねた。

母が答えた。ただ、それを見せたくなかったのよ。それに、他人の言うことを気にして時間とエネルギーを浪費したくなかった。彼は、自分にはもっと大きな高みがあることを知っていたし、仕事に非常に集中していた』。

とにかく」私は次の質問に移った。おじいちゃんの作品の中でどれが一番好きだった？

全部だよ！しかし、本当に驚かされたことはほとんどなかった。そのうちのひとつが機械式ロケットだった。ある日、学校から帰ると、母が昼食にパン２切れとパフライスを出してくれた。しかし、台所に入ると、半調理された食事がコンロの上に置かれていた。どうやら父は、そのガスをロケットの推進剤として使うために、ボンベを２本とも持ち去ったようだった』。

彼は空飛ぶロケットを作ったのか？

ただ飛ぶだけじゃなかったのよ」と母は誇らしげに答えた。空に打ち上げられると火を放ち、光でできた月を取り囲み、その様子は機械仕掛けの人工衛星によって記録された。そして、ロケットから離れた場所に固定された機械式のテレビがあり、上部に可動式のアンテナが付いていて、衛星からの信号をキャッチし、ロケットのショー全体をテレビの画面に放送していた。そして、カップルがテレビの前のソファに座ってそれを見ていた』。

すごい！これらはすべて照明でできているのか？こんな手の込んだセットを全部？私は驚きを隠せなかった。全部よ」と母は答えた。すべて照明でできていて、人物はすべて平面ではなく立体だった。

ロケットはほとんど本物に見えたよ

すごいですね！」と私は答えた。私は魔法にかけられたように答えた。あのオヤジは他に何を作ったんだ？

機械仕掛けの立体的な潜水艦で、本物の潜水艦とまったく同じように作動する」とマザーは言った。

水中を旅したのか？

そう、そうなのよ！」と母が言った。池に潜って、水中を旅して、また池の別の場所に戻ってきたのよ」。

それもライトでできていたのか？

私が話しているのは、すべて光でできていたのよ」と母は答えた。あなたのお祖父さんは光の芸術家だったのよ、まったく！」と母は答えた。

私はため息をついた。私はこの数字を見たことがないから、信じられないような話ばかりに聞こえるんだ。このような機械仕掛けのフィギュアを最初に作ったのは彼なのか？

当時、チャンダナガールには機械仕掛けのフィギュアを作る人が何人もいましたが、あなたの祖父は、そのフィギュアをライトで飾ることで、一歩先を行ったのです。そしてその後、彼は音まで紹介した。機械仕掛けの虎の唸り声とか、口笛を吹く列車とか、インド神話の人物とかね」。

彼は列車も作ったのか？

そう、彼はコンパートメントがいくつもあり、明るい機械仕掛けの列車を作ったんだ。彼は列車の線路、赤、黄、緑のライトのついた信号機、コンパートメント内の小さな人影まで作った。ディテールに関しては、彼はそれほど正確だった。列車は本物の列車と同じように線路の上を走った。ホームに停車し、赤信号で止まり、青信号で再び発車し、口笛を吹いて煙を出した。人影はどれも巨大で、足跡はビダランカの池の周りをぐるりと回っていた」。

私は目を見開いて彼女を見つめた。

数年後、ある法会の行列のために、彼はスパイダーマンの立体機械模型を作り、高層ビルを登り、ビルからビルへと飛び移り、ショーの悪役たちと戦った。当時、スパイダーマンは大ヒットしたテレビ番組で、私たちはよくそれを見ていた。彼はその番組のBGMを使って全体の雰囲気を作り上げた。あれは私のお気に入りリストのトップだ』。

見たかった！」と私は叫んだ。私は叫んだ。彼はどこからアイデアを得たのだろう？

そのことは絶対に彼に聞くべきよ」と母は言った。最後にもう一つ聞きたいことがあるんだ。あなたの子供時代はどんな感じだったの？小さい頃はどんな気持ちだった？

地元の有名人の娘であること？

まあ、父はいつも忙しかったから」と母は正直に答えた。私は父と一緒にいる時間が少なかったの。それに、私は彼を非常に恐れていた。彼はとても厳しかったよ。彼は無意味なことは許さない人だった。ガレージで彼のスクーターの音を聞くたびに、我が家には絶対的な静寂が訪れた。彼は私に勉強させたいと言って、70 年代にはチャンダナガルで最高の学校だったセント・ジョセフ修道院に入学させてくれた。

今でもそうだよ」と私は答え、自分の学校を少し懐かしく思った。一番高かったしね。彼は、自分が勉強しないので、私に勉強させたかったのだ。だから当然、勉強しなかったり、学校を休んだりすると、よく叱られた。それに、父は私をちょっとしたプレッシャーで崩れるような人間には育ててくれなかった。彼は私を自分の女に育ててくれた。友人たちがつるんで買い物に出かけていた頃、父は私に四輪車の運転の仕方を教えていた。彼は私に泳ぎ方、体操の仕方、自転車の乗り方、車の運転方法を教え、常に自給自足と経済的に自立することの大切さ、男性に依存しない強い女性であることの大切さを教えてくれた。将来は誰にも頼るな、自分にも夫にも』と常に言われていた。

私に言わせれば、彼は時代を先取りしていたのよ！」と母が付け加えた。彼にはルストゥムとムスタファという 2 人の助っ人がいて、彼らは 10 歳か 11 歳の頃からずっと彼の下で働いていた。彼らの父親はかつてボロ屋で、2 人の子供は極度の栄養失調だった。二人は毎日父親に付き添い、仕事を手伝っていた。ある日、あなたの祖父は息子たちに勉強をさせてもいいかどうか父親に尋ねた。しかし、彼はそれには賛成せず、彼らの家族はひどくお金に困っていたので、代わりに自分のために働かないかとあなたの祖父に頼んだ。彼らが 14

歳になるまで、おじいさんは彼らにお茶を運んだり、小さなランプにセロハン紙を巻いたり、ミニチュアの数を数えたりといった簡単な仕事をさせていた。彼は2人に現金と現物で報酬を支払い、食事と適切な衣服を与えた。やがて彼は彼らにイルミネーションの仕事を教え、彼らは彼が引退するその日まで、彼のすべてのプロジェクトに一緒に取り組んだ」。

よく覚えているよ」と私は彼女に言った。

彼らは4回とも彼と一緒にロンドンに行った。あなたの祖父は彼らをとても愛していたので、引退するときに、彼らが独立したビジネスを立ち上げられるようにと、ほとんどすべての設備を彼らに与えた。

そう、彼らは有名なんだ」と私は嬉しそうに思い出した。彼らは毎年、最も素晴らしいプロジェクトに取り組んでいる。また、彼らはまだ私のことを覚えていてくれて、まるで5歳の子供のように話しかけてくれる。あの頃が懐かしい』。

訪ねてみたら」と母が勧めた。きっといろいろな話を聞かせてくれるわ』。

それは素晴らしいアイデアのようだが、ちょっと教えてくれ
...」「何？

おじいちゃんの嫌いなところはある？私は彼女に尋ねた。

もう質問は終わったと思ったのに』。よし、これで最後だ、約束する！』。

あなたのおじいさんは、私たちのどちらかが死ぬとき以外は、家族のことをあまり考えたことがなかった」と彼女は真顔で答えた。私が自分で仕事をして収入を得るようになるまで、母が素敵な服を着ているのを見たことがなかったわ」。あなたの祖父は彼女に金の腕輪を買ってくれたことがあったが、資金不足のときにそれを質に入れてしまい、彼女は二度とその腕輪を見ることはなかった。最初の給料で、彼女に美しいシルクのサリーを2着買った。プージャの間、私は彼女に

10 着の豪華なサリーを買った。そして、毎月の収入の一部を貯めて、彼女に金のジュエリーを買ったんだ。

だから彼女はいつもジュエリーをつけているのか？

ええ」と母は微笑んだ。そうするように頼んだわ」。彼女は若い頃、何も着ることができなかった。でも、遅いに越したことはないだろう？

はい」と私は答えた。

それに」と母は続けた。あなたの祖父は決して社交的ではなかった。彼はいつも自分の中に閉じこもり、限られた人たちと交わるだけだった。旧友であり、顧客であり、助っ人である。彼はいつも人を見る目がない。彼はとても簡単に人を信頼し、好きな人の欠点には盲目になりがちだ』。

彼を裏切ったヘルパーのように？

そうよ。誰かが陰で何をしようが何を言おうが、善意者を装って現れ、少しお世辞を言えば、彼は簡単に心を奪われるでしょう』。彼は賞賛に飢えていた。人々はしばしば彼をそのように利用してきた。短気な性格で、家族よりも仕事を優先することがほとんどだった。家族旅行に出かけたこともなければ、保護者会や私が出演する行事のために学校に行ったこともない。父親のような愛情を込めた言葉をかけてくれることはなかった。彼は常に厳しい規律主義者だった。彼を愛する以上に、私は彼を恐れていた。まあ、それは前に言ったよね？

君がやったんだ』。

そうですね、それはおそらく彼が子供の頃に直面したネグレクトのせいでしょう。彼は、愛する夫、愛する父親というものを見たことがなかった。彼には見習うべき手本がなかった。あるいは、単にそのように機能するように配線されていなかったのかもしれない』。

でも、今はとても愛想がいい』。

あなたに対してだけよ」と母は答えた。彼はあなたに対してだけそうなの」。そう、彼は人として何年もかけて大きく変わった。でも、彼の愛と愛情をすべて享受してきたのはあなただけ。最近の彼は私たちによくしてくれるけど、あなたのことになるとやり過ぎるんだ』。

どうしてだろうね」と私はつぶやいた。彼はいつもこうだったわけじゃないのに。私も子供の頃、彼を非常に恐れたことを覚えている。彼が実際に心を開き始めたのは、仕事をやめてからだ』。

時間の経過とともに大きく変わる人もいるわね。良くなる人もいれば、悪くなる人もいる』。

そうだね。とにかく、ありがとう、マア！今日は本当に助かったよ。

母の回想

シスター・アンドレアが聖書から十戒を読み上げていたその朝、上級生教師の一人が７年生の教室のドアをノックした。彼女はアングロ・インディアンで、彼女と知り合って以来、彼女が通り過ぎるたびに立ち止まって見つめずにはいられなかった。彼女の肌は陶器のようで、滑らかでバターのような質感があり、豊かで健康的な輝きを放っていた。ウェーブのかかった長い髪は腰まで伸び、茶色よりは明るいがオレンジ色よりは暗い色合いだった。そして彼女のグリーンの瞳！2 つの小さなエメラルドのようだった。そのような特徴をもって生まれてくる人たちはなんて幸運なんだろう！彼らは鏡を見るたびにどう感じるのだろう。自分たちがどれほど祝福されているか、わかるだろうか？それとも、彼らの目がその美しさに慣れてしまったのだろうか？その完璧さのかけらでも持って生まれたかった。緑色の目も、青銅色の髪も、陶器のような肌も欲しくなかった。肌色はミディアムで十分だ。なぜ私は母に似ていなかったのだろう？彼女は象牙のような肌ではなく、黒い目、黒い髪をしていたが、とても美しかった。私は彼女の隣で、不適合者のように感じたこともあった。私はどこでも不適合者のように感じた。

シスター・アンドレアは本を読むのをやめ、ドアに出た。どうぞ、レティシアさん」彼女は快活に言った。

ありがとうございます、シスター」レティシア先生はそう答えると、通知の束を手に、自信に満ちた様子で私たちのクラスに入ってきた。

こんにちは、お嬢さん！」私たちは大合唱し、一斉に立ち上がった。

こんにちは、お嬢さんたち」と彼女は応えた。座ってください』。

私たちはできるだけ音を立てないように、それぞれの席に座った。

サンガミトラ・ダスは今日いらっしゃいますか？

混乱し、少し怖くなりながら立ち上がると、私の中で何かが沈んでいくのを感じた。

はい、お嬢さん」私はおとなしく手を挙げた。

彼女は失望したような表情で私を見た。私は喉の奥にでき始めた不安の玉を飲み込み、彼女の言葉を待った。彼女は厳しく言った。もう4カ月以上、今年2回目よ。この通知書を両親に見せ、来月 15 日までに学費の清算ができなければ、2 学期の試験を受けることは許可されないと伝えなさい』。

　クラスメートの何人かが互いに視線を交わし、密かに微笑み合っているのを見て、私は恥ずかしさのあまり、足元の地面が崩れそうになった。中国人ホステルの学生たちでさえ、私をからかった。なぜまだ気分が悪いのかわからなかった。もう慣れたはずなのに。それ以外に何を期待できるというのか。私はどうにかベンチから離れ、レティシアさんから通知書を受け取るために、みんなの前で羞恥の散歩道を歩いた。そうしている間、私は彼女の完璧な顔を見るのがやっとだった。どうして父は毎月私の学費のことを忘れていたのだろう？クラスメートの前でこんな風に特別扱いされることが、私にとってどれほど屈辱的なことか、彼はわかっていなかったのだろうか？一度や二度ならいいが、定期的に起こる。これは私が毎年経験しなければならなかったことだ。

　休み時間後、数学のテスト用紙を受け取ったが、私は 20 点満点中 8 点しか取れなかった。担任の先生は、私に紙を渡しながら、不服そうな顔をした。私は彼女の目を見ることができなかった。彼女がクラス中に聞こえるような大声で私たちの点数を呼ばなかったことに感謝する！だから、ベンチのパートナーに点数を聞かれて『16 点』と答え、彼女の目を見ることもできなかった。私はその紙をバッグの奥深くにしまい、本やノートに埋もれさせた。同級生は信用できなかった。そして、私が言った点数より 5 点少なかったことがわかると、その日は一日中私をバカにし、ひどい悪態をついた。ブラッキーは嘘つきだ！ブラッキーは嘘つきだ！』。そして私は人力車に乗って家まで泣きながら帰った。私は何度も母に、メンソレーションは理解できないし、エクスポネントは私には意味がわからない、誰かが導いてくれる必要があると言っていた。父は説得の末、学生時代の旧友である家庭教師を家に連れてきた。彼は手数料を取ろうとしなかった。私の先生はとてもいい人だったが、問題は英語をまったく理解できなかったことだ。そして、数学の教科書の和算はすべて英語で書かれていた。英語は得意でも、数学の問題となるとさっぱりだったのだ。母は英語はできたが、数学の専門家ではなかった。

昼休みのチャイムが鳴った後、教室に一人で座っている私に気づいた友人のアニンディタが尋ねてきた。ピクニックをするんだ」。彼女は学校で唯一、私に優しくしてくれた人だった。おそらく彼女の母親が私の母親と友達だったからだろう。大丈夫よ」と私は答えた。理科の宿題をしなくちゃいけないからね。私が提出しなければ、シスター・アグネスは本当に怒るでしょう

今日、私のノートを

オーケー、それなら」と彼女はほほえんだ。でも、一人になるわよ。不愉快だろう？

一人じゃないよ。他の人もいるはずだから」と私は言った。昼食時にクラスが空くことはない。それに、宿題は本当に重要だ。何としてもやり遂げなければならない。もう減点票を

もらいたくないんだ』。

真実ではなかった。科学の宿題はとっくに終わっていた。ただ、この7年間、毎日学校に持っていっていた2切れのパンとバナナのティフィンで、もう一度恥をかきたくなかっただけだ。ピクニックでは、お互いに食べ物を分かち合う。それは義務だった。そして、卵麺、チャーハン、チリチキン、フィッシュカツ、菓子パンなどの魅力的な箱の横で、私のパンとバナナは冗談みたいに目立つのだ。誰も欲しがらないだろう。アニンディタが去った後、私はパンを素早く口に詰め込み、水で流し込んだ。バナナは、リキシャを引くパラメシュワル・カクのために取っておいた。彼は私が差し出すものなら何でも快く受け取ってくれ、決して母に密告しなかったからだ。

しかし、学校のすべてが嫌いだったわけではない。心の底では、本当に愛着があった。黄色と緑の建物、緑豊かな野原、ピアノの音、幼稚園児のさえずり、厳かな廊下、スマートな白いシャツと紺のスカート、暗くて厳粛で畏敬の念を抱かせる巨大な礼拝堂、そこで私は毎日聖なる十字架の前にひざまずいて祈り、我慢できないことがあると泣いた。チャペルにはいつも一人で行った。どういうわけか、神とよりよくつながることができた。毎日の祈り、静寂の呼びかけ、鐘の音、規則さえも好きだった。学校のすべてが好きだと言っても間違いではない。いじめや悪口、同級生を汚物のように扱うことを禁止するルールがなかったことを不思議に思っていた。宿題が終わらなかったり、本を持ってくるのを忘れたり、シスターや先生に失礼なことをしたり、爪を切らなかったり、制服をきれいに着なかったりすると、減点票をもらった。しかし、他の生徒に対して無礼な態度をとり、学校での生活を地獄のようなものにしている生徒に対しては、何の対策も講じられなかった。

もし私が自分の学校に帰属意識を持っていたとしたら、それは無生物、つまりその場所の感触、草の匂い、静寂、静けさ、穏やかさ、古風な建物、鐘の音、野生の青い花が咲く人目につかない隅や隅にあった。日差しや雨にさらされ、いつも露出しているわけではないが、よく見ると、花びらの模様がとても複雑であることに気づかざるを得ない。彼らは悪条件の下でも、誰にも見向きもされず、気づかれることなく生き延びてきた。ほんのわずかな注意や世話の欠如で衰退していく派手なバラやランとは違って。彼らはどんな状況でも自力で生き残る術を知っていた。彼らは野性的で、自由で、自立していた。

でも、ひとつだけ正しかったことがある。昼食時にクラスが空くことはなかった。それから 15 分ほどして、日向ぼっこのしすぎで疲れたバッチメイトたちが続々と集まってきた。彼らは集団で机の上に座り、ベンチに足をかけ、ほとんど口を閉ざさなかった。彼らは面白い噂話ほど好きなものはなく、私は机に頭をつけて短い仮眠をとることほど好きなものはなかった。でも、今日はなぜかできなかった。私は彼らの会話、特に私のベンチのすぐ後ろの 2 つのベンチを占めていたグループの会話を耳にせずにはいられなかった。

去年のタニヤの旅行の写真を見てほしいわ！」とサラが叫んだ。どれもきれいだったわ！彼女は今日、アルバム全部を持ってきたんだ』。

彼女はどこに行ったの？

　ダージリンに行ったのよ」とサラは答えた。今年は両親にアグラに連れて行ってもらいたいわ」。タージ・マハルをどうしても見たいんだ！世界の七不思議のひとつだ！しかし、父が急に仕事が忙しくなったため、旅行の計画はすべてキャンセルせざるを得なくなった。毎年欠かさず旅行に行く。昨年はシムラに行った。キャンセルしなければならなかったのは今回が初めてだ』。

悲しいわ！」アナンヤはため息をついた。私たちも毎年旅行に行くのよ。今年はケララ州に行く予定だ。明後日には出発する予定だ』。

ボン・ボヤージュ！」とサラは悲しそうに答えた。自分にも同じことを言いたいわ。でも気にしないで、試験後すぐにコルカタに1週間行き、いとこの家に下宿した。母と私はニューマーケットに行き、母は私にジーンズを3本、トップスを5枚、そしてプージャ用に新しいストッキングを2枚買ってくれた。昼食も有名なレストラン、アミニアでとったんだ。

「ああ！私もそこに行ったわ！」とシュリーアは叫んだ。実際、かなりの回数行ったわ。彼らが作るビリヤニは本当に素晴らしい！口の中で溶けるんだ！』。

まったくね」とサラは同意した。

他にどこへ行ったの？

グローブ・シネマに行ったのよ！」。サラは誇らしげに言った。*ターザンの冒険』を*観にね！」。

幸運な人たちだ！家族旅行も忘れて、コルカタにすら行ったことがなかった。学校が休みになるたびに私を呼んでいるような、夢の街だった。私はコルカタについて多くのことを耳にしていたので、地図を参照するまでもなく、その路地や脇道を自由に行き来できると感じていた。

　母はコルカタに20年近く住んでいた。彼女はよくその話をしていた。彼女は盛大なドゥルガ・プージャーについて語り、自分たちが小さかった頃、祖父に連れられて毎晩ウェリントン公園に行き、ブランコに乗ったり、砂糖菓子やクラッシュアイスを食べたりしたことを思い出した。ヴィクトリア記念館は私にとってタージ・マハルのようだった。いつか見ることができれば！彼女は結婚式の数日後、父に連れられてヴィクトリア記念館を訪れたと話していた。そして、彼女がすでに何度も足を運んでいることを知ると、彼は広大な庭の隅に横たわり、彼女に足のマッサージを頼んだ。母はそれに応じた。どう感じていいのかわからなかった。面白かったが、同時に少し悔しかった。誰かのためにそんなことができるだろうか？私はそうは思わなかった。

その日、学校はプージャの休暇のため閉校になった。毎日学校に来て、嫌いな顔ばかり見なくて済むから嬉しかった。もう少し眠れるし、近所の少年たちとガル工場で遊べるし、1日おきに勉強するクラステストもないから、のんびりできる。しかしその一方で、いとこや近所の人たちがみんな旅行に出かけたり、新しい服を着たり、コルカタのパンダル・ホッピングに出かけたりしている間、私は一日中家でじっとしていなければならなかった。彼らは、見たこと、やったこと、食べたこと、飲んだことのすべてについて素晴らしい話をして帰ってくる。

母さん、ただいま」私は疲れ果ててディヴァンにうつぶせになった。

早くシャワーを浴びてきなさい、怠けていないで」と母がキッチンから答えた。

明日でもいいですか？今日はすごく疲れているんだ。そんなことはない！毎日風呂に入るべきだ。に行くのだ。

毎日ガル工場に通い、真っ黒になって家に帰る。そして、学校に行く前に体を洗わない。石炭の粉塵が肌に残って、黒く見えるのは嫌だろう？

そんな風に呼ぶな！」。私は傷つきながら叫んだ。

何よ」母の声は圧力鍋のけたたましい笛の音にかき消された。なんて呼んだかしら？

私が黒人だと言ったじゃないか！』。

私、何か間違ったこと言った？じゃあ、どうして友達にからかわれると、いつも私のところに泣きついてくるの？いいアドバイスをしようと思っているんだ。それを取るか取らないかはあなた次第だ。でも、毎日シャワーを浴びなければならない』。

彼女は何も間違ったことは言っていない。私は自分が暗いことを知っていた。毎日毎日、そのことを思い知らされていたのに、彼女の言葉は胸に突き刺さった。私が一番傷ついたことについて、彼女がそれほどストレートに言わないことを望んだ。彼女にあんなことを言われると、無力さを感じたよ。その日は非常に疲れていたし、悲しかった。天気はすでに曇り空で、冷たい水を全身に浴びなければならないと思うと、私はうろたえた。それに、数学の論文のことをどう伝えたらいいのかわからなかった。彼女はそれほど動揺しないだろうと思った。彼女は私が悪い点数を取っても、怒るような人ではなかった。でも、彼女も私を誇りに思ってはいないだろう。彼女を幸せにしたかった。そこで私はタオルと着替えを持って、そっとバスルームに向かった。

その夜、友人の相馬が新しいフロックに身を包み、まるでバラの花のような姿で私を訪ねてきた。彼女はいつも私の背中を押してくれたし、近所の他の子供たちとも毎日一緒に遊んだ。彼女はもともと少し内気で臆病な性格だった。学校にいない限り、私は勇敢で積極的だった。私たちは素晴らしいデュオを組んだ。男の子たちはみんな、彼女がとてもかわいかったので、とても気に入っていたが、私に殴られるのを恐れて、彼女に手を出すことはなかった。以前、私の外見をからかおうとした少年たちを殴ったことがある。みんな私を少し怖がっていた。それに、父はこのあたりではとても人気があった。軽いショーと激しい気性の両方で。それゆえ、彼らは私に敬意を持って接してくれた。私はグループリーダーだった。彼らは私の命令にすべて従い、私の親友を煩わせることはなかった。学校で私をいじめていた高慢な女の子たちの前で感じていたのとは違って、彼女たちの前では戦士の女王のように感じられたからだ。

あなたのドレスはとても可愛いわ！」。その夜、私は彼女にそう言いながら、長い足取りでガル工場に向かって歩いた。

ええ、新しいドレスよ」彼女は私のペースについていくのに

苦労しながら答えた。叔母がプージャーのためにくれたの。もう着たの？なんて欲張りな娘なんだ

である！これから法会の間、何を着るのですか？他のドレスも全部着るわ』。

今年は何着のドレスを手に入れたの？私は不思議そうに彼女に尋ねた。

8 本取れたわ！」と彼女は嬉しそうに答えた。

新しいドレスが 8 着も！」。私は驚くと同時に、少し嫉妬した。本当にラッキーだわ。誰もがそんな寛大な親戚を持っているわけではない』。

実は、親戚からもらったのは 4 着だけなんです」と彼女はニヤニヤしながら告白した。他の 4 着は父が買ってくれたものなの」。

ああ、なるほど」。

今年は何着のドレスを手に入れたの？まだ何も」と私は正直に答えた。でもババは

今日の夕方、彼が仕事を終えてからお店に連れて行ってくれて、新しいドレスを買ってくれるんだ。だから楽しみだよ』。

でも法会は 2 日後だよ！」とソーマが言った。もう素敵な人はみんないなくなっちゃうよ」。

私は悲しそうに答えた。彼はいつも忙しいんです。でも、少なくとも今日、彼が僕を連れ出してくれるのは嬉しい』。

ババは本当に忙しいのね。今まで見た中で一番忙しい人だわ」。

相馬は言った。みんな彼をとても尊敬しているし、常に新しいことを考え出すことを期待している。彼と一緒に過ごす時間がほとんどないのは悲しいことだ』。

大丈夫だよ。正直に言うと、ババが家にいない限り、何も問題ない。彼が戻ってきた瞬間、私たちは大声で話すことも、テレビの音量を上げることも、笑うことも、楽しむこともできなくなる。彼はいつも私が本を持って座っているのを見たがる。勉強している。だから、彼が近くにいるときは特に注意して静かにしていなければならない。学校にいるようなものだ。いや、刑務所にいるようなものだ。彼が仕事に出かけると、ほっとするんだ』。

ちょっと、お父さんのことをそんなふうに言わないで！」。彼女は私の腕を叩いた。彼はいい人よ。少し怖いのは事実だが、それでも彼はいい男だ』。

私は彼女に顔を向けた。彼女は何を知っていたのか？

しかしその日の夜、彼と出かけるために着替えていると、以前父の悪口を言ってしまったことに少し罪悪感を覚えた。私は、彼が善人であり、非常によく働き、母に非常に忠実で、どんなプロジェクトにも常に100パーセントの力を注いでいることを知っていた。ただ、彼がいつも威圧的でなければと思っただけだ。でも、彼は誰に対してもそうだった。私も例外ではなかった。誰もが彼を恐れていた。母に始まり、叔母や叔父、近所の少年たち、さらには彼の顧客や彼が働いていたプジャ委員会の人々まで。彼が親切だったのは、ヴィカシュ・カカとパラシュラム・カカと彼の助っ人だけだった。彼らと一緒にいると、彼はまったく別人になった。

もし私が彼の完璧という基準に沿うことができたら、彼は私に優しくしてくれるだろうか、と。彼は自分の活動範囲においては完璧主義者だった。でも、特に何が得意というわけでもなかった。いくつかのことはほどほどにできた。水泳もできたし、スポーツも普段から積極的にやっていたし、体操もできたし、シタールも弾けた。自分の外見も変えられたらと思った。従姉妹たちは皆、叔母たちと同じように色白で美人で、私は家族の集まりのたびに従姉妹たちの中で浮いていた。彼女たちは美しいドレスに身を包み、バラ色の肌に小さな飾りをキラキラと輝かせ、微笑み、笑い、話し、他の招待客が惜しみなく彼女たちに浴びせる賛辞の輝きに包まれていた。それに対して彼らが僕に言ったのは、『あら、お父さんにそっくりね』ということだけだった。

すべての集合写真に写っている自分が嫌だった。フレームに入るだけで全体の美的感覚を損なっているような気がして、そこにいる資格がないと思った。私が目立たない唯一の場所は、父の隣にいることだった。でも、彼だって私がそばにいるのが嫌だったんだ。このような集まりで彼に私のことを自慢する機会を与えるようなことは何もしていない。だから彼はいつも私に不満そうな顔をしていた。もし私がもっと頑張っていい点数を取っていたら、彼は顔を上げて私に注目し、興味を持って私の話を聞き、時には愛情を込めて話しかけてくれたかもしれない。父が嫌いだったわけではない。私は彼を愛していたし、彼の功績を非常に誇りに思っていた。でも、彼にもずいぶん怒られたよ。

その晩、私がドレスアップして部屋から出てきたとき、ゴパルママは思わず笑った。誰かに小麦粉の袋で叩かれたような顔ね」。

やめてくれ」と私は彼に言った。私は大丈夫に見える』。

オーケー、お好きなように」と彼は淡々と口笛を吹いた。正直に言っただけだよ」。

私は彼に顔を向けた。ハンサムなルックスと魅力的なマナーで、近所の人気者だった。しかし、ほとんどの人が彼について知らなかったのは、欲しいものは何でも手に入れるために、簡単に魅力を振りまくことができる操り方の達人だったということだ。彼は私より数歳年上で、ほとんど兄弟のようだった。彼がもっと若く、私が小学生だった頃、彼は地元のフェアでリボンやヘアクリップ、ガラスの腕輪を買ってくれたり、ラクスミガンジ・バザールまでおんぶして行ってくれたり、そこから二人で壮大なラート・ヤトラを見たり、小さな紙袋に入ったジャレビを食べたりした。しかし、年を重ねるにつれて、彼は誇りを持つようになった。若い女性たちに引っ張りだこの彼は、人前での身だしなみを常に意識し、毎日鏡の前で何時間も身だしなみを整えていた。何人かの友人も彼に目をつけていて、私はそれが腹立たしかった。時間が経つにつれ、私たちは距離を置くようになっていたが、彼がまだ私を気にかけてくれていることは知っていた。彼と私のいとこの春田は、私をからかう人たちに頭を合わせていたずらをした。私が深刻なトラブルに巻き込まれたときは、いつも彼らが背中を押してくれた。それが私への気遣いだった。しかし同時に、若者らしく振る舞う術も知らなかった。彼らはまだ未熟だった。私は、彼らが本質的に悪い人間ではないことを知っていた。彼らはこの数年で大きく変わった。おそらく、それが大人になるということなのだろう。物事がすべてうまくいっていたころ、子供のころ、自分の容姿を気にする必要がなかったころに戻れたらと、どんなに願ったことか。

どうして急にピエロみたいな格好をしたの？」と、洗面所から出てきた私のいとこでママの相棒、春田が尋ねた。どこかに行くの？

ババは今日、私をウパハルに連れて行って、プジャのためのドレスを買ってくれるって言ったのよ」と私は誇らしげに言った。

なるほど」と彼は答え、タオルを手すりに掛けた。また、私のことをピエロと呼ぶ権利はない」と私は彼に言った。

台所の戸棚を物色しながら。

鏡で自分の顔を見たか」と彼はつぶやいた。真っ白だよ』。

　自分のを見たことがあるのか？私は言い返した。真っ黒だよ』。

バブルを壊して悪いな、いとこよ、でも君のお父さんがすぐに帰ってくるとは思えないんだ」彼はまったく平気な顔で、*チャナチュール*を口いっぱいに頬張りながらニヤリと笑った。工場に子供たちと行ってきたんだけど、発電機が故障したみたいなんだ。今は皆、そのことで忙しい。カカは本当に動揺していた

なんだって？私は泣きたかった。本当にいいんですか』『100 パーセント』彼はうなずき、むしゃむしゃと食べながら

おやつを味わいながら。でも、希望を捨てないで。希望しかない』。

そして二人は、夜を楽しみ、気ままな生活を送るために、楽しげに出かけていった。どんなに羨ましかったことか！彼らは私を誘うことはなかった。彼らは自分たちのギャングを持ち、毎日のように近隣のさまざまな人々にいたずらをし、乱闘騒ぎを起こしていた。そして、他の誰もが殴られる中、いつもは黒幕であるゴパルママは無傷で済んでいた。こんな天使のような顔をした少年が悪いことをするなんて、誰も信じなかったからだ。一方、春田は父の甥で、私にそっくりだから、すぐにトラブルに巻き込まれる。私たちは同じ顔色で、とてもよく似ていた。しかし、だからといって彼が私に共感することは少しもなかった。少年の頃から、誰かに責められることがない限り、外見についてからかわれることはなかった。私は人生のごく初期に、見た目が好ましくない肌の黒い人はたいてい社会のスケープゴートにされるのだと学んだ。そして、肌の黒い女性は常にさらなる屈辱を受けた。

しかし、いとこの言うことはひとつだけ正しかった。その晩、父は私を探しに来なかった。私は、彼が工場からカーブを曲がって家に向かってくるのを何時間でも見ようと玄関ポーチで待ったが、彼は現れなかった。夜 9 時を回り、どの店も閉店間際の頃、家の前を通りかかったヴィカシュ・カカが、ポーチに座り涙を流している私を見つけ、どうしたのかと尋

ねてきた。

ババは工場から帰ってこなかった」と私は泣きながら言った
。

どうしたんだい？家に誰か病気の人はいる？

いいえ」と私は答えた。今日ウパハルからプージャー・ドレスを買ってくれるって約束したんだ」。

だから、それが問題なんだ』。

そして、彼は私をウパハルのところへ連れて行った。しかし、友人の相馬が予言した通り、良いドレスはすでにすべてなくなっていた。残されたのは、人々が買うほどの魅力を感じなかったドレスの在庫だけだった。

他の店に行きたいか？ヴィカシュ・カカが私に尋ねた。

いや、大丈夫だよ」と私は悲しそうに彼に言った。もうみんな閉まっているだろうから』。

そこで彼は、ボツになった在庫の中から最高のドレスを2着買って、私を家まで送ってくれた。

申し訳なかった。君のお父さんがそんなに忙しいとは知らなかったんだ。今年、君にドレスを買わなかったのは、君が買いたいものを選ばせるべきだと思ったからだ。先週、君のお母さんにお金を渡して、何かいいものを買ってくれるように頼んだんだ」。

でも、マザーは何もくれなかった」と私は彼に訴えた。全然知らなかったんだ。彼女は私に言わなかった。

そうなんですか」と彼は少し驚いた様子だった。それはかなり予想外だ。しかし、おそらく彼女はそのことを忘れていたのだろう。バビも面倒を見なければならないことがたくさんある。あなたのお父さんも手がかかるのよ』。後で知ったことだが、母はそのお金をゴパルママとハルダに渡し、彼らが自分たちのために何か買えるようにしていたのだ。それがすごく腹立たしかった。なぜ彼女は私のためにあるものを手放したのだろう？ビカシュ・カカにとってもフェアではなかった。せめて私に話してくれればよかったのに。しかし、彼女もまた無力だった。彼女は私が自分の決断をあまり喜ばないことを知っていたので、私に内緒にしていたのだ。自分の収入もなく、誰かにあげるものもない。ババは家計に必要なものは何でも買い与え、無駄遣いはしなかった。だから、母は私たちが誰一人として不自由しないようにするために、これが唯一の選択肢だった。しかし、どのような

コスト？その代償として、自分の子供を奪うことになる。

母の無私無欲と独善的な態度に感謝すると同時に、私は母の歩んできた道とはまったく違う道を歩みたいと思った。私は決して従順な専業主婦にはならないし、自分の収入がないからといって、他人を幸せにするために自分の子供を奪うこともしない。私は自分のお金を稼ぐために懸命に働き、将来の夫に頼ることは決してしない。学校にいる限り、父に依存している限り、私にできることは何もないと思っていた。でも、いったん自分の仕事を得たら、自分の人生を自分のやり方で生きていく。私は世界を旅し、買いたいものは何でも買い、子供たちに快適な生活を与え、いとこや同級生たちの隣で困窮したり、小さいと感じたりすることがないようにする。最も重要なのは、彼らが私に自分の考えを話し、友人に打ち明けるように打ち明けられるように育てることだ。

人生で本当に大切なこと、それは経済的な自立であることを教える。物質的な世界では、物質主義者だけが生き残ることができるからだ。哲学的で道徳的な高みに立つ余裕など、銀行口座に十分な蓄えがない限り、誰にでもあるわけではない。私は自分の家を建て、自分のビジネスをする。自分で稼いで、好きなように使い、誰にも答えられない。そして最も重要なことは、自分自身を誇りに思えさえすれば、誰かに誇りに思ってもらえるかどうかはどうでもいいという境地に達するよう努力することだ。

愛のためでも、お金のためでもない。実の父でさえも。

私は私自身のヒーローになるだろう。

間奏曲

その晩、私は祖父の部屋に行き、『ライバルについて何か話してくれないか』と単刀直入に尋ねた。

何が知りたいんだ？

母によると、彼らはしばしばあなたの邪魔をしようとし、あなたのプロジェクトを台無しにするために労働者を買収さえしたそうだ」。

そんなことは一度もなかった」と彼は呆れたように答えた。一度も？

決して」。

でも、お母さんはそうじゃないと言った

彼女は勘違いしているに違いない。誰も私に危害を加えようと...したことはない』。

誰かがあなたのパネルに漂白剤をかけて、ライトを壊したって、お母さんから聞いたわ」。

彼のミスではない」と、おじいさんは即座に言った。彼がその出来事を覚えていることはすぐにわかった。ゴダウンはネズミがはびこっていた。彼はネズミがパネルを台無しにするのを防ぐためにそうしたんだ』。

すべてのランプと電線に漂白剤をかけて？私は尋ねた。なぜそんなことをするんだ？

「ああ！彼はその結果に気づいていなかった！意図的にやったわけじゃない。みんな小さな男の子だった』。

今、誰を信じればいいのか本当にわからない』と私は彼に言った。もしあなたがこれらのことを私と共有したり、正しい

情報を私に与えたりしたくないのであれば、私は他の方法を見つけなければなりません』。私の物語からそのすべてを排除するつもりはない』。

なぜこういうことを書きたいのですか』『私の語りがあなたの物語に忠実であってほしいからです』。

私は言った。あなたが言ったような、あなたの功績をまとめた用語集のようなものにはしたくないんです。あなたの挫折も重要であり、同様に言及に値する』。

でも挫折はなかった』と彼は頑なに私に言った。人々は、うーん... いつも私を応援してくれた。私が経験したどんな挫折も、駆け出しのころのことだった』。

LED を導入したとき、みんなに嘲笑されたことは？

何だって？LED を導入したのは僕じゃない！」と彼は笑いながら答えた。アシム・デイという若い照明アーティストがやったんだ」。

私は怪訝そうに彼を見た。

誰に聞いても同じだよ。みんな同じことを言うよ』。

信じられない話だ。でも、インターネットで読んだ記事には、チャンダナガルでLEDパネルが誕生した経緯について書かれるとき、あなたしか出てこないんです』。

じゃあ、それは間違いだね。あの記事を書いた人たちは、おそらく状況を誤解している。チャンダナガルで LED を使ったのは私が初めてではない。当時はそれしか選択肢がなかったから、私はその考えを広めようとしただけだ』。

では、誰もあなたの作品に手を加えようとしなかったのですね」と私は彼に尋ねた。

いいえ」と彼は宣言し、テレビのシャンプーのコマーシャルを異常なほど注意して見ていた。

私は座っていた椅子から立ち上がった。ここは母の手を借りなければならないようだ』。

こういうことは書くな』と言われた。

それを決めるのは私だ」と私は少しイライラしながら宣言した。私はジャーナリストではないし、これはブログ記事でも新聞記事でもない。それに、名前は一切使わないから心配する必要はない。論争を起こすつもりはない。私はただ真実を書きたいだけだ。そして、これらの事件は言及される必要があると思う』。

それは...いい考えだとは思わない。なぜ死んだ馬を叩くのか？何十年という月日が流れ、そして...彼らはそれぞれの人生を歩んできた。また事を荒立てたくないんだ』。

言っただろ、名前は出さないって。何が問題なんだ？

彼らは本当に悪気はなかったんだ』。

ええ、それは聞いたことがあります」と私は彼に言った。私も彼らに危害を加えるつもりはない。信じてくれ』。

あなたが何と言おうと、私はこれがいい考えだとは思わない』『わかった』私はあきらめた。あなたの考え方は理解できる。素晴らしい。

これはあなたの物語なので、あなたの同意も重要です。しかし、作家の視点からも、読者の視点からも、これらはあなたの旅において最も重要な部分であると私は信じている。しかし、私はあなたの決断を尊重する。こういうことを書いてほしくないなら、書かないよ。しかし、少し考えてみてほしい。もし気が変わったら連絡をくれ』。

オーケー」と彼は無関心に答え、補聴器を引っ張った。

これで話は終わりという気がした。

1990 年代後半

ある晴れた日、彼は青天の霹靂のように私の人生に入ってきた。彼は結婚したばかりで、奥さんには赤ちゃんが生まれる予定だった。彼は母親が病気で、家族が深刻な経済危機に陥っていることを私に話した。この町に住んでいなくて、長い間連絡を取っていなかったとはいえ、彼は私の仲間だった。だから、私は何の考えもなしに彼を自分の下に置き、喜んで一からすべてを教えた。彼はほとんど毎日私の家で食事をし、私の家族全員と親しくしていた。娘は彼を兄のように慕っていた。彼は私の甥ではなかったが、私は彼を自分の息子だと思っていた。

ある日、私は彼に『君の手は私とそっくりだ』と言ったのを覚えている。そして、私が引退した後、私の遺産を引き継ぐ責任を彼に託そうと心の中で決めた。

礼儀正しく、敬語を使い、物腰が柔らかかった。その黒い肌と背の高い小柄な体格は、60 年代の自分を彷彿とさせた。彼は私のヘルパーたちとも仲が良く、誠実に明るく仕事をした。私は、彼が私に助けを求めに来るたびに、経済的な義務のほとんどを果たす手助けをした。

その 2 年後、私はチャンダナガルで最も権威あるプージャー委員会のひとつであるジャガッダトリ・プージャーの行列のパネル制作に雇われた。私たちは毎日毎日働いて、ユニークなものを作り上げた。リハーサルの日、法会委員会のメンバーたちは大喜びで、次の 2 年間を前もって予約してくれた。助っ人たちは皆、行列の日を固唾を呑んで待っていた。驚いたことに、イマージョン当日、私の最高のパネルを積んだトラックは、審査員団の前を通過する数分前に完全にブラックアウトしてしまった。最初は、発電機の燃料が切れたのかと思い、数樽の軽油を持って現場に駆けつけた。しかし、助っ人たちはまったく違う話をしてくれた。

発電機が動かないんだ。

どうしてこんなことになったのか』。私は困惑し、私を盲目的に信頼してくれていたプージャ委員会のメンバーにどう向き合えばいいのかわからなかった。

彼だ』と言われた。あなたの甥だ』ってなんだって？私はショックを受けて彼らに尋ねた。

目の前で起こったんだ！』。

目の前で起きたというのはどういうことだ？

彼は発電機を操作していた。彼がワイヤーをいじっているのを見たんだ』。

では、なぜ止めなかったのですか？

何か不具合を直しているのだと思っていた」。

その後のことは今でも覚えている。その状況で私ができる最善のことをした。それは、他のトラックを先に行かせ、ダメージを受けているほうのトラックを抑えることだった。そのため、明らかに遅れが生じ、私のトラックに続く他のトラックにも遅れが出た。それでも、私はその状況でも楽観的になろうと努め、審査員が私の他のパネルを気に入ってくれるという希望を持ち続けた。しかし、黒く塗りつぶされたパネルは私のテーマを表示するもので、それがなければ他のパネルは意味をなさない。

その年、私の行列パネルは１つも賞を取れず、私の名誉を傷つけただけでなく、大きな期待を持って私に行列灯を任せたプージャ委員会のメンバーたちをも失望させた。実際、彼らは翌年の分も前払いしてくれた。

どうしてこんなことになったの？私は甥っ子に質問した。どうして失敗したんだ？

間違いでした！」と彼は柔和な顔で言った。本当にこんなことをするつもりはなかったんだ。急いでいて...失敗したんだ！』って。

その意味を知っているのか？私は質問した。自分が引き起こした損害の大きさを理解できるのか』と。

そんなつもりは...」。

私が発電機をあなたに任せたのは、あなたが発電機を得意としていたからにほかなりません」と私は彼に厳しく言った。私のところに来る前、あなたは5年間発電機を扱っていた。しかも、あなた自身が私にその責任を与えてくれるように頼み、何も問題は起こらないと約束してくれた。非常に申し訳ない』と彼は泣いた。本当にどうすればいいのかわからなかった。

すべてが起こった。ママ、もう一度チャンスをください！』。

だから間違いだった。意図的にやったわけではない。それとも？それはクルー全員の前で起こった。しかし、プジャ委員が私に支払った前金の返金を要求してきたとき、屈辱を味わったのは私だった。支払いの一部も差し押さえられ、私はもはや町で最も人気のあるライトアーティストではなくなっていた。一夜にしてすべてが変わった。

ただのミスだ』と自分に言い聞かせた。誰にでもミスはあるし』。

私は彼を許したが、その後、彼を完全に信用することはできなかった。クビにすることもできたが、彼の家族のことを考え、サポートスタッフとして引き留めた。後になって、助っ人の一人が私のところにやってきて、あれは本当の間違いではなく、すべてライバルの一人が仕組んだことで、私が甥っ子に好意を持っていることをみんなが知っていたから、甥っ子がその仕事に抜擢されたのだと言ったんだ。

それが本当かどうか、どうやってわかるんですか？私はヘルパーに尋ねた。彼があの仲間と話しているのを見たことがある」と彼は答えた。

数回だ！』。

彼がなぜこんなことをしたと思う？

もちろん、お金のためだよ！そして、あなたの仕事を妨害するためにね』。

ショックだったのは言うまでもない。そしてショックのあまり、私はヘルパーに怒鳴った。誰を信じればいいのかわからなかった。

甥がライバルと話をしているところを目撃されたんだ。それがどうした？彼が私を妨害するために賄賂を受け取ったと、どうしてそんなことが証明できる？それでも私の一部は、今聞いたことを完全には否定できなかった。私にはこの件を調査する時間がなかった。私はいくつかのプロジェクトを控えていたし、それが単なる不手際なのか、それとも計画的で綿密に実行された妨害行為なのか、考えるのも億劫だった。そしてその時、私が最も必要としていたのは精神的な安らぎだった。そうでなければ、私は機能しない。それゆえ、私はこの問題を後回しにして、今後のプロジェクトに集中した。私はその事件の後も彼に仕事を任せ、二度とその問題を提起することはなかった。

その 1 年後、私の発電機の 1 つが、イマージョンの日にまたもや改ざんされた。今度は、同じ敵によって夜の闇に紛れてローリーの 1 台に乗せられた少年によってだ。その年の行列には手も足も出なかった。しかし、今回も気を取り直して、その場を離れた。こぼれたミルクで泣いても仕方がない。次回はもっと気をつけたい。3 年連続で、私のパネルか発電機が狙われ、いたずらされた。一度は漂白剤で、もう一度は発電機の突然の燃料切れだ。その後数年間、有名なプージャ委員会から契約を持ちかけられることはなかった。

甥はすぐに私の雇い主を辞め、私の敵の下で働くことになった。そして、そのこと自体、私にとってはあまりにも難しいことで、それを認めたり、行動したりすることはおろか、折り合いをつけることもできなかった。

　私は成功したライト・アーティストとして全国で賞賛される一方で、自分の町では笑いものにされた。そして、私から商売の基本を学んだ人たちは、私の地元でのプロジェクトをすべて妨害し、私の失敗を祝うことに大きな喜びを感じていた。

1980 年代の祖父の回想

家の中で何が起きているか知っている？私は妻に尋ねた。

何を言っているの？彼女は訝しげに私を見た。

お姉さんのこと」と私は言った。彼女がどうしたんだ？

彼女は私のマネージャーと関係があるのですか？彼らはお互いに興味があるんですか？

誰がそんなことを言ったの？スミトラは目を見開いた。

みんなが話していることだよ」と私は答えた。本当ですか？これについて何か知っているか？

そんなことはないと思うわ」と彼女は答え、忙しそうに服をたたんだ。

でも、とても親しげに話しているのを見たことがある」。

だから何？」とスミトラは冷たく尋ねた。異性に属する二人が、お互いに親しみを持つことさえできないの？

うーん、わからない」と私は答えた。今までこんなに親身になってくれた女性は、結婚した相手だけだよ』。

みんながあなたのようになるとは期待できないわ」と妻は答え、太い髪を耳にかけ、私を見ようとしなかった。二人の間には何もないと思うわ。あなたのマネージャーは非常にユーモアのある人で、誰に対しても親身に接してくれる。妹も例外ではない』。

わかった、わかった」と私は答えた。でも、彼らから目を離さないでほしいんだ。君の妹に私のマネージャーと関わってほしくないんだ』。

どうして？評判が悪くなりますか？

いいえ、なぜ私の評判が悪くなるのですか？でも、残念なことに、彼はあまり良い家庭の生まれではないんだ。彼女はそのような人々との生活に適応することはできないだろう。彼らはとても喧嘩っ早い』。

妻は凍りついたような固い表情で私を見た。だから私は、自分の妻から偽善者呼ばわりされるのを避けるために、急いで昼食をとり、その日の午後、工場に向かった。

タタ社がジャムシェドプルのジュビリー・パークの装飾のためにチャンダナガルの照明アーティストと仕事をしたいと考えたのは2度目で、前年も一緒に仕事をして大成功を収めたことから、私が彼らの第一候補となった。資金不足のためにいくつかの有利なプロジェクトを保留にしていたし、いくつかの債権者に返済しなければならなかったからだ。このオファーは莫大な金額であったため、街の他のライト・アーティストや請負業者はほとんどすべてこのオファーを争っていた。その結果、どの企業も熱心に見積もりを提出した。

私はいつも工場で忙しかったので、私のマネージャーを雇い、本社に出向いたり、見積書を提出したり、契約書を取り交わしたりしてもらった。私たちは何度も足を運び、私たちを雇いたいと言ってくれる大企業をすべて訪ね、他の人たちを頼り、見積書、つまりプロジェクトの計画、デザイン、人件費、輸送費などさまざまな項目の費用がすべて記載された書類を提出しなければならなかった。これらの見積もりに基づいてアーティストが選ばれ、交渉が行われ、最終的に契約が結ばれた。それゆえ、引用文にはすべてのアイデアが含まれているため、かなりの秘密が保たれなければならなかった。

しかし、見積書を提出してから1週間後、タタ・カンパニーから電話がかかってきた。というのも、私はタタ社との契約締結を確信しており、このプロジェクトからの報酬で資金を調達できるという前提で、他のいくつかの契約にも同意していたからだ。孵化する前の鶏を数えるという大失態を犯してしまったのだ。他の契約をすべてキャンセルすることは、私の評判にもビジネスにもダメージを与えることになる。委員会は私への信頼を失い始め、私は何年もかけて築き上げた好意を失いつつあった。ドアをノックしてきた債権者への支払いも延期しなければならなかった。そして彼らが息をひそめて呪いの言葉を呟きながら去っていくたびに、私は不確実性を信じていた自分を責めずにはいられなかった。どうして私は契約について確信が持てたのだろう？一度雇ってもらったからといって、どうしてまた雇ってもらえると思ったのか。私の人気が高まるにつれ、過信し始めたのだろうか？それとも、自分の仕事に満足しすぎていたのだろうか？タタのように有名な会社が、私と交渉することもなく、より安価な選択肢を選ぶほど、私の料金は本当に高かったのだろうか？私の料金は他の業者より少し高いかもしれないが、それは私のサービスの水準、照明やパネルの品質、デザインに込められた複雑さ、各プロジェクトに費やした思いや努力に妥協しなかったからに他ならない。しかし、もはや誰が品質にこだわるだろうか？私は契約を失った。私の上司が、最初からこのプロジェクトに目をつけていた他の請負業者に私の見積もりを漏らして回っていたことを、何人かの友人や同僚から聞いたのは後のことだった。そして、彼らは皆、原価を下げ、料金を私より低く設定し、アイデアを変え、自分の見積書を修正し、数日後に会社に送ってきた。私のマネージャーは、他の請負業者にアイデアを漏らしたり、その他の裏取引に手を染めたりして、何千ルピーもの利益を得ていたと友人たちも言っていた。彼はまた、私のプロジェクトすべての黒幕は自分であり、私はすべての栄誉を受け、手柄を享受しているに過ぎないと周囲に言いふらし、私に関する事実無根の噂を流して回った。彼はまた、私の最も信頼する助っ人たちを洗脳して、仕事を辞めさせ、他のアーティストに参加させようとした、成功はしなかったが。

なぜそんなことをしたのかと尋ねても、もちろん彼は何も答えなかった。私は解雇して生活の糧を奪うのが好きではなかったので、彼にもう一度チャンスを与えるつもりでいたが、彼は自分の意志で仕事を辞め、すぐに電気関係の仕事を始めた。そして数ヵ月後、彼が義理の父に義理の妹との結婚を申し込んだことを知った。最初にこのことを知ったとき、数日間は全体をどう処理したらいいのかよくわからなかった。私が『家族』と呼び、困っているときにわざわざ助けてくれた唯一の人々が、バラモンというだけで、私に恥をかかせるために1マイルも歩いてきた人物を抱擁するとは、これまでの人生で想像したこともなかった。あなたたちはどうかしているの？私は妻に尋ねた。

そのことを知るやいなや、『あの男は私をだました。あの男は私を欺いた！彼は私の評判を落とし、私の努力から利益を得て、ずっとハッタリをかます！あなたは何でも知っている！よくもまあ、こんなことが許せたものだ』。

姉は彼に恋をしているの！」と彼女は答えた。私が何をしたって言うの？いつまで彼女の費用を払い続けるつもりですか？

もっといい相手を探せたはずだ！」と私は言った。と私は言った。この町には、魅力的な独身男性はいくらでもいる！少なくとも、立派な家庭の出身で、まっとうな手段で生計を立てている、まっとうな人間を探すことはできたはずだ』。彼の家族に何か問題でも？これまでずっと私たちの会話を盗み聞きしていた義姉が、今度は大胆にもその場に入ってきた。

彼の家族とは話をしましたか？私は彼女に尋ねた。見たことはある？

ええ、そうです」と彼女は冷たく答えた。それに何の問題もないと思うわ』。

愛に目がくらんでいるからそんなことを言うんだ』と私は彼女に言った。あなたはそこでの生活にまったく適応できないでしょう』と。彼らはあらゆる点で私たちとは違う！彼には5人の姉妹と数人の兄弟がいて、大家族なんだ。

あなたもよ！」。彼女は私を遮った。

「でも、彼らは些細な理由で喧嘩をする！とても嫌な環境だ。すぐに嫌になるよ』。

あなたは私の父ではないわ。あなたには何も言う権利はない」。私の人生をどうしようが、あなたには関係ないでしょ！』ってね。

私は君の父親ではないが、個人的には彼のことも家族も知っている。君の父親はそうではない』。

まあ、私も個人的に彼を知っているから」と彼女は言い返した。それに、私は彼と結婚するのであって、彼の家族と結婚するのではありません。私は彼らの試合を気にしているのか？父が私たちの試合に反対していないのに、なぜあなたが口を挟む必要があるのですか？私たちに寛大だからといって、私たちを買ったとでも思っているのか？

なんですって？私はショックを受けて尋ねた。君のためを思って言っているんだ』。

　何が自分にとって良くて、何が良くないか、自分で決められるくらいには大人になったと思う」と彼女は硬く答えた。あなたが私を見下す必要はないわ。それに、あなた自身のルーツ、カースト、家族、文化について考えたことがある？あなたたちの兄弟が私たちにどんな拷問を加えたか忘れたのか？妹はそれでもあなたと結婚した。彼女がもっといい相手を見つけられなかったと思うか？

私は彼女が言ったことに唖然とし、言葉を失った。

ルーツが違うからといって、好みの男性と結婚してはいけない理由がわからないわ」と彼女は続けた。少なくとも彼は、あなたと違ってバラモンの家系なんだから』。

そういうことか！』。

彼は自分のビジネスもやっているのよ。詐欺で成り立っているビジネスってこと？

あなたが彼を非難したことを、彼がやったという証拠があるのですか？あなたはおべっかを盲目的に信じただけでしょう？彼が見積もりを漏らしているのを見たか？自分の目で見たのか？

そして、そこで再び証拠の問題が浮上した。そしてまたもや、公然の秘密であり、何人もの目撃者がいたにもかかわらず、私には確かな証拠がなかった。

もう何も言うことはないんでしょ」と彼女は皮肉った。驚かないわ」。

私に言えるのは、あなたは大きな間違いを犯しているということだけです』。

　その日の午後、私は彼女が次から次へと私に侮辱的な言葉を浴びせるのをじっと聞いていた。他の誰も味方してくれなかったのに、私が味方してくれたのが彼らだったなんて。彼らは私が庇護し、家族に逆らってまで支援した人たちだ。スニル・バブ自身が、破産したので子供たちの面倒を見てほしい、他の娘たちを結婚させてほしいと私に頼んだにもかかわらず、彼らは私を家族の一員として受け入れることを慇懃に受け入れた。そして、それこそが私がやろうとしていたことだった。しかし、義姉が私のカーストや資格について露骨に話すのを聞いて、私が彼らに感じたのは純粋な、純粋な憎しみだけだった。舌が喉に詰まった。私の心臓は石のようだった。母は正しかったのかもしれない。この結婚は大きな間違いだった。彼女の言うことを聞いて、同じカーストの人と結婚すべきだったのかもしれない。

あの事件の後、私は何週間も妻と口をきかなかった。そうしたら、彼女が涙を流しながら私のところに来て、私のマネージャーと彼女の妹がもうすぐ結婚することになり、私たち 2 人以外の知り合い全員を招待したことを知らせてくれたのだ。

だから泣いているの？私はデザインから顔を上げずに彼女に尋ねた。もう予見していたのでは？

彼女は私の一番近い妹で......今結婚するんです。私はその一部にもなれないなんて信じられないわ』。

ええ、それはかなり奇妙です」と私は答えた。彼女が私を招待しなかった理由はわかるけど、少なくともあなたを招待するべきだったわ。このような状況でも、あなたは彼女を支えてくれた。

私は彼女を支持していない！」彼女は刺されたように叫んだ。私のために彼女を支えたと思ったら大間違いよ。姉はいつも男性にうるさくて、それこそが長年未婚の理由なんだ。実際、彼女は昨年私に、誰とも結婚するつもりはないと言ったばかりだ。彼女は働きたくもない。私は何年もの間、彼女に誰かと結婚するよう説得してきた。彼女の出費を一生負担させるわけにはいかない。あなたはすでに多くのことを抱えている。あなたはゴパールのためにお金を払い、他の姉妹の結婚を助け、プロシャントがあなたを必要とするときはいつでもそばにいてくれる。その上、ミニの学費もかかるし、自分の仕事もあるし、返済しなければならない債権者もたくさんいる。あなたがどれだけ頑張っているか、私にはわかると思わない？なぜ、私の家族のために無期限にお金を払い続けるのか？父の過ちはあなたに責任はない』。

少なくとも彼女にふさわしい男性を探すことはできたはずだと、もう言ったと思う」と私は冷静に彼女に言った。私は彼女の結婚を手伝っただろう』。

ええ、そのつもりです」と妻は焦った。彼女は、彼があなたの見積書をリークする前に彼と恋に落ちたのよ。彼女は彼をいい人だと思っていた。彼女は、彼があなたに隠れてしていたことを何も知らなかった』。

彼女がそういうことを知った後は？私は彼女に尋ねた。それで何か変わった？

彼女は黙って立ち尽くし、涙を流していた。私は、彼女が味方することを避けるために、簡単に何でも泣くことにうんざりした。彼女はいつも兄弟の過ちに目をつぶっていた。彼らが何をしようとも、彼女は必ず彼らに対する処分を拒否した。むしろ、彼女は彼らに同情し、彼らの過ちを正そうとする者の悪口を言うのだ。

どうして今は何も言わないの？と私は質問した。彼女は憤然と私を見て、不快感をあらわにしながらこう答えた。

どういう意味ですか？

二人の関係はすでに行き過ぎていた」と妻は繰り返した。その後、誰が彼女と結婚するだろうか？

物事が少しはっきりした。しかし、それは何の解決にもならなかった。

彼女が私に言った卑劣な言葉についてはどうですか』と私は彼女に尋ねた。どうしてそれを正当化できるの？

妻は答えた。特に、あなたが私たちのためにしてくれたことの後で。彼女が君にあんなことを言うとは思ってもみなかったよ。

スミトラ、あなたは何も言わなかった。あなたはただそこに立って聞いていた。カーストのこと、学校を卒業していないこと、見た目、家族構成、何もかもをけなされた』。

なんて言っていいかわからなくて、ショックで...」「やめてください」と私はお願いした。お願いだから...そんなこと言わないで...。

言い訳は聞きたくない。あなたの中立性にはうんざりする二度と彼女をこの家に入れないわ」と彼女は私を切り捨てた。もう決めたの。彼女は...もう妹じゃないんだ』。

私は妻に言われた言葉に少し驚いた。私は彼女を信じたかったが、成り行きを見守ることにした。それからちょうど8ヵ月後、妻は再び私のもとを訪れ、その目には涙があふれていた。

今度は何？私は彼女に尋ねた。

赤ちゃんのことは聞いた？誰の赤ちゃん？

妹のところよ」と彼女は答えた。あの子はとても具合が悪いの。医者は手術が必要だと言っている。

どうしてこのことを知ってるんだ？

今朝、新生児と一緒に来たんです」と妻は長い沈黙の後に答えた。赤ちゃんの首がおかしいの。頭を動かすことさえできない。かわいそうな少女はとても苦しんでいる！彼女を見ることさえできなかった』。

そう言って彼女は涙を流した。

なぜ手術を受けないのですか？私は少し感動して尋ねた。

生まれたばかりの子供にするのは危険すぎるわ。医師は1年待つように言っています』。

でも、彼女は治るんでしょう？

手術に失敗したら、彼女は死ぬかもしれない。手術が失敗すれば、彼女は死ぬか、一生首が歪んだまま生き残るかもしれない。でも、今私を苦しめているのはそんなことじゃない。それは子供の痛みだ。彼女はものすごく苦しんでいる！まだ生まれたばかりだしね。もし彼女の心が折れてしまったら？

「でも、これはどうしようもないでしょう？

彼女を治すことはできません』。彼女は首を振った。

彼女のご両親とあなたのお父さんなら、この状況にどう対処するのがベストかわかると思いますよ」と私はさらに言った。

彼女はそれに応えなかった。

お姉さんは最近どうですか？私はためらいながら彼女に尋ねた。私には関係ないことだから、聞くべきではないとわかっているけれど」。

よくないわ」と彼女は永遠とも思える時間を経て答えた。彼女はまったく調子がよくないんです』。

そうなんですか」私は驚いたふりをした。どうしてですか？

わからないわ」と妻が言った。妻は言った。助けてくれる人は誰もいないという。彼女は義理の両親とうまくいっていない。それに彼女の夫はいつも忙しいし......」。

なるほど」。

彼女があなたの忠告を聞いていればよかったのに」と彼女はつぶやいた。

彼女は自分で物事を決められるほど大人なんだから。それに、義理の両親がバラモン教徒である限り、彼女がどう扱われているかはあまり関係ないと思う」。

翌朝、シャワーを浴びに工場から家に戻ると、玄関に女性用のスリッパが一足余っていた。もし妻がミニの学校で親しくなった母親の一人だったら、その場しのぎの自己紹介と、それに続く長い世間話から逃れたいと心から願っていたからだ。それで自分の家に忍び込み、階段を上がろうとしたところ、妻に呼び出された。振り向くと、彼女の妹が私のすぐ後ろに立っていて、白い布に包まれた赤ん坊を腕に抱いていた。最初はショックだったが、そのショックがおさまったとき、義姉の顔色が青白く痩せていて、疲れ切った目の下には何週間も飢えさせられたようなクマができていることに気づいた。

私の娘を祝福してくれませんか」彼女は目に涙を浮かべながら尋ねた。

でも、私はバラモンではない』と言いたかったが、どうにか自制した。どうしてそんなことを見下すんですか？

本当にひどいことを言ったと思うけど、それはうちの子のせいじゃないでしょう？だから、せめて一度は抱っこしてあげて』彼女は唇を震わせながらそう言うと、子供を連れて私のところに来た。気をつけてね...この子は首を右に向けることができないの」。

私は思わず彼女から小さな女の子を取り上げた。彼女は私の腕の中で少し動いたが、また眠ってしまった。平均的な新生児よりも小さく見えた。いや、新生児がどれほど小さいかを忘れていたのかもしれない。彼女は少し青白く、首はこわばり、血管の青い結び目が透き通るような肌からはっきりと見えた。そして白い*カンタ*に包まれ、彼女の顔を見ると、私の腕の中で動かない死んだ息子の記憶が再びよみがえった。私は、死んだ息子の死体と、私の腕の中で弱々しく横たわっているこの無力で生きている子供とが酷似していることに気づかずにはいられなかった。

背筋がゾッとした。どうにかしてこの子を救わなければならないと思った。

間奏曲

失敗した結婚だったわ」と母は言った。彼女は義理の両親とあの家に住むことができなかった。狂気の沙汰だった。ハネムーンの数カ月は順調だった。しかしすぐに、あなたの祖父が予言したとおりのことが起こった。彼女は夫と不仲になり、毎日犬猿の仲でケンカしていた。彼女は母に、リビング、ダイニング、キッチンがひとつになったワンルームに住まなければならないと文句を言い続けていた。彼らのような食事は食べられないので、自炊をしなければならなかった。夫の事業が大赤字になり、病気の子供の面倒を一人で見なければならなくなった。だから、娘が生まれてからは、ほとんどの時間をあなたの祖母と一緒に私たちの家で過ごすようになった。

でも、おばあちゃんも結婚後、こうしたことやもっと悪いことに直面したんでしょう？私は尋ねた。おじいさんも当時はすごく忙しかったんだよ。彼女は２人の子供と多くの愛する人を失った。彼女は、自分が病気で妊娠しているにもかかわらず、料理も掃除も家事もすべてやらなければならなかった」。ええ、そうでした」と母は答えた。でも、弟が生まれてからは父の家族にも受け入れられ、おばあちゃんもできる限り協力してくれたわ」と母は答えた。しかし、叔母の家ではまったく違った。彼女には味方になってくれる人もいなければ、物事を管理するのを助けてくれる人もいなかった。それに、母と叔母はまったく違う人間だ。母はいつも黙っていて、さまざまな状況に適応し、順応しようとしてきた。叔母はできなかった。それに母は叔母と違って、いつも人にとても親切だった。彼女はとても物腰が柔らかく、誰に対しても感じがいい。だからみんなに愛された。彼女はいつも、たとえ自分に不義理を働いた相手であっても、人々に笑顔を向けていた。彼女は内心で何を感じていても、それを顔に出すことはなかった。だから、ビダランカ家に移ってからすぐに、あなたの祖父の面倒な兄弟たちでさえ、彼女を温かく見守るようになったのです」。

祖母は従順でおとなしく、だからみんなに好かれたのだと、あなたが話してくれたことから理解できます。彼らは彼女の上を歩き回ることができる。彼女はどんな苦難にも耐え、誰に対しても温かかった。そういう人を好きになるのは簡単だ。なぜなら、彼らは自分のミスに一切責任を問わないからだ。一方、姉は大声で意見を言う女性だった。彼女は我慢をしたくなかったし、自分の気持ちに正直だった。彼女は自分のために立ち上がり、正しいと信じることのために戦うことができた。私に言わせれば、当時の女性としては非常に立派なことです』。『しかし、彼女はカースト主義者でもあり、恩知らずでもあった。

彼女は教養があり、英語で話すことができるので、横柄でもあった。彼女は、若くして学校を中退したあなたの祖父を見下すことを容認していた」。

実際、祖父があれほど成功し、人気を博していなければ、祖父が経済的な破滅から救ってくれなければ、彼らの家族は祖父を 2 度と見向きもしなかっただろう。名声と金があったからこそ、彼に対する扱いが変わったのだ。そうでなければ、彼は彼らにとって何の意味もない、肌の黒い、カースト下位の無学な人間にすぎないだろう』。

それはかなり正確な評価ね」と母は言った。でも、私がすごく腹立たしいのは、彼が

あなたの祖父は、汚染された血統を望まなかった。あなたの祖父は汚染された血統を望まなかったが、下位カーストの人間から無期限に援助や経済的支援を受けることには何の抵抗もなかった。カーストの高い叔母さんは、カーストの低い人

に養ってもらい、彼が建てた家に住み、結婚に失敗した後も同じ家に戻ってくることを喜んでいたが、祖父が助言を与えようとすると、カースト主義的な発言で祖父を嘲笑うことに何のためらいもなかった。何をやっても、どれだけ成功しても、下位カーストに属していれば人々から嘲笑される。そしてこれは今日でも続いている』。

あなたの祖父はまだヴァイシャ人だった。当時のダリットの人たち、特にダリットの女性たちがどんな拷問を受けたか考えてごらんなさい。実際、あなたの祖父の家の向かいにダリット一家が住んでいて、祖父は彼らの息子たちと同い年ということもあって友人だった。彼らはよく一緒に遊んだが、祖母は、彼が自分たちの家で食事をしたり水を飲んだりしたと聞くと、あまり喜ばなかった。彼女は彼が遊んだ後、体を洗わせるのだ。そうして初めて、彼は自分の家に入ることを許される』。

だから、自分自身が上位カーストからの差別に直面している人々でさえ、他人を差別することに自由にふけった』。

ええ」と母は答えた。昔からそうだった』。あなたもそういうことに直面したの？私は母に尋ねた。そこまでではないわ」と母は言った。でも、高いカーストの人たちがあなたを見るとき、ある種のプロファイリングが即座に起こるの。彼らはあなたの肌の色や身体的特徴を見て、すでにあなたを分類している。そして、彼らがあなたの苗字を聞いたとき、どんなに微妙な表情であっても、その表情が十分に物語っている。裕福な家庭出身の同級生たちはいつも、自分は彼らの仲間じゃない、彼らの仲間にはなれないと感じさせていた」。

わかるよ」と私は悲しそうにうなずいた。あなたがあんな目に遭わなければならなかったことを本当に申し訳なく思っています』。

大丈夫よ」と母は微笑んだ。そのおかげで今の私があるのだから」。もしあなたが美人で、あなたを成長させてくれるような、協力的でよくしてくれる家庭の出身なら、あなたはすでに、これらを持たない他の人よりも優れている。それは苦い真実だ。家族は最強のバックアップだ。そして、かなりの特権も実在する。私にはそのどちらもなかった。だから、目立つために、自分の名前を売るために、もっともっと努力しなければならなかった。でも、それが僕の人格形成に役立った』。

私にはすべてがある」と私はつぶやいた。しかし、安堵感で満たされることはなかった。それどころか、深い悲しみでいっぱいになった。母さん、何と言ったらいいかわからない。私の人生はとても変わった。私を仲間だと思ったことはある？それとも、私はあなたやお父さん、おじいちゃん、おばあちゃんのような経験をしたことがないから、本当の意味で共感することはできないと思っているのですか？私はこの本を書くべきなのだろうか？わからない』。

何を言ってるの、ばかじゃないの」と母は笑った。私たちみんな、とても喜んでいるのよ！私が望んだ人生を君に与えることができて嬉しいよ。私のような経験をしてほしくない。誰も自分の子供にそんなことはさせたくない』。

母さん、私の幸せのためじゃないんだ」と私は答えた。私はこの物語を書くのに十分でないような気がするの。おそらく私には、あなた方の人生すべてをきちんと掘り下げるのに必要な深みも理解力もないし......あなた方のキャラクターを構築するのに必要なニュアンスをすべて理解することもできない。私たちはまったく違う世界にいる。

言いたいことはわかるわ」と母は言った。誤報を恐れているんでしょう。また、私たちとの距離が近いからこそ、勘定が偏ることを恐れているのだろう。しかし、私は信じているし、あなたの祖父もそう信じている。

どうして？どうしてそう思うの？

方法は聞かないで」と彼女は言った。私たちはただ知っているだけ。あなたはいつもとても繊細な子だった。あなたには、私にもない鋭い目と批評的洞察力がある。あなたは 20 年間、私たちを間近で見てきた。あなたには価値がある！他の誰かではなく、あなたの祖父が彼の人生の物語をあなたに託したのだから。今さら引き下がることはできない』。

私は引き下がらない」と彼女に言った。しかし、私は彼女が言ったことすべてに納得していたわけではなかった。彼らの話を聞いて、自分がいかに恵まれていたかがよくわかった。自分自身の問題がとても小さく思えるようになっていた。自分が受けた以上のものを、この世界にお返ししたかった。

でも、時間がなくなってきたので、私は脱線する前にいた場所に注意を戻すことにした。『教えてください、娘さんが生まれた後にあなたの叔母さんが戻ってきたとき、祖父はどんな反応をしましたか？

彼はまったく反応しなかった」と母は答えた。何も言わなかった。おそらく彼は、私のいとこの無力な姿に心を打たれたのだろう。しかし同時に、彼は二度と叔母に温かく接することはできなかった。彼の温かさは、成長した私のいとこだけに向けられたものだった。もちろん、彼のマネージャーは電気事業で成功したわけではない。彼はここにも戻ってきて、あなたの祖母にいとこの手術代を要求し、あなたの祖母はそのたびにあなたの祖父に助けを求めに走った。医療費は法外だったが、君の祖父がほとんど払ってくれた』。

私の知る限り、彼はまだ彼らを助けているよね？医療費や日常生活費のほとんどを負担する。

ええ」と母は答えた。叔母が結婚してから30年近く経つけど、今でも同じよ。しかし、彼らは自らの過ちに気づき、償いもしている。彼らは、私たちが必要とするときにはいつでもそばにいてくれる。叔母の夫は、困難な時にわざわざ私たちの味方になってくれた。しかし、叔母との関係は決して円満ではなかった。彼女は、自分は地球上で最も不幸な女性で、人生は涙の谷でしかないと言う。同じ屋根の下で暮らしているにもかかわらず、夫とはほとんど口をきかない。家は老朽化し、残された数少ない家族は決して平穏ではない。そして、このすべてによって最悪の影響を受けているのが私のいとこだ。もちろん、彼女の責任ではない。両親が毎日激しく戦っているのを見ていたら、君もそう育つだろう』。

私は彼女に言った。彼女はあんな人生を送るに値しなかった。でも、どうしておばあちゃんは妹の不始末に反対しなかったの？

彼女は誰をかばえばいいのかわからなかったのよ」と母は答えた。お祖父さんの肩の荷を下ろすために、妹に結婚してほしかったのよ」と母は答えた。

なぜ同じ熱意で、代わりに仕事に就くよう説得できなかったのか？結婚だけが唯一の解決策ではなかったし、当時は女性にも仕事があった。私が知る限り、継母も働く女性だった。叔母さんはレディ・ブレイボーンを卒業したんでしょう？

いいえ、母はレディ・ブレイボーンを卒業しました」と彼女は訂正した。叔母はベスーンを卒業しました」。

では、なぜ彼女は仕事を探さなかったのですか？

彼女は仕事を持っていたけれど、それは結婚してからの話よ」と母は答えた。彼女たちの時代とはずいぶん違っていたのよ。小さな町で女性が仕事を得るのはそれほど簡単ではなかった。コルカタでの就職は比較的簡単だった。叔母は結婚適齢期を過ぎていたしね。結婚して 10 年以上になる私の母より数歳年下だった。他の姉妹も 2 人、数年前に結婚して子供がいた。しかし、彼女はまだ未婚だった。やがて彼女は父のマネージャーと真剣に関わるようになった。そして当時の人々は、結婚前のそのような関係を見下すのが普通だった。母は彼女のことをとても心配していた。姉はもう結婚するチャンスはないと確信していた。同時に、彼女はあなたの祖父に大きく依存していた。彼女は誰の味方をすればいいのかわからなかった』。

わかりました』。

彼女は私たち家族にたくさんのことをしてくれたわ」と母は話題を変えた。お祖母ちゃんのことだよ。彼女は必要な資格はすべて持っていたが、家族の面倒を見る必要があったため、いくつかの仕事のオファーを犠牲にした。彼女は父が多忙を極めていることをよく知っていたし、当時の女性の多くがそうであったように、安定した家庭を持つ男性でなければ、外に出て夢に羽ばたくことはできないと信じていた。もし彼女が君を育ててくれなかったら、僕は自分のキャリアを築くことができなかっただろう。しかし、彼女は自らの人生とキャリアを犠牲にしてまでそれを成し遂げたのだ。でも大人になって、特にあなたが生まれてからは、彼女が私たちの人生すべてにおいてどれほど重要な役割を果たしたか理解できたわ」。

そうだね。彼女もいつも私のそばにいてくれた。私が彼女を必要とするときはいつでも、彼女はそこにいて、私の欲求を満たすためならどんなことでもするつもりだった。彼女やおじいちゃんがいなかったら、私はどうしたらいいのかわからない』。喉のしこりが痛んだ。毎日、年をとって弱っていく二人を見ている。そして、彼らが永遠に私たちとともにここにいるわけではないという事実を常に思い起こさせる。彼らがいなくなった後、私の人生がどうなるかはわからない。この家はもう家のようには感じないだろう』。

そんなことは考えないで、あなた」と母は愛情を込めて言った。今を大切にしなさい。未来について確信することはできない』。

お母さん、死後の世界を信じますか？しばらくして、私は彼女に尋ねた。

よくわからないわ」と母は答えた。外に何があるかなんて、誰にもわからない。しかし、私が強く信じていることのひとつにカルマがある。蒔いた種は刈り取る。

他にも知りたいことがあるんだ』。そう、何を知りたいの？

妨害やごまかし、家族間のいざこざが、おじいちゃんの健康に影響を与えたんでしょ？

間違いない」と母は答えた。ペースメーカーを入れる前は、仕事中によく失神していた。ストレスはすさまじく、彼はそれに耐えられなかった。医者に行き、ある検査を受けたところ、心臓の左束が詰まっていることがわかった。医者はペースメーカーを入れるべきだと言ったが、ペースメーカーを入れたままでは高電圧の電気を扱う仕事はできないだろうとも言った。だから、あなたの祖父は心臓発作を起こす寸前まで何年も先延ばしにし続けた。

B.M. ビルラ病院をすぐに紹介します。

そしてペースメーカーが取り付けられた』。

ええ」と母は答えた。でも、彼は医者の忠告を聞かなかった。彼は高圧電気を扱う仕事を続けた。実際、ペースメーカーを装着して退院したその日に、彼はボーイズ・スポーティング・クラブに出勤した。

本当にサイボーグじゃなくて人間なの？母は苦笑した。

彼は人間よ。彼は必要なものを持っているだけよ。あなたの祖父は常に異常な野心家だった。彼のレートは他のライトアーティストに比べて常に高い。こうして、彼はいくつかの契約を失ったが、価格や作品の質、アイデアの独創性には決して妥協しなかった。彼は私に、自分にふさわしいと信じているもの以下には決して妥協するなと言った。その結果、彼は常に品質にこだわる人材を見つけ、プロジェクトに事欠くことはなかった。そのおかげで、彼は質の高いアーティストであると同時に、成功したビジネスマンでもあった」。

なるほど。でも、彼が始めた仕事を学び、自分のビジネスを立ち上げたライトアーティストは他にもいたわけでしょう？業界は急速に成長した。しかし、後に同じような仕事をする人が何人もいたにもかかわらず、ほとんどの契約を祖父が受けていたのはなぜですか？

他のアーティストや請負業者のほとんどは、より安い原材料を使い、ミニチュアの数を減らしてコストを削減していたからだ。決して的を射ていない。一方、あなたの祖父の仕事はとても芸術的で、彼のアイデアは社会的なものだった。だから、彼は常に批評家の称賛を受けていた。それに、あなたの祖父が作ったパネルはさまざまなテーマに基づいていて、どんな場面でもどこでも使えるものだった。一方、他の業者たちは彼に負けまいと、法会の間、主に地方をテーマにした巨大なパネルを作った。そのテーマは文脈に無関係なものとして目立つだろうし、消費電力もパネルの大きさを考えれば膨大なものになるだろう」。

では、展示した後にそれらのパネルを破棄して、また新しいパネルを作るのでしょうか？

そのため、莫大な損失を被った。中には資金不足のために廃業せざるを得なかった者もいる。また、給与を適切な時期に支払うことができず、大規模な労働問題を抱えていた。あなたのおじいさんはそんなことはなかった。祭りの時期に長時間労働をする助っ人たちは、何週間も家族から離れなければならないため、家族が苦しまないように前払いされていた。彼はまた、彼らのために１日４食の食事を用意し、繁忙期には彼らのために独立したキッチンを稼働させた」。

彼はすべてを世話してくれたよね？

彼はやったよ。彼は自分自身や家族のことよりも、ヘルパーのことを気にかけていた。彼はしばしば食事を忘れたが、いつもヘルパーたちが空腹にならないように配慮していた。今、彼らはみな定着している』。

私も彼の半分の人間だったらよかったのに」と私はため息をついた。そのためには努力を惜しんではいけない』。

わかってる」と私はつぶやいた。わかってる』。

2000 年代前半

SRIDHAR DAS IS FINISHED！」 地元の定期刊行物の見出しにはこう書かれていた。

チャンダナガル・ライトの時代の終わりだ！」。

別の者はこう宣言した。

記事を読む必要はなかった。そこに何が書かれているかは知っていた。小さな町では噂はすぐに広まる。

年前、あるジャーナリストからある質問をされ、私はそれに満足に答えることができなかった。

パネルが発する過剰な熱と大量の電力消費は、環境に悪影響を及ぼすと思いませんか？そういうことに対抗するエコフレンドリーなアイデアはないのか？

　私は彼に答えることができなかった。そのため、公表されたインタビューではその質問を省いていた。しかし、私には大きな敗北に思えた。その記者の指摘はもっともで、私は今までそれを思いつかなかった自分に驚いた。チャンダナガールには 100 を超えるプージャー委員会があり、彼らはその行列に惜しみなくお金を費やした。各委員会には、4 台から 5 台のトラックでライトのパネルを展示することが許されており、それを合わせると、4 夜にわたって光り続ける街灯を除けば、行列のためだけに約 500 台ものライトがトラックに積まれたことになる。従来の方法が環境にこれほど大きな脅威を与えるのであれば、すぐにでも他の方法に置き換える必要があるのは間違いない。以前にも同じ理由で、いくつかの家内工業が閉鎖されたことがあった。自分の芸術を死なせるわけにはいかなかった。私がすぐに代替案を考えなければ、この業界に携わる何千人もの人たちが全員、生活の糧を失ってしまう。眠れない夜を過ごした！

その１年後、アシム・デイというアーティストがLEDライトを使ってシンプルなパネルを作った。そして、私の町の人々は彼のパネルが通過するのを見て嫉妬し、それは競技の一部として考慮されることさえなかった。しかし、私は興味があったので、LED ライトについてもっと知りたいと思い、その日の夜に彼に電話をかけた。照明の分野における新機軸は、いつも私を魅了してやまない。

消費電力がずっと少ないんだ。非常に安全なんだ。走行中にパネルのライトに触れても何も起こらない。これらのライトは比較的安価で、さまざまな色があり、ごくわずかな熱しか発しないため、色のついたセロハン紙を使う必要がない」。

素晴らしい！」。私は喜びのあまり飛び上がりそうになりながら、彼に言った。まさに今、私たちに必要なことだ！』と。

そう思っているのは君だけだよ」と彼は悲しそうに答えた。

その夜、家に帰ると、私はとても明るい気分だったので、妻は怪訝そうな顔をした。

夕食を食べながら、彼女は私に『どうしたの？今日何が起こったか信じられないでしょう」と私は彼女に言った。

私の不安はついに終わりを告げた。6.2 ミニチュアに代わる、環境に絶対安全なものをやっと見つけたんだ！』。

どこで見つけたんだ？

アシムは今年、彼らと仕事をしたんだ。あの照明はLEDと呼ばれているんだ。まるで星のようだ！すぐにLEDにシフトするつもりだ』。

妻は私を励ます代わりに、『そのような間違いを犯さないように』と注意した。

どうして？

ここの人々は6.2のミニチュアが大好きです。あの明かりは、私たちのジャガッダトリ・プージャのエッセンスなのです』！彼らがLEDを受け入れられるとは思えない。それに、アシムのパネルのことも聞いた。今日の夕方、ハルとゴパルは二人を見て笑っていた。みんなに笑われたくないんだ』。

ミニチュアがどれだけ有害か知らないからだよ。みんなに伝えなければならない』。

見て」と彼女は言った。あなたはもうすぐ 60 歳で、人生で望んできたことをすべて成し遂げてきた。今は休んで、事業を多角化したらどうだ？

　あきらめろというのですか」と私は驚いた。いいえ、あきらめろと言っているのではありません。でも、成功したキャリアの終わりに、あなたの評判を落としてほしくないの。ミニチュアで仕事をしたくないなら、しなければいい。他のことをするんだ。しかし、LED にシフトしてはいけない。笑い者になってほしくない』。それは極めて利己的な考え方だよ、スミトラ』。

私は言わずにはいられなかった。私の評判ばかり考えている』と。他の選手はどうなんだ？この業界に従事している何千人もの人たちはどうなのか？公害防止委員会がミニチュアの使用を禁止する命令を出せば、彼らは全員職を失うことになる。私は今仕事をやめても、贅沢な暮らしができるくらいには達成したかもしれない。これが彼らの唯一の生計源なのだ』。

彼女は何も答えなかったが、その表情から彼女があまり幸せでないことは理解できた。

あなたが何と言おうと、私はLEDにシフトするつもりです」と私は宣言した。その理由を説明すれば、きっとみんな理解してくれるはずだ』。そうしなければ、法会の間、明かりがまったく見えなくなる日もそう遠くはないだろう』。

私はすぐにラビンドラ・バヴァンに招かれ、モートン・デイリーが主催する年に一度の盛大な授賞式に参加し、その年にトップに立った新進のライト・アーティストたちに街路灯と行列灯の賞を贈った。私が彼らにふさわしい賞を手渡すとき、彼らが私の足に触れたことは、私にとって大きな誇りであり、名誉なことだった。しかし、優勝者の名前が発表される直前、最前列を陣取っていた男たちがアシムの名前を叫び、笑い声を上げ、周囲を混乱させた。アシムの意気消沈した顔がすぐに目の前に浮かび、その瞬間、私は彼を擁護するスピーチをせずにはいられなかった。

今夜の受賞者全員にお祝いを申し上げたい。これからも素晴らしい仕事を続け、私たちの町の名前を不朽のものにするために努力してください。だが、もうひとつ言っておきたいことがある。そして、私の友人であり、今年チャンダナガルで美しいLEDパネルを紹介したアシム・デイのことだ。

私のスピーチは、最前列を占めた電気工事業者や照明アーティストの爆笑に包まれた。彼らは、私がアシムの犠牲の上に冗談を言ったと思った。

　私が知っている限りでは」と私は続けた。ジャガッダトリ・プージャーを目撃するために、毎年遠くからこの町を訪れる何千人もの観光客がいる。1900 年代後半には、イルミネーション作業に従事するライトアーティストは 5、6 人しかおらず、チャンダナガルのすべてのプージャー委員会が行列に参加したり、街路灯を選んだりしたわけではなかった。今日、この 2 つをやらないプジャ委員会はないだろう。今は状況が違う。だから、この変化したシナリオの中で、大勢の観客を 6.2 ミニチュアのリスクにさらすのは安全ではない。賑やかな人ごみに押されてパネルにぶつかり、街灯から感電する事故が毎年何件も起きている。不安定な場所に重いパネルを設置しようとして命を落とした人も多い。それに、環境のことも考えなければならない。ミニチュアが発する熱量は、環境にとってまったく安全ではない。ですから、私たち照明アーティストもアシムに倣って、より安全で健康的なプージャ環境のためにLEDに切り替えるべきだと個人的には思っています」。

あの男は狂っているのか？最前列の一人から誰かの悲鳴が聞こえた。

そしてパンデモニウムが続き、人々は嘲笑と嫉妬に満ちた反対意見を述べた。

突然の出来事に不意をつかれた私は、こう付け加えた。でもいつか、チャンダナガルに君臨するのはLEDだけだ！』。

そしてその日以来、私の新しい評判は、かつては有名だったが今は頭の悪い電気技師、スリダール・ダスとなった。

変化をもたらすために自分が変化になろうと決心した私は、LED を使った仕事を始めた。どういうわけか、彼らは少し反抗的に見えた。彼らは私のデザインに無関心だった。私はよく、彼らがグループになってひそひそ話しているのを見かけた。彼らは古い習慣を捨て、新しいことを学ぶ準備ができていなかった。私が何か指示を出すと、彼らはよく聞こえなかったふりをする。彼らは私に話しかけるとき、私の目を見ることができなかった。今は金がすべてだった。給料がきちんと支払われていれば、それでいいのだ。彼らの多くは、やがて私のもとを去り、他のアーティストや請負業者たちのもとへ移っていった。

隣人たちは私を見透かしていた。昔の友人たちは、もう道で私に手を振ってくれなかった。それまでは、私の善意者を自称し、一日中私の家に押し寄せ、大量のスナック菓子と何ガロンものお茶をむさぼり食っていた人たち、お金であれアドバイスであれ、私がわざわざ助けに行き、友情と愛情以外の見返りを期待していなかった人たちが、突然考えを変えたようだった。彼らはもう私をほとんど認識していない。何人かの兄弟は大喜びだった。母は墓の中で冷たくなっていた。もし彼女が生きていたら、新聞の誹謗中傷欄に数行寄稿することに大きな喜びを感じていたに違いない。ずっと私の味方でいてくれたのは、親友のヴィカシュとパラシュラム、そして愛する息子のルストゥムとムスタファだけだった。面白いもので、危機的状況に陥ったときこそ、真の姿が明らかになる。

ある日、私は大切な友人であるアミヤに会うためにチャンダナガール市役所に行った。私の姿を見て飛び上がっていた人たちも、今は仕事やお茶に夢中で私のことなど気にも留めていない。皆、テーブルの上に置かれた赤いテープのファイルに夢中で、不本意ながら私に椅子とお茶を勧めた。彼らは忙しすぎて、私と話すことも、私の質問に答えることもできなかった。しかし、友人の市長は温かく迎えてくれ、いつものように非常に親切にしてくれた。

　ある日、従業員たちにケーキとお菓子を持って工場に向かう途中、家の外壁に描かれた自分の姿が目に入った。ハゲ頭、異常に長く鈍い鼻、その他の誇張された身体的特徴を持ち、服の代わりにLEDの紐を身につけた、滑稽な漫画に縮小されていた。その隣には、私が精神的に不安定であることを宣言する悪質な韻文が無造作に書かれていた。友人のヴィカシュは、私の息子たち数人と一緒に、朝から頑固なペンキをこすった。しかし、その日の午後、自分の部屋でひとり流した涙は、壁一面を洗い流すのに十分だった。

聞いてくれ」ある日、ビカシュは私の目を深く見つめて言った。来年はLED行列に全力を尽くせ。LEDで何か違うこと、何か革命的なことを。彼らが見たこともないものを。君ならできる。家庭のことを心配する必要はない。なんとかなるさ』。

もう本当に終わりだね」と言うのが精一杯だった。彼は私の肩を揺さぶった。

は終わっていない！あなたは決してなれない。君はパイオニアだ、友よ！』。

はあ」！パイオニア！』。私はため息をつき、自嘲気味に笑った。あなたが教えてくれたから、彼らはライトを知っている。

ライトはどんなもので、どんなことができるのか？ヴィカシュは続けた。そもそも、あなたがこの現象を始めなければ、彼らは何も気にしなかったでしょう。1960 年代のチューブライトや電球の時代から抜け出せなかっただろう。あなたは今、彼らの安全と環境を考え、前向きな変化をもたらそうとしている。彼らはそれが何なのかまだ知らないから、それを好まない。預言者は自分の国では決して尊敬されないという有名なことわざがある。見せなきゃだめだよ、スリザール！LED でできることの素晴らしさに彼らの目を開かせなければならない』。

私にできると思う？私は怪訝そうに彼に尋ねた。他に誰ができるんだ』と彼は笑った。こんな質問はしなかっただろう

　水中でライトを光らせたんだろう？当時は私の言うことさえ聞かなかった！人からどう思われようが、何を言われようが、やりたいことは何でもやった』。

ヴィカシュ、あの頃は違ったんだ。あのころの僕は何者でもなかった。私が何をしようと、誰も真剣に受け止めてくれなかった。私はまだ実験的な段階だったので、失敗することもあったし、間違いを犯すこともあった。でも、もうそれはできない。今では誰もが私を知っている。みんな僕を注視している。常にスポットライトを浴びているようなもので、私の行動すべてが容赦なく監視されている。世の中には、私が不利になる機会を狙って、恨みつらみをぶちまける連中がいるんだ』。

王冠をかぶった頭は不安なものだ。それを受け入れなければならない。頭を高く上げて、やりたいことをやるんだ。何を

言われても気にしない！自分が正しい道を進んでいると思えば、その道を進む。私の言葉を覚えておいてほしい。彼らが自分たちのやり方を捨てて、あなたたちのやり方に従わなければならない日が来るだろう』。

私はヴィカシュのアドバイスを受け、LED を使って何か革新的なことをしようと決めた。奇妙に思えるかもしれないが、私の行動方針は、夢の中で、そして孫娘が愛読していた童謡の本によって明らかになった。

ある晩ベッドに入ると、行列の夢を見た。ライトアップされた 6.2 インチのミニチュア・パネルで飾られた貨物車が次から次へと目の前を通り過ぎていく。私はしばらくの間、彼らを好意的に眺めていたが、やがて物事がうまくいかなくなり始めた。突然、どこからともなく、ミニチュアで作られた巨大なピエロが私に向かって進んできた。私の横を通り過ぎようとした瞬間、トラックは私の目の前で、耳鳴りがするようなひどい音を立てて止まった。そして、ずっと固定されていたピエロが、ゆっくりと、不気味に、私のほうに顔を向けた・・・・・・。

大きな黄色い目が私を直視し、禍々しい光で睨みつけると、周囲の人々は無言のままだった。やがてそれは得体の知れない笑いに包まれ、ひときわ大きな前歯を見せ、私は頭のてっぺんからつま先まで抑えきれずに震え上がった。ずっと行列を見守っていた人々は、まるで魔法にかけられたかのように、ピエロのリードに従った。彼らも私を笑い、あざけり、嘲笑し、悪口や卑猥な言葉を口にした。指で耳を塞ぎ、目を閉じようとすると、まるで散弾銃の弾丸のように私の体を打ちのめした。

しかし、やがて全員が静止し、再び静寂が訪れた。私は半ば恐る恐る、半ば興味本位で目を開けた。ダイヤモンドのように輝く銀髪を持ち、奇妙なデザインの魔法の杖を手にした妖精の魅惑的な姿に、不意を突かれた。この姿は何かが違っていた。ミニチュアで作られたものではない。それは、星のように清らかで、まろやかで、穏やかで、目に優しい光でできていた。銀の妖精はとても明るく輝き、唾を吐きかけたピエロはその光のオーラに包まれて小さくなり、やがて消えてしまった。

そして、彼女は振り返って私に敬礼した。その時、私はハッと目が覚めた。

気がつくと私はベッドの上にいて、孫娘は私のすぐ隣に座り、お気に入りの韻文集を見ながら、いくつかの韻文集を大きな声で英語で暗唱していた。私はクリスマスツリーの上の妖精の人形。少年少女たちよ、僕を見に来てくれ......僕を見て、僕に何ができるか見てくれ！私にできるなら、君にもできる』。

いつ目が覚めたの」と私は少し驚いた。ずっと前よ」と彼女は答え、その目は大きく、暗く、きらきらしていた。もうすぐ12時よ。ずっと寝ていた

おはよう！ディダは君のことをとても心配していたよ。昨夜は午前4時まで起きていたんだ』と私は彼女に言った。

ああ、なるほど」と彼女は答えた。だから、私が部屋に入ったとき、あなたの部屋は煙だらけだったのね。これで分かった』。

そして彼女は読んでいたページをめくり、鼻歌を歌い始めた。『リトル・ミス・マフェット......タフェットに座って......豆腐と乳清を食べて......』と。

まだその本を読んでいるの？童謡はもう大きすぎると思わない？

ダークブラウンの艶やかな髪を肩からはねのけながら、彼女は答えた。今、お母さんのお腹の中に隠れている妹のために練習しているの。お母さんは、この子が1歳になるまでにこの韻を全部教えなきゃいけないって言ってた。わかるかい？

私には大きな責任がある』。

妹が欲しいの？私は愛情を込めて彼女に尋ねた。弟ができたら？

　うーん...じゃあ、受け入れるしかないわね」と彼女は肩をすくめた。たとえ兄弟ができても、神様に感謝するわ」。少なくとも、一人でいる必要はないだろう？そして、彼を騒がしくない弟に育て上げることができると思う。いい本を読ませるよ。弟は他の男の子とは違うだろうね。ボニーと名付けよう』。

そして彼女は童謡を再開した。大きなクモがやってきて、彼女の横に座り...ミス・マフェットを怖がらせて追い払った...」。

笑い声が続いた。

どうして笑っているの？私は面白がって彼女に尋ねた。ミス・マフェットは私と同じよ！」と彼女は言った。

どうしてですか？

私もクモが怖いからね！見て、ダドゥ、彼女も私によく似ている！そうだろう？

そして彼女は、私が彼女とリトルミス・マフェットが似ていることに気づき、それを認めるために、小さな韻文の本を私の鼻に押し当てた。その時、本の古いページに書かれていた数字に興味をそそられた。

彼女は私に似ているでしょ、ダドゥ？似てない？

確かに！」と私は熱っぽく答えた。私は熱心に答えた。ほとんど双子みたいだね

そのとき、私は別のことを思いついたのだ。

でも、この本は古くなりすぎたわ。ページがはがれかけているの。いつまで保存できるかわからない。何とかしてくれないか？

うーん...考えよう」私の頭は今までにないペースで動いていた。この数字を本から出してあげたらどうだろう？

それは不可能だ

不可能なことは何もない」と私は彼女に言った。

それなら素晴らしいことだよ、ダドゥ！もうページを気にする必要はない！』。

もし私が彼らを動かしたら？

だからマジシャンと呼ばれるの」と彼女は興奮で声を荒げて私に尋ねた。

夜でも光るようにライトをつけたらどうだろう？

部屋に置いてもいい？それはできないと思う。

本当に大きい！ミス・マフェットを作るなら、クモも作らなければならない。光る大きなクモを部屋で飼いたい？

「そんな！私にはできない！怖くて死にそうだ！夜、一睡もできないわ！」彼女は想像上の恐怖から私を抱きしめ、彼女の髪が私の首筋をくすぐったがった。クモはどれくらいの大きさになるの？

あなたの 3 倍くらい」と私は答え、彼女が恐怖で息をのむのを見た。でも心配しないで、害はないから！私がそれを確認する』。

頼むからやってくれ！』。

しばらく本を貸してくれない？私は優しく彼女に尋ねた。

もちろんだ！もちろんよ！』。彼女はとても熱心で、すぐに本を渡してくれた。あなたのためなら何でもするわ、ダドゥ！』。

私はまだ終わっていなかった。まだだ。

これで終わりではなかった。また新たな始まりだ。

間奏曲

今まで見た中で最高のライトモデルだった！こんなに美しいものを見たのは生まれて初めてだった。私は自分の目を疑いながら、車輌が私の横を通り過ぎるのを見て歓喜の声を上げた。彼は私の古い韻文集の登場人物に命を吹き込んだのだ！そして彼は、私が想像もしなかったような方法でそれをやってのけた。トラックの1台には、金と銀のLEDをちりばめた高さ3メートル近いキャンドルが飾られていた。ジャック、機敏に、ジャック、機敏に』という古い童謡があるように、その燃え盛る炎の輝きは、ほとんど目もくらむばかりだった！ジャック、燭台を飛び越えろ！』とサウンドボックスから流れる。立体的なキャンドルの真後ろのパネルには、ジャンプするジャックの実物そっくりの影が美しく描かれていた。

祖父が工場でその複雑な構造に取り組んでいたとき、その小さな窓やドアがとてもリアルに見えたので、私は1日か2日、そこに住んでみたいと空想したものだった。私はこの童謡から自分を切り離し、家の中にキッチンがあり、かわいい小さなテーブル、オーブンがあり、小さな冷蔵庫があり、クッキーやドーナツや虹色のふりかけが入った瓶が無限に並んでいると信じたいのだった。おままごとをするには完璧な場所よ！」と私は母に言った。私は母にそう言った。私はまた、妖精たちが夜な夜なそこに住んでいて、『靴屋と妖精』という素晴らしい物語のように、あらゆる色や形の靴を密かに作っていると想像するのが好きだった。

素晴らしかったよ！

祖父は別々の童謡を別々のトラックで描いていた。孤立した登場人物だけでなく、別々の設定、別々の登場人物を持つ完

全な童謡が、動き回り、物語を演じているのだ。そこには、豆腐と乳清を食べるミス・マフェットと、彼女を怯えさせた巨大な動くクモがいた。きらきら星』の美しい銀色の星と、パネルに描かれたかわいらしい家々の列、その上に輝く鮮やかな青い夜空。そしてその背後では、韻文がはっきりと流れていた。

母がミュージックワールドで買った童謡の古いカセットを、祖父が私に貸してくれたのを覚えている。そして、各トラックを別々のカセットテープに録音した。それぞれのトラックには異なる曲が流れ、ライトにはその曲のストーリーが描かれていた。ディズニーランドの光と音のショーよりいいと思った！ディズニーランドで私が見たことのある「ファンタジーの飛行」というショーは、ライトに照らされ、おとぎ話の登場人物のような格好をした人々が音楽に合わせて踊るというものだった。しかし、祖父がしたことは違った。彼は、パネルだけでなく、巨大な機械的構造物もすべて光で作っていた。

工場でクモを見たとき、何をしたか覚えている？

そう、そう」私はうなずいた。巨大なタランチュラが触手を動かしているようで、初めて見たときほど大きな声を出したことは、この 20 年間一度もなかった。実際のクモが私の上に降り立ったときでさえ、そうではなかった』。

その年、彼はいくつもの賞をもらったのよ」と母は回想した。LED ライトだけで作られた行列があれほど多くの賞を受賞したのは、あの時が初めてだった』。

ええ、でも、彼は一番欲しがっていたものをもらえなかった』。

いいえ、その賞は伝統的な方法で制作したアーティストに贈られたのよ」と母は答えた。ほとんどの作品には特定のテーマがなく、6.2 のミニチュアだけで装飾された巨大な建造物だった。

来年の同時期には、多くの照明アーティストがLEDに切り替えていた。今はLEDしかない』。

それが彼の正確な予測だった。いつの日か、LED がチャンダナガルに君臨する日が来るだろう。そう言って屈辱的な表情を浮かべた。彼らは彼を"頭の悪い"電気技師と呼んだ。見てみろ、この頭の悪さを！』。

騒がしい兄が平和な家庭への侵入を宣言したのは、窓ガラスがガタガタと音を立てるほど力強くドアを蹴り開けたときだった。

学校でひどい一日を過ごしたよ！」。バッグを床にドサッと落としながら、ボニーは愚痴をこぼした。

どうして？

暑すぎて頭痛がした！ナースルームに行って薬をもらったけど、全然効かなかった』。

すぐにシャワーを浴びてきなさい」と母は言った。お昼を食べたらすぐに薬をあげるから、午後はずっと休んでいなさい』と。

彼は言われたとおりにしたが、信じられないほど遅く、その晩の数学の授業をキャンセルするよう母に口うるさく言った。私は不審に思って彼を見た。本当に頭痛がしたのだろうか？それとも、彼の完璧なシックボーイのモノマネのひとつだったのだろうか？分からなかった。

母さん、帰る前に最後の質問なんだけど」と私は言った。一つわからないことがあるんです。おじいちゃんのメカニカルフィギュアのアイデアはどこから？どうやって作り方を覚えたんだろう？

おじいちゃんにその質問をしてみたら」と母が提案した。

その日の夜、祖父に機械仕掛けのフィギュアのアイデアをどこから得ているのかと尋ねると、彼の答えは魅力的だった。

おもちゃから』と彼は言った。おもちゃ？

はい」と彼はうなずいた。気に入ったおもちゃを見つけると、市場で買って、ドライバーで開けて機能を確かめたんだ。私は、この玩具を作るために使われたすべてのミニチュア・パーツに注目し、より大きなパーツで同じようなメカニカル・フィギュアを作った。メイソナイトでボディを作り、穴を開けて、その穴を通してライトを取り付けた。

ええ、そうです」と私は微笑んだ。それで終わり？おもちゃから素晴らしいアイデアを得たのか？

はい」と彼は答えた。私が作った機械仕掛けの列車は、友人の息子が遊んでいるのを見たおもちゃの列車セットが元になっているんだ。他にもおもちゃのレプリカのメカニカルフィギュアをいくつか作った。それに、チャンダナガルの町には、このようなフィギュアを作る人が他にもいた。カシナート・ネオギは、私にインスピレーションを与えてくれたそのような人物の一人だ。私は彼の工場で何時間も過ごしたものだ。

その名前、聞いたことがあるような気がする』。

彼は非常に優秀な男だ！」と祖父は答えた。私たちの時代には、まだあまり一般的でなかった技術修士号を取得したんだ。彼が作る機械仕掛けのフィギュアは並外れたものだった。工場内には誰も入れず、邪魔をすることも許さなかった。しかし、私は例外だった。彼は私を自分のことのように愛し、何か新しいものを作るたびに私を呼んだ。彼は私の意見を求め、私の提案を歓迎した。私は逆に、私が取り組んでいるプロジェクトについて彼の意見を求めた。私たちは非常に愛情深い仲間意識を持っていて、互いに学び合いながら成長を助け合った」。

それに今は競争がすべてだ』。

私たちの時代に競争がなかったわけではない。でも、信じられないほど忠実な友人や好意的な人たちもいた」と言った。

井戸端会議といえば、ダドゥ、ロンドンのことを教えてくれ
。

ナンディタ」と彼は目を輝かせて答えた。ナンディタ

パルチョードゥリ』。

その名前は、私の脳裏に霧のような思い出の数々を呼び起こした。

彼女を覚えている！」と私は叫んだ。私は叫んだ。彼女がよく家に来ていたとき、私はまだ3歳だったけど、彼女のことは完璧に覚えているわ」。

彼女は今まで出会った中で一番親切な女性だ！」とおじいちゃんは言った。彼女の電話番号を教えよう。彼女に連絡しなければならない』。

2001 年夏

アイルランドでのプロジェクトは、ロシアでのプロジェクトに次いで2度目の国際プロジェクトだったが、私にとっては初めての海外旅行だった。外国人と交流しなければならないと思うと、非常に緊張し、狼狽した。アイルランド語はおろか、英語にも馴染みがなかった！ヒンディー語ではほとんど意味が通じなかった。ベンガル語は私が唯一流暢に話せる言語だった。また、私のライトは異国の地で目立つことはないだろうと確信していた。きっと彼らは、もっと繊細で洗練された技術に慣れているはずだ。それに比べれば、木製のローラーで動く私の手ぬるいラーマーヤナやディワリのパネルなど、笑い話にしかならないだろう。

私は、ベルファストのクイーンズ大学の豪華なギャラリーに12 枚のパネルを展示することになった。ナンディタもこのプロジェクトに同行した。実際、彼女は、私の人生がかなり停滞していた時期、同じことの繰り返しで疲れていた私にそれを提案してくれた人だった。私は国際的なプロジェクトという見通しに飛びついた。

ナンディタは飛行機の中で私の横に座り、常に私を安心させてくれた。スリダー・ダ、絶対に大丈夫だよ！心配する必要はまったくない。彼らが求めているのは、君のライトだ！』ってね。

冷房の効いた飛行機の中でも、ときどき額の汗をこすらなければならなかった。一方、私の息子たちは、光沢のある雑誌、ヘッドフォン、さまざまなボタンがついたテレビのリモコンを点検し、10 分おきにエアホステスを呼び出して水やその他のものを要求しながら、すっかりくつろいだ様子で、少し興奮しすぎていた。

見て、楽しんでいるじゃないナンディタが優しく笑いながら私にささやいた。あなたも少しは気を緩めたほうがいいわよ」。

緊張のあまり、笑顔で答えるのがやっとだった。

しかし、ダブリン空港に降り立ったとき、私の予想とはまったく逆のことが起こった。クイーンズ大学の若いアイルランド人学生たちが、大きなトレイを手に階段の下に立っていた。最初は、彼らが私たちのためにいるなんて想像すらしていなかったが、一番下の段に着いたとき、彼らがそのトレイを持って私の方に進んできたので、私は不意を突かれた。トレイには、セーター、上着、靴下、靴、ハンカチ、小さな身だしなみセットなど、必要なものが一人ひとり用意されていた。

何が起こっているの？私は困惑しながらナンディタに尋ねた。なぜ彼らは私に向かってくるの？

それは、彼らがあなたのためにここにいるからよ！」彼女の目は笑いに輝いていた。贈り物と挨拶で歓迎するためよ！」。

　でも、まだ働いてもいないのに！』。

そんなの関係ないわ」と彼女は答えた。インドからはるばる来たんだから。彼らはこうして感謝の気持ちを表現したいんだ』。

彼らはプレゼントと花束で私たちチームを温かく迎え、大学まで行く専用バンに案内してくれた。私はずっと笑顔を絶やさなかった。彼らがナンディタに何を言っているのか、私にはわからなかった。でも、みんな元気そうで、私も元気をもらったし、彼らが笑うと私も笑った。白人は私たちを見下しているという思い込みがあったからだ。でも、それが間違いだと証明された。

私がライトを展示することになっていたクイーンズ大学のギャラリーは、それまで見たこともないようなものだった。客席のあちこちに数種類の照明が設置されていた。出入り口はいくつもあり、中央空調システムがあり、輝く座席が無限に並んでいる。一瞬、私は魔法にかけられたようだった！

何があったの、スリダール・ダ？ナンディタが私に尋ねた。気分は良くないの？

はい、そうです」と私は何とか答えた。こんな客席は見たことがない！』。

彼女は微笑んでうなずいた。

パネルを展示したら、この観客席はもっと見栄えが良くなるわよ』と励ましてくれた。

そうなることを心から願っている』。

そして彼女は正しかった。私たちがパネルを設置した後、ギャラリーの様子は一変し、生徒たちは皆、驚嘆の声を上げた。彼らの驚きの表情を見たとき、私は嬉しさのあまり泣いてしまいそうだった。

プログラムが始まると、ナンディタが言った。

生徒たちが私のパネルから少し離れた場所に集団で立ち、インドのディワリ祭と、私のパネルに再現され描かれた『ラーマーヤナ』の物語について朗読を始めた。

光のショーが終わると、コーヒー、クッキー、サンドウィッチ、機内で出されたような小さなボトルのミネラルウォーターなど、私が知らなかったような趣のあるさまざまな軽食が出された。何人かの生徒が私のところにやってきて、質問をしてきた。ナンディタはすべての質問をベンガル語で説明し、私の返事を彼らが理解できるように英語に訳してくれた。彼女はこの異国の地で完全にくつろいでおり、私は彼女がいかに流暢に、自信を持って彼らと話しているかに感心せずにはいられなかった。アイルランドの人々について驚いたのは、彼らの好奇心、私の仕事の技術的側面についてもっと知りたいというたゆまぬ欲求、私がどうやって水中でライトを光らせたのかという尽きることのない質問、そして私のような神経質な外国人を、彼らの温かく愛想のいいマナーで簡単にくつろがせることができることに驚かされた。全員が私と握手し、私のパネルの写真を何枚も撮った。彼らの多くは私と一緒に写真を撮り、小さな紙や小さなノートにサインを求めた。ああ、とても楽しい経験だった！

その 1 週間後、予想だにしなかった面白いことが起こった。やり残した仕事があり、早急にインドに戻らなければならなかった。ナンディタはイベントの責任者であったため、残りの時間、残っていなければならなかった。12 個の巨大なパネルと、その他たくさんの電気機器を持ち帰らなければならなかった。だから、3 人の息子たちにも、イベント終了前にインドに戻るのに同行してもらうことはできなかった。私は一人で家に帰ることにした。

さて、急なことでインドへの直行便は取れなかった。私はヒースロー経由で旅を中断しなければならなかった。英語も話せないし、言葉もあまり理解できない。ヒースロー空港に着陸してからは何も理解できなかった。どっちに行けばいいのか、何をすればいいのか、誰に話せばいいのか、次にどの便に乗ればいいのか、どうやって飛行機まで行けばいいのか、まったく見当がつかなかった！そもそも、なぜこんなことをしようと思ったのだろうと思った。でも、代案もなかった。私がやり残した仕事があるからといって、ナンディタがイベントを途中で切り上げることは不可能だった。それに、たとえ息子たちの誰かが私に同行していたとしても、誰も英語を知らなかったから、あまり役には立たなかっただろう。ヒースロー空港で柱から柱へと走り回る無知な人間は、1 人ではなく 2 人だっただろう。

しかし、希望を捨てかけていたその時、カウンターの一角にターバンを巻いた人がいるのに気づき、助けを求めて駆け寄った。片言のヒンディー語で彼に窮状を説明すると、彼は辛抱強く片言のベンガル語で私がすべきことを教えてくれた。彼はある場所を指差し、そこに行って表示板の前に座り、自分のフライト番号とその隣のゲート番号に注意し、呼ばれたらそのゲートに行くようにと言った。私は彼に忠実に従い、すぐに正しいフライトで帰国することができた。最終的にコルカタに降り立ったとき、私はとても誇らしい気持ちになった。

2003 年秋

ロンドンの環境はアイルランドとは著しく異なっていた。次にナンディタからロンドンのテムズ川市長フェスティバルの企画を持ちかけられたとき、私はアイルランドで経験したのと同じような体験を期待して、その可能性に飛びついた。しかし、ロンドンっ子はフレンドリーでもホスピタリティに溢れているわけでもなく、アイルランドの人々のような生き生きとした好奇心もない。ロンドンはもっとフォーマルで、あまり暖かくなかった。私は彼らの言葉を知らなかったが、彼らの態度の違いを感じ取ることができた。そのコントラストは一目瞭然だった。この祭りのために、私たちは 6.2 個のミニチュアからなるイルミネーションで飾られた立体的な孔雀船を製作した。これはすべてナンディタのアイデアで、東インド貿易会社のインド到着を象徴することになっていた。この堂々たるバージ船は、高さ 25 フィート、幅 12 フィート近い巨大な帆を持ち、156 万個のランプを使用していた。テムズ川のほとりを、両側が開いた平台のトラックでロンドンを走行することになっていた。当時の英国高等弁務官であったマイケル・アーサー卿は、2 ヵ月後にロンドンで展示される孔雀船を一目見ようと、チャンダナガルのカルプクルにある私の家を訪れた。優先順位について話そう！

今回は緊張しなかった。クイーンズ大学のプロジェクトに参加したことは、私にとって目からウロコで、少し気が緩んだ。それに今回は経験も技術も裏付けがあった。

ロンドンで一番良かったことのひとつは、そこで友達ができたことだ。ジョージという名の電気技師仲間は 55 歳くらいで、ピンク色の肌と金髪だった。彼は巨大なジープを所有しており、その中には人類がこれまでに作ったあらゆる種類の計器や電気部品のスペアパーツがある！どんなことでも私たちを助けてくれる彼は、まるで私たちのチームメイトのようだった。

テムズ川フェスティバルが開催されようとしていた日、ナンディタは孔雀船を批判的に眺め、眉間にしわを寄せて感想を述べた。スリダール・ダ、きれいね！しかし、我々が見落としている大きな欠点がある。

なんだって？心臓が止まりそうだった。

帆が橋の下を通らないのが心配だ。背が高すぎる！それにルート上に橋が多すぎる』。

彼女は正しかった！大きな見落としだった。数時間しかなかったんだ。

緊張のあまり、おしっこがしたくなった。私は公衆トイレに駆け込み、その道中ずっと頭を悩ませていた。それは車のジャッキに似た器具で、長いポールにハンドルが付いており、時計回り、反時計回りに回転させてポールの長さを増減させることができる。遠くから工事現場の作業員たちの手元にあるのを見つけるやいなや、私はナンディタのところへ急ぎ、見たものを見せて、もし私たちがその日を救わなければならないのなら、それこそが必要なもの、あの祝福されたジャックなのだと伝えた！

あのジャックを見つけなきゃ」と私は彼女に言った。それに、複数必要かもしれない』。

オーケー、何ができるか見せてくれ！』。

もちろん、私たちはそれを取ることはできなかったが、ジョージが助けに来てくれた。彼は私たちの窮状に耳を傾け、30分もしないうちに、ジープにジャッキを数台積んで現場に到着した。

私はすぐに作業に取りかかり、まずセイルをバージから切り離し、次にジャッキに固定した。そして、最後の一撃がまたもや試合を大きく変えた。私は常識を働かせて、インディアン・ピーコックをトロイの木馬に見立て、ピーコックの空洞の腹の中に２人の部下を入れ、そのうちの１人にジャッキを持ち、もう１人にはトラックが橋の下をくぐろうとするたびにハンドルを反時計回りに回して帆が５フィートほど下がるようにし、トラックが橋の下から出てきたらハンドルを時計回りに回して帆が再び飛び出すようにした。

その夜、テムズ川のほとりはロンドン市民で溢れかえっていた。何人かのインド人も群衆の中に立ち、私の孔雀船が通り過ぎるのを声が枯れるまで応援していた。私の作品はそのページェントの目玉となり、街中の話題となった。自分自身と息子たちをこれほど誇りに思ったことはなかった！私たちが立っていた橋の上から下を見下ろし、同胞たちが私たちの仕事に敬礼しているのを見たとき、感情を抑えきれず、全員が私のところにやってきて抱きつき、涙を流した。何が発表されたのか一言も理解できなかった。私たちはただ、歓喜に沸く仲間の顔を見て、崇高な幸福感に包まれ、それまで感じていたストレスや不安を洗い流した。

私の孔雀艇は大好評で、２ 年間ロンドンで保管され、来年の市長主催のテムズ・フェスティバルで若干の変更を加えて再び展示されることになった。この作品は翌年、ブラックプールのウィンター・ガーデンズの講堂でもほぼ１ヶ月間展示された。そして、私たちの名前は*『ガーディアン』* 紙の見出しを飾った。ロンドンから帰国後、私の家はジャーナリストやメディアの巣窟となった。*テレグラフ』*、*『タイムズ・オブ・インディア』*、*『ステーツマン』*など、主要全国紙のほとんどが見出しで私の名前を誇示した。私のインタビューはさまざまなニュースチャンネルで取り上げられ、私に関するドキュメンタリー番組もいくつか作られた。プージャの期間中、チャンダナガルを訪れるセレブリティは、そのほとんどを占める。

いつも僕の家に立ち寄っておしゃべりしているよ。

私の日々はこれまでとはまったく違ったものになった。私は、チャンダナガルとその周辺で開催される主要な文化イベントや見本市のほとんどに、主賓として、あるいは審査員として招かれた。コルカタの一流企業や主催者は、ドゥルガ・プージャの期間中、さまざまなプージャ委員会の街灯を審査してほしいと私に依頼した。ムンバイ、デリー、チェンナイといった大都市から新しいプロジェクトが殺到した。ロンドンやアイルランドのプロジェクトで求められた伝統的な方法とは異なり、ロサンゼルスの人々は現代的で環境に優しいLED を好んだ。今回ナンディタに同行できなかったのは、国内でいくつもの重要なプロジェクトがあったからだ。それに、私は最近心臓が詰まっていると診断されたため、23 時間の長時間のフライトを医師から禁じられていた。息子たちはとても楽しかったようで、帰ってきてからも自慢話が止まりませんでした。

ロンドンで一番気に入ったのは街並みだ。彼らはまったくピカピカだった！人々の時間厳守には驚かされた。彼らが環境に配慮し、周囲の清潔さを保つ姿は称賛に値するものだった。ある日、ロンドン市長のケン・リビングストンが家の前の道を掃除しているのを見たこともある。ロンドンの貧しい人々は施しを求めなかった。中には、舗道や記念碑の外に立って、素晴らしい絵を描いたり、バイオリンや口琴で素晴らしいメロディーを奏でたりする、本当に才能のある人たちもいた。彼らの近くにはたいてい募金箱があり、そこに人々が自発的に紙幣や硬貨を投函していた。実際、彼らは芸術によって生計を立てているのだから、「アーティスト」と呼んだ方が適切だろう。

今でも旧友のジョージが恋しい。私たちが出会ってから 15 年が過ぎたが、連絡は取っていない。彼は、私がこれまでに出会った中で最もユーモアのある男性の一人だった。私たちはお互いの言葉を理解することはできなかったが、完璧なロンドンの街を旅し、さまざまなレストランで食事をし、葉巻を吸い、仲間意識を持って一緒に仕事をした。私たちは手話やジェスチャーを使った奇妙な話し方をしていた。何か食べたくなると、両手でお腹をさすりながらレストランを指さした。彼はすぐに私をそのレストランに連れて行き、一緒に料理を吟味した。彼は、私が好きそうな料理をいろいろと指差しながら提案してくれるのだが、私は少し考えてから、彼の薦める料理のひとつを指差した。彼は私のために注文してくれて、それを一緒に食べるんだ。一緒にいてとても楽しかった。ロンドンを故郷のように感じさせてくれたのは彼だ。

別れの日、ジョージは私にタバコを１箱くれた。私が気に入っていた銘柄で、インドでは簡単に手に入らないことを知っていたのだ。毎週1、２本しか吸わず、１本１本をゆっくり味わって吸っていた。初めて卵を丸ごと一個食べさせてもらった日の興奮と興奮、そして一口一口を味わったことを思い出した。あの頃は、もう二度と卵を欲しがる必要がないとは思ってもみなかった。同じように、ダンヒルの煙草も後年何箱か手に入れたが、ジョージがロンドンの数ある通りの小さな店の中で私に紹介してくれた日のことは永遠に忘れないだろう。

　テムズ・フェスティバルの孔雀船は、私が最も成功し、世界的な名声を得たプロジェクトのひとつである。それゆえ、ロンドンは私の心の中で常に特別な位置を占めている。

間奏曲

ナンディタ・パルチョードゥリは、私にとって『洗練』という言葉を体現する人間だった。私が彼女に初めて会ったのは、私がまだ3歳になったばかりの頃だった。私が今でも彼女のことを覚えている大きな理由のひとつは、彼女がロンドンから私のためにチョコレートの箱を持って帰ってきてくれたことだった。

彼女は文化事業家として、インドの民芸品、工芸品、パフォーマンスの分野で国際的なキュレーションやコンサルティングを行っている。背が高くスレンダーで、まっすぐな長い黒髪、黒く深い瞳、くすんだ肌を持つ彼女は、私がこれまでに出会った女性の中で最も威厳があり、エレガントな女性である。

約 17 年ぶりに彼女と連絡を取るにはどうしたらいいのかわからなかった。彼女が常に海外を飛び回り、多忙を極めていることは知っていた。彼女は私のことを覚えているだろうか？彼女は私のために時間を割いてくれるだろうか？WhatsAppのメールを打つ手が震えた。

灰色のダニ2匹に心臓がドキドキした。彼女は間違いなく私のメッセージを受け取っていた。あとは彼女の返事を待つだけだ。私の予想に反して、ダニは次の瞬間に青くなり、彼女の返事はすぐに返ってきた：

サムラーギ、私は今日、最高に幸せだ！コルカタに来てください。会って一緒にランチを食べましょう。私ができることは何でもお手伝いしますよ」。私はあなたの祖父とご家族を心から尊敬している。あなたは話し方を知らなかった！そして今、あなたは本を書いている彼女の返事はとても心温まるもので、私

は嬉しさのあまり寝室で小さなジグを踊りそうになった！しかし、私の大学はあと 1 カ月も開校しない。つまり、コルカタにすぐに行くことはできない。だから、私は彼女と電話で話さなければならなかった。私は彼女に窮状を説明した。彼女はそれでいいと思っているようで、次の電話を約束してくれた。

おはよう。

お元気ですか、奥さん？ようやく連絡が取れたとき、私は彼女に尋ねた。とても久しぶりです！』。

大丈夫だよ！元気だった？

最高だよ！でも、今すぐ話すのに都合がよければいいんだけど』。

もちろんです」と彼女は言った。それで、この会話をどう進めたい？私に質問したい？それとも全体的な意見が聞きたいのか？

いくつか聞きたいことがあるんだ。でも、おじいちゃんとの経験について、何でもいいから教えてほしい』。

じゃあ、始めよう』。

私は最初の質問をした。どうやっておじいちゃんと知り合ったの？

私の仕事は、伝統的な技術を現代的な方法で使うことなの。チャンダナガルの灯りを使って海外で何かをしようと考えたとき、私の頭の中にはいくつかのアイデアがありました。でも、誰が作るのか分からなかった。コルカタで聞き込みを始めたら、コルカタのさまざまなプージャー委員会の人たちが、最大の照明の仕事はスリダール・ダスという人がやっていると教えてくれた。そのうちの一人からあなたの祖父の電話番号を聞き、電話をかけてみたが、あなたの祖父は電話に出なかった。だから直接チャンダナガルに行った。私は彼に会って、私のアイデアを話した。そして素晴らしかったのは、チャンダナガルの全体的な雰囲気が非常に非ダイナミックでプロフェッショナルではなかったにもかかわらず、彼は清々しく違っていたことだ』。

彼はどう違ったのですか？私は知りたかった。

初めて会ったとき、彼はとても忙しい人だと言うだろうと思ったわ」と彼女は笑った。私のために時間を割いてくれることはないだろうし、セレブである私の計画や提案はとんでもないことだと思うだろうと思った。というのも、私が持っていたアイデアの種類は、当時チャンダナガルで行われていたものとはまったく異なっていたからだ』。

アイルランド・プロジェクトのアイデアということですか？

そう、アイルランド・プロジェクトで、ラーマーヤナの４つか５つの出来事に基づいたストーリーテリングの展覧会を企画したかったの。

クイーンズ大学のギャラリー？私は再確認した。その通りです。私がよく使っていたライトをご存知でしょう

しかし今回は、ライトアップをイベントの主役にしたかった。だから、私は基本的にライトを単なる装飾に使うのではなく、主役に据えた。これは、人々がやってきて、おじいさんの照明を通して語られる物語を聞く、光の展覧会になるはずだった』。

オーケー」。

だから、スリダール・ダにこのアイデアを話したら、彼はとても受け入れてくれて、目が輝き、タバコを吸うスピードがさらに速くなったわ」と彼女は笑った。彼はとても興奮し、喜んでいました！予想とは正反対だった。彼は「もちろん、やるよ！どうすればいいのか教えてほしい。あなたの言うことなら何でも聞きます」。まるで彼に酸素を与えて呼吸させているようだった』。

私は笑って答えた。

あのね、実はあの時、彼はとても退屈していたの」と彼女は説明した。彼にとって新しいことは何もなかった。彼の従業員であるスジトたちは、ルストゥムやムスタファたちとともにショーを運営していた。彼らは非常に効率的だった。彼はただ彼らの仕事を監督し、アイデアを与えるだけだった。あいつらのこと覚えてる？

ええ、もちろんです！全部覚えているよ』。

彼らは皆、何をすべきかを知っていた。彼は彼らを専門家にしたのだ。あなたのおじいちゃんは、契約を取り付けたり、アイデアを与えたり、技術的な問題について助言したりする以外、大したことをする必要はなかった。それで彼に声をかけたら、私が想像もしていなかったような出世をして、デザインも何もかも作ってくれたんだ。私たちはまた、この構造全体が2ヶ月間海の中に置かれることも考慮しなければならなかった。

はい」。

だから、私は多くの計画を立て、考えなければならなかったが、スリダール・ダが私が思いついたどんな狂気じみたアイデアにも耳を傾け、承認してくれたからこそ、それができたのだ。彼は大いに受け入れてくれた。そして、それを受け入れてくれる以上に、私が話したことよりも新しいアイデアを出してくれた。彼は新しいことをやって、本当に本領を発揮していたよ。

そう、彼はいつも新しいアイデアを試すのが好きだった」。『あのね、最も面白かったことのひとつは

私たちがベルファストに降り立ったとたん、労働者たちはこの街の人通りの少なさに気づいた。彼のその言い方には、私は大笑いさせられたわ！」彼女は昔を思い出してほほ笑んだ。しかし、プログラムは大成功で、テレビで放送され、新聞にも掲載され、来場者は光のショーについて素晴らしい批評を書いてくれた」。

これがラーマーヤナのパネルだったんですか？

ラーマーヤナのパネルだけでなく、ディワリについてのパネルもあります。「インドのディワリとは何か？ディワリはどのように祝われ、なぜ祝われるのか。また、パネルは壁に貼り付けられるのではなく、自立していた。パネルを好きな場所に移動させることができる。

ピーコック・バージは？

それが平台のトラックに載せられて、ロンドンの中心を通ったんです」と彼女は説明した。私たちはチャンダナガルでデザイン全体を作り、英国高等弁務官も見に行ったわ』。

祖父から聞いたよ

ロンドンでやったバージはブラックプールにも持って行った。ブラックプールは、6.2 ミニチュアや他のあらゆる種類のランプの発祥の地だが、彼らは固定ランプを使っていた。チャンダナガルはランプをアニメ化することで、それを何光年も先取りした。だからあなたの祖父はパイオニアと呼ばれている。彼はムービングライトのアイデアを最初に思いつき、凝ったデザインやテーマにムービングライトを使う方法を世界に教えた人物だ。しかし、ブラックプールはその点ではあまり進歩がなかった。このはしけは、ブラックプールのイルミネーション 125 周年を記念してブラックプールに運ばれた。ウィンター・ガーデンの講堂に展示されていた』。

だから、おじいちゃんはロンドン、ベルファスト、ブラックプールで働いていたのよ。そしてダラムも』と彼女は付け加えた。

彼はダラムで何をしていたんですか？

ダラムにはエルベット・ブリッジという 17 世紀の遺産として知られる巨大な橋がある」と彼女は教えてくれた。私たちは啓蒙フェスティバルのためにそこで働いたのよ。あなたの祖父は、あの橋の両端にある 2 つの巨大な門を飾った』。

ロサンゼルスでは何が行われたのですか？

ブラ・ディという人形の巨大な立体像よ。HIV の啓発キャンペーンが行われていた頃、UCLA とのプロジェクトの一環だったんです。ブラ・ディは、西ベンガル州の人々にHIV感染と予防について教育するため、テレビやラジオのコマーシャルに出演した人形である。スリダール・ダはブラ・ディの立体フィギュアを作り、LED ライトで飾った」。

祖父と仕事をした経験は？私は最後の質問をした。

彼は私が今まで出会った中で最も興味深く、革新的で知的な人です。彼は科学者になるべきだった！あるときロンドンで、トラックにピーコックバージを積んだとき、バージの帆が高すぎることに気づいた。ロンドンは橋が多いので、橋の下をくぐるには帆の高さを低くしなければならなかった。そのことを彼に話すと、ほんの数時間後に、彼は帆を橋の下に降ろし、橋を渡るとまた上がってくるようなことをしたんだ』。

ええ、そのことは聞いています」。

スリダール・ダと親しくなったイギリス人の電気技師がいた。彼の名前は覚えていない。一緒に彼のジープに乗り、仲良くタバコをふかしていたものだ。互いの言葉は理解できなかったが、翻訳も必要なかった。彼らはまるで長い間行方不明だった兄弟のようだった』。

ナンディタと話すのがこんなにスムーズで楽だとは思わなかった。彼女は話すことがたくさんあり、まだ覚えていることがたくさんあったので、私はほとんど質問する必要がなかった。会話の終わりに、私は彼女を私たちの家に招待した。彼女はそれを快諾し、同時にもっと早く私たちを訪れなかったことへの失望を表した。何カ月も前にチャンダナガルに行くべきだったわ。あなたの果樹園のマンゴーを食べることができたのに！当時はマンゴーに憧れる必要はなかった。あなたの祖父

以前はたくさん送ってくれたものだ』。

1ヵ月後

リビングルームのソファに座ってノートパソコンの画面を見つめていると、父が「何してるんだ？彼はある出張から帰国したばかりだった。

おじいちゃんの話をどうやって始めようか考えているんだ」私は顔を上げずに答えた。何から始めたらいいかわからないんだ」。

ああ、あの本？君のお母さんから聞いたよ。君がやってくれて本当に嬉しいよ』。

ツアーはどうだった？』私は彼を見上げて微笑んだ。楽しかった？

君たちがいないと楽しめないんだ。どちらかといえば、とても慌ただしかった。前よりずっと幸せそうに見えるようん、幸せだよ、父さん」私は微笑んだ。やっと

目的だ。

まあ、何か助けが必要なら』と彼は言った。ここにいるから』。

祖父について何か興味深い情報があれば、教えてください。とても助かるよ』。

彼はしばらく考えて、こう答えた。まあ、いくつかありますよ。しかし、残念ながら、それらは彼の苦悩や功績についてではない。役に立つと思う？

何についてですか」と私は不思議そうに尋ねた。

私が気づいた彼のある特異な特徴についてだ。彼がしてきたことで、私がその理由を解明できなかったことがあるんだ』。

彼らは良いのか悪いのか？

エキセントリックだ。あの男を突き止めることはできない』。

どういう意味ですか？

じゃあ、簡単な例を挙げよう」と、スーツにネクタイ姿のまま、ソファに座る私の横に座った父が言った。

ちょっと待って」と私は彼を呼び止め、携帯電話を探した。まずレコーダーのスイッチを入れさせて』。

今のは奇妙なことになりそうだ』。

そんなことはない。こうやってみんなにインタビューしてきたんだ。どこかの大学の講師になった気分だ」と父は笑った。さあ、始めよう」と私は興奮気味に言った。

会う前から、君のおじいさんのことはよく聞いていたよ」と父は言った。みんな彼のことを知っていたし、高く評価していた。当然のことながら、私は人の話を聞いて自分の意見を形成していた。でも、初めて彼を見たときは衝撃を受けたよ』。

どうして？

そんな有名な人とは全然見えなかったから！」と父は答えた。私は頭の中で全く違う想像をしていたので、彼に会うのは緊張した。しかし、いざやってみると、驚いたと同時にほっとした。彼はとても古くてシンプルなボタンダウンのシャツと、10 年以上前のものであることは間違いない、糸の切れたルーズなズボンをはいていた。成功者のイメージにそぐわない、飢えた芸術家のような無頓着な風貌だった。何か大きなイベントがない限り、彼がフォーマルなものを着ているのを見たことがない。そのようなイベントでも、彼はロイヤルブルーのブレザーを愛用していた。彼の昔の写真を見れば、どのイベントでも同じブレザーを着ているのがわかるだろう』。

まあ、彼はまだそうなんだろう？

ええ、でも今は家にいますよ。家では何を着てもいいんだ。しかし、私が初めて彼に会ったとき、彼は非常に忙しく、いつも出歩いていた。彼はほとんど家にいなかった。彼はどこに行くときも、いつもそういう格好をしていた』。

今でも、彼はインタビューのたびに同じ青い綿のシャツを着ている。そして、ジャーナリストが家に帰ると、彼はオフィスに座り、受賞歴に囲まれながら、その古く変色した青いシャツを着て、下はルンギを着て　いる。私は何度も彼に、せめてズボンはいいものを履くように言ってきた。でも、テーブルの上には上半身しか見えないし、ルンギー姿の方が自信を持って質問に答えられるから、意味がないって言うんだ」。

父はそれを見て思わず笑った。あの有名な青いシャツを知っている。弟のガネーシュ・カカが 70 歳の誕生日にプレゼントしてくれたんだ』。

そう、もう何年も前のことだけど、彼はどうしても手放そうとしないんだ」。当時、彼はまた、5 キロ先から近づいてくる音が聞こえるような、とても古いバジャージ・スクーターに乗っていた」と、父は笑いながら付け加えた。このあたりでは、かなり伝説的な乗り物でしたよ」。言い換えれば、もしあなたが彼を知らず、ただ街でランダムに出くわしたとしても、彼がそんな大物だとは決して思わないだろう。彼はとても平凡に見えた

地に足がついている私はうなずいた。

しかし、彼はとても強い個性の持ち主で、最終的に彼と話す機会を得たとき、すぐにその匂いを感じ取ることができた」と父は言った。とても素直で、ナンセンスな人だった。彼は藪をつつくような人は嫌いで、自分の意見を言うことにまったく問題はなかった。私がいつも彼を尊敬しているのは、彼が自分でないものになろうとしなかったことだ。

その通りだ』。

ある日、彼は自分の店からランプの箱を盗んだ少年を捕まえたんだ。祖父が何をしたか知っているか？

鉛筆の尻で頭をかきながら、私は彼に言った。母さんは、彼は誰がどんな悪いことをしようとも無関心だって言ってた。彼はそれをほとんど認めなかったという。だから、たぶん......彼は彼を無視して、何をしていても続けたんだと思う」。

いや、近づいて行って、手をつかんだんだ。そうすれば、ランプからより多くのお金を、より長い期間にわたって稼ぐことができるから。そして、工場に転がっていた予備のランプを数個、彼に渡した」。

なんだって？私の顔には衝撃が表れていた。

そうだ」と父は笑った。信じられるか？彼は泥棒を逃がしただけでなく、盗んだものから利益を得る方法をアドバイスした』。

愉快だね！」。

助けを求めてくる人がいれば、彼は食べ物や食料品を買ってあげたり、お金を渡す以外にも必要なものは何でも買ってあげた。プージャの季節に一度、彼は午後遅くに帰宅した。彼が皿に手をつけようとしたとき、一人の老人がドアをノックした。彼が何をしたと思う？

彼は老人に分け前の食べ物を差し出した。前におばあちゃんから聞いたことがあるような気がする』。

その通り！」と父は言った。ある者は家族の病気を抱え、ある者は子供の教育費が欲しく、ある者は単にラケットに所属していた。あなたの祖父は、子供たちの教育費が必要だと言ってやってくる人たちにとても寛大だった。それは、彼が持っていたソフトスポットのひとつだった。おそらく、正式な教育を受けることの重要性に、人生の後半になって気づいたからだろう。もしあなたの祖父が正式な教育を受けていたら、間違いなく今頃は重要な科学的発見をしていただろう』。

その通りだ」と私は思った。

病気で苦しんでいる家族のために金を貸してくれと頼みに来る者を、彼は追いかけ、あるいは部下の一人を送り込んで、本当に病気で苦しんでいる家族がいるかどうかを調査させた。そして、そのような状況では、彼の息子たちが、そのような男たちによって、通りの真ん中で見捨てられることが何度もあった。でも、もし本当に病気の人が見つかったら、おじいさんは適切な治療を受けさせ、処方された薬を買ってあげるために、できる限りのことをしただろう』。

彼はとても親切だった

あなたの祖父は施しをする相手をとても選んでいた」と父は答えた。たいていは、食べ物や服や薬を買ってあげたり、彼らの必要を満たそうとした。しかし、健常者に出くわすと、自分のために雇ってやると申し出た。彼は、彼らの食事や宿泊を別々に手配し、彼らの家族に危機があれば、彼らに寄り添った。今、この業界にはそのような人々が大勢いる。彼らはみな仕事を学び、今では大成功を収めている』。

ええ、私も何人か知っていると思います」。

面白いことを思い出したんだ。外の通りの両脇にデブダルの木が植わっているだろ？

ジャパンタラまでの通り沿いに植えられているものですか？美しいデブダルの木が 80 本、そのうちの 40 本が通りの両側に植えられている。街路の景観を向上させるだけでなく、この辺りの空気を清浄に保つはずだった。あるとき、手に負えない隣人がいて、自分の家の近くに植えてあった木を切り落とした。あなたの祖父がその理由を尋ねに行くと、その男は行儀が悪く、自分の権威を疑った。あなたの祖父は市長のところに直行し、彼に苦情を申し立てた。そして息子たちと一緒にその隣人の家に行き、市長の通知書を彼のテーブルに叩きつけ、別のもっと大きな木を植えた。

同じ場所だ』。

私はソファの上で思わず二重に笑った。二人とも何笑ってるのよ」母は、父にキッチンからお茶を汲んでくるために外に出ていた、

が知りたがった。

パパは、おじいちゃんがどんなに風変わりだったかを話してくれたんだ」と私はまだ笑いながら彼女に言った。

どんなクセ？

私は父から聞いた話を簡単に話した。

あら、他にもたくさんあるわ！」と母は言い、椅子のひとつに腰を下ろした。お祖父さんが友達と賭けをしたとき、墓場で一晩中一人で過ごしたことがあるのを知ってる？

いや、全然知らなかった！」と私は叫んだ。私は叫んだ。翌朝の彼の反応は？

何もない」と母は答えた。絶対に何もない！彼はまったく怖がっていなかった。幽霊は見ていない。彼はまったく問題なかった。翌朝、プロジェクトの斬新なアイデアを持って帰宅し、平穏と静寂を満喫したという。そして、毎晩テラスで一人で寝るようになった』。

私は背筋がゾクゾクするのを感じた。近所の屋敷にある大きなリンゴの木に、殺されたバラモンの霊が取り憑いていると

いう話を聞いたことがあった。夜、テラスから大きな足音がよく聞こえてきて、おばあちゃんはよく、あれはブラフマダイティヤが歩いて いるのだと言っていた。近所の多くの人が彼を見たと報告していた。チャウドリー・バガンのある男性は、木の前を通り過ぎるとき、退屈そうな霊につまらない質問をされ、気を失ったという。子供の頃、夜遅くに一人でテラスに行くなんて夢にも思わなかったし、ましてやそこで寝るなんて。しかし、大人になるにつれて、私はその話をあまり信じなくなった。しかし、私の中には、おそらく幼い頃からの名残なのだろうが、あのリンゴの木の話になると不安になる部分があった。

彼はブラフマディーヤを見たことがありますか」と私は尋ねた。

いいえ」と母は答えた。代わりに大きなハクビシンを見て、枕を投げつけたのよ。しかし、それでもハクビシンは毎晩彼を訪ねるのを止めなかった。結局は餌付けを始めたんだと思う』。

ワオ！」と私は笑った。彼は一人前よ、マジで』。私が若い頃、父は法会の前に新しい服をほとんど買ってくれなかった。母が着ていたサリーは数枚だけだった。彼女がどこかへ出かけなければならないときはいつも、私は叔母の家に立ち寄って、彼女のためにサリーや装飾品を借りなければならなかった。彼女は好き嫌いに関係なく、彼らの服やジュエリーを身に着けていた』。

なぜ彼は彼女のものを買ってあげなかったんだ？

母が答えた。小さな土地に投資したりね。当時は土地が比較的安かった。彼は無駄な出費を好まなかった』。

あれは彼の非常に賢明で経済的な決断だった」と父が口を挟んだ。

一日おきに不必要なもので子供を甘やかしておきながら、経済的なことを言うな』と母は言った。

父と私は視線を交わした。

子供を甘やかしているとは思わない』と父は言った。いい父親になるためにベストを尽くしているだけだ』。やり過ぎることもあるかもしれない。でも私が望むのは、彼らが幸せで愛されていると感じることだ。この 2、3 日、みんなに会いたかったよ！』。

それで、何を持って帰ってきたの」と母はからかった。息子にチョコレートを2箱持ってきたのね。娘さんに新しいバッグを。奥さんは？

父は咳払いをした。そして、いたずらっぽく目を輝かせて言った。

母は怪訝そうな顔をしたが、その微笑みにはほのかな喜びがあり、内心感動していることは明らかだった。彼女は自己満足に浸りながら冷蔵庫に向かい、扉をひとつ開けると、嬉しそうに小さな悲鳴を上げた。

アーモンドキューブとクリームロールよ！」彼女はフルーリーの鮮やかなピンクの箱を賞品のように手に持ってほほえんだ。あちこちでクリームロールを探していたの。もう作っていないと思っていた。どうやって見つけたんだ？

求めよ、さらば与えられん』と父は誇らしげに答えた。彼は良い父親であるだけでなく、良い人生のパートナーでもあるんだ』。

私は彼女に言った。

アーモンドキューブをせっせと齧り、目を閉じて味わう母の姿に、私は子供の姿を見た。ありがとう、あなた！」彼女はケーキを口に含みながら言った。

これでしばらくは彼女の気を引くことができる」と私は父にささやいた。さっきの続きをお願いします』。

えーと、何を言っていたか覚えていないんだ」父は少し恥ずかしそうに顎を撫でた。そうそう・・・覚えてるよ！」。

素晴らしい！続けて。

私は投資家に向いていないことは認めます」と彼は話し始めた。しかし、だからといって、あなたの祖父を高く評価し、彼のようになりたいと思うことを止めはしない。実際、私が彼に最も感心したのは、見栄を張ったり、財産を持っていることを見せびらかしたりすることにお金を浪費しなかったことだ。彼はすべてを投資し、将来のこと、私たちのこと、あなたとボニーのことを考えていた』。

ええ、彼は贅沢をしたことがありません。その通りだ』。シンプルな生活と高い思考、それが彼の信条だった」。

彼のようになりたいとずっと思っていたんだ』。

あなたの祖父は、シンプルな生活と高い思考を確かに信じていました」と、アーモンドキューブを食べ終えた母が相槌を打った。でも同時に、要人がよく私たちを訪ねてくることも意識していたようです」。だから、外見的な豊かさが求められたのだ。だから彼は、そんな余裕もないのにこの家を建て、中古車を買った。彼はたくさんのお金を借りたので、お金の価値を知っていた。彼は決して無駄なことには使わなかった。それでも彼は非常に寛大で、大家族を維持していた』。

私はうなずいた。

お前の祖父は芸術家だけではなかった。でも、かなりビジネスの才覚もあった」。

確かにそうだった」と母は同意した。

よく見てごらん」父は母に向き直り、「君のお父さんは、眠っている現金など持っていなかった。彼は驚くほど先見の明もあった。彼は自分の未来だけでなく、私たちの未来も確保しようとした。今日に至るまで、彼は健全な財務アドバイスを行っている。私たちは彼を称賛すべきだ。

1980 年代後半にあなたと出会っていたら、父は喜んで私を家から追い出し、あなたを一人息子として養子に迎えていたでしょう」と母はクリームロールを半分に割ってコメントした。とにかく、私は明日学校に行くボニーの荷造りを手伝わなくちゃ。二人は話し合いを続けてくれ』。

そうか、父さん、他に何か覚えていることはないか」「今思い出せるのはそれだけだ」と父さんは答えた、

立ち上がる。でも、何か面白いことを思い出したらすぐに知らせるよ」。シャワーを浴びてくるよ。慌ただしい一日だった。3 便連続だ。

もちろん、そして本当にありがとう、お父さん！』。私は感謝の気持ちを伝えた。おじいちゃんのことで、最高の話し合いができた。まさに私が必要としていたものだ』。

どういたしまして」と彼は温かく微笑んだ。他に何か私の助けが必要なら言ってください』。

祖父の回想

目の前が暗くなり、過去 76 年間の無数の思い出が突然ドアをノックしてくる。中に入れるべきでしょうか？それともドアに出ない方がいい？決めるのが怖かった。しかし、あなたはそこに立ち、期待に満ちたまなざしで私を見ていた。頬に色がない。あなたの笑顔も、以前ほど明るくない。最近、体調がよくなかったんだ」とあなたは私に言った。そのとき、私の心は粉々に砕け散った。私はドアを開け、思い出を中に入れた。私はあなたの治療のためなら何でもする。

あなたを見ていると、19 歳の女性には見えなかったからです。オレンジ色のタオルに包まれた小さな天使が、私の腕の中でもぞもぞと動いているのを見たのは、出産からわずか 1 時間後のことだった。太いまつげで飾られたあなたの大きくて黒い目は、私がこれまで見た中で最も美しいものだった。病室全体を照らしているようだった！あなたのかすかな叫び声はほとんど聞こえないが、私の耳にはとても心地よく、まるで鐘の音のようだった。私の心の琴線に触れた。とても不思議な感覚だった。あなたはとてもか弱く、繊細だった！完璧でありながら無防備。目の端からこっそりこぼれた涙が、あなたの小さな鼻の先でひときわ目立っているのを、私は知らなかった。2 月の寒く青い朝、私があなたに感じたような気持ちを、私は自分の娘に感じたことがないのだと、そのとき痛感した。

その時、私はあなたが私のものであり、守り、育て、大切にし、誇りに思うのだと知った。では、もし私が良い父親になれなかったとしたら？私はまだいい祖父でいられる！

スミトラ』！なんて美しい子なんだろう！』って。すぐにおばあさんに電話したのを覚えている。とてもきれいね！大きな目だ！彼女は頭髪がふさふさで、自分の目で見るまで信じてもらえないだろうね』。

もう大丈夫です」おばあさんの心配そうな声が、私の古い携帯電話から聞こえてきた。でも娘はどうなるの？彼女を見たか？彼女は大丈夫か？

何を言っているんだ？聞こえないよ！』。

ミニはどうしたの？私たちのミニは大丈夫なの？確認しに行かなくちゃ』。

娘のことは聞かなかったのか？あなたはどんな変な人なの？

「ああ！心配しないで、彼女は大丈夫に違いない！何がうまくいかないというのか？どうしていつもパニックになるんだ？

ミニの様子を見てきて、すぐに連絡してください』。

　思い出は落ち着くことを拒み、私の周りに残っている。彼らの歌声は尋常ではなく、眠気を誘う。そして小康状態に身を任せると、再び過去が蘇る。いくつものイメージ、いくつもの光景、いくつもの音、いくつもの感情が、まるで高速で飛び交う弾丸のように、テクニカラーな影を落としながら私の目の前を通り過ぎていく。

昼食はゆで卵！1人1枚ずつ！』。大声で泣いている自分が見える。おそらく、私が持っている最も古い記憶だろう。

ヴィカシュが私の肩に腕を回しているのが見える。彼の顔、笑顔、澄んだ輝く目が見える。君ならできる、スライダル！』。彼の言葉が聞こえる。彼のヘアオイルの香りを嗅ぎ、彼の服の爽やかさを感じ、彼がハグに飛び込んでくるたびに私の胸が高鳴った。自由奔放に次々と映像が点滅する。そして最後に、壁にかけられた彼の古い写真と、そのフレームに吊るされた花の紐が目に入る。それは私に大きな衝撃を与える。私の手を決して離さないと約束してくれた親友が、突然いなくなってしまったのだ。そのことを心に刻むのに数年かかった。いつか自分も同じ運命をたどることになるのだ。私もまた、一枚の絵、数枚の古い写真、新聞、ドキュメンタリー、賞という枠の中に封じ込められることになる。初めて水中ライトに成功したとき、

嬉しくて、輝いて帰ってきたのを覚えている。母は目の端で私を見た。彼女は一言も励ましの言葉を発しなかった。それどころか、兄がまだ工場から給料をもらっていないこと、食料品が不足していることを訴えた。彼女の顔に笑顔が浮かぶのを期待し、彼女が私を誇りに思ってくれるのを期待し、彼女の優しい手が私の頭を愛情たっぷりに撫でてくれるのを期待し、私は苦労して稼いだお金をすべて彼女の足元に置いた。見て、お母さん、私が作ったのよ！』と言いたかった。私の小さな期待が炎に包まれるのを見ながら。

それが、私にはまったく理解できなかったことのひとつだ。なぜ母は私にあんなに冷たかったのだろう？他の息子には愛情を注いでいるのに、どうして一人の息子には無関心なのだろう？私がジュート工場で働いていなかったから？彼女の意思に反してスミトラと結婚したからか？しかし、それはずっと後のことだ。彼女の不満の原因はいったい何だったのか？彼女の顔、冷たく硬い目、動かない唇、容赦ない無関心を思い出すと、私の古い神経が震える。彼女は、私がこれまで印象づけようとした唯一の人だった。そして、私は毎回失敗していた。私は母との奇妙に不穏な思い出に心を閉ざそうとしたが、それらはじっと私を見つめ返していた。カミソリのように鋭い氷柱のような冷たい目が、私の頭の奥深くまで食い込んでくるのを感じる。彼女も亡くなってしまった今、私は終結を見出せないのだろうか？私も知らず知らずのうちに、娘に同じような仕打ちをしていたのだろうか？

私は 76 年間、波乱万丈の人生を送ってきた。この数年間がすべて同じだったわけではない。悲喜こもごも、勝利も失敗もあった。しかし、私が幼い頃に学んだことは、人生におい

てタダで手に入るものは何もないということだった！何事も、いつか何かしらの代償を払わなければならない。すべてのものには値段がついている。そして、犠牲はしばしば受け入れられる唯一の通貨である。

私の闘いは終わったのだ。私は代償を支払った。私の日々は数えられ、私の目の光はやがて消え去り、私の肉体は萎んで塵と化すだろう。登らなければならない山がいくつもあり、越えなければならない海がいくつもあり、到達しなければならないマイルストーンや乗り越えなければならないハードルがいくつもある。いつも成功するとは限らないが、決してあきらめないようにしなければならない。良い日もあれば悪い日もあり、晴れの日もあれば雨の日もあり、夜はどうしようもない暗闇に包まれる。すべてがうまくいかず、最も愛する人たちでさえあなたの背中を押すことを拒み、最も信頼していた共犯者があなたを見限るような局面もあるだろう。しかし、そうしてはいけない。あきらめないで。ちょっと待ってくれ。もう少しの辛抱だ。より良い日々がすぐそこに潜んでいる。立ち上がって歩き続ける。すぐにそこにたどり着くだろう。

今朝、『おじいちゃん、すべての目標を達成した今、どんな気持ち？私は本当のことを言うのをためらった。私が折れて、またあなたを悲しませることになるかもしれないと思った。真実は簡単には語れないし、受け入れることさえできない。今、私の思考を支配しているものがあるとすれば、それは死の恐怖だ。死、それは究極の真実であり、私たちが無視することはできても、決して避けることのできない現実である。毎日、呼吸をするたびに、その現実に少しずつ近づいているのがわかる。そして毎晩、眠るために目を閉じるとき、二度と目覚めないのではないかという恐怖に目を閉じる。眠っている間に死ぬのが最も簡単で苦痛のない死に方だろうが、もう二度と目を開けて君に会えないと思うと耐えられない。

君と離れたくないんだ。私がまだ生きているのは君のおかげ

だ。あなたは、私が日々より良くなるよう、何度も何度も背中を押してくれた人だ。若い頃、私の仕事はすべて

私はそのために生きてきた。それが私に目的を与えてくれた。でも引退して以来、私に希望と続ける目的を与えてくれたのはあなたです。

あなたは本当に魔法使いだわ、ダドゥ！」。私の童謡行列が成功した後、嬉しそうに泣いていたあなたのしわがれた声が今でも耳に残っている。

あなたの祖母はよく私に、あなたは孫娘に生まれ変わった私の母なのだろうと言う。母がまたこの世に戻ってきたのは、その償いをするためだと彼女は言う。私は死後の世界という概念を信じてこなかったからだ。

生まれたばかりの小さな赤ちゃんから、私はあなたの成長を見てきた。あなたはいつもとても変わっていて、ユニークだった。あなたが大切にしていたのは、絵本と弟と、毎年学校で獲得するメダルだけだった。数年前のある日、あなたが私のオフィスの真ん中に立ち、腰に手を当てて『いつか私の賞金があなたの賞金を上回る日が来る！』と宣言したことを覚えている。

そして、大きくなったら何になりたいかと聞いたら、とても長い間考えて、『農夫になりたい』と言った。自分の小さな農場を持ちたい！ウィロー・ファームの子供たちのように！』。

何？と私は尋ねた。

ウィロー・ファームの子供たち私の親友よ！』。あなたが読んでいた本に載っていた人たちなの？

はい！」とあなたは答え、目を大きく輝かせた。でも本物よ！彼らはみんな、私にとって本物なんだ

後に私が購入し、あなたのために小さな農場にした小さな土地で、あなたが踊っている姿が今でも目に浮かぶ。ストラン

ドロードの公園が大好きだったから、ブランコや滑り台、シーソーもそこに設置したんだ。マンゴーの木の下で寝そべってポーズをとっている姿が目に浮かぶ。植物に水をやり、花の手入れをし、スプリンクラーで水浴びをする姿が目に浮かぶ。レモンが育ち、トマトが赤くなるのを待っているのが見える。高く高く揺られ、トンネルの滑り台を滑り降り、シーソーの全長でバランスを取りながら、臆することなく進む姿が目に浮かぶ。私の耳にとても甘かったあなたの小さな声、いつも鐘の音のように聞こえていたあなたの軽快な笑い声が聞こえる。あなたが赤ちゃんから大人へと進化するのを私は見ている。思い出の中に入れてしまった今、彼らは離れようとしない。私は、あなたが夢を生きる姿を見るために生きたい。私は、あなたが作家になってたくさんの本を出版するのを見届けたい。私は曽祖父になるまで生きたい。曽孫が私の膝の上に座り、私の月桂樹で遊んでいる。私は、あなたの受賞数が私の受賞数を上回り、あなたの名前が空で最も輝く星のように輝くのを見たい。しかし、すべてが不可能に思える。君の能力に関しては微塵も疑っていないけど、ただ、もう自分に自信がないんだ。

あと１年だけ』と毎日自分に言い聞かせている。もう１日だけ』と言わなければならない時が来るなんて考えたくない。

セレブであることの目新しさはやがて薄れると言われる。だから今、私の業績は何の意味もないのだろうか？私がセレブとして過ごした日々、あなたのおばあさんが一人で寝ている間に工場で働いた夜が、私を嘲笑するために戻ってくる。君が子供の頃、もっと一緒にいたかった。若い頃、もっと家族と一緒にいたかった。

もっと愛情深く、感謝の気持ちを忘れない父親、もっと妻に愛情を伝える思いやりのある夫でありたかった。私生活と仕事とのバランスが取れていればよかったのですが。でも、それが私の払った代償だ。それは私が犠牲にした人生だ。今日、私はときどき自問せずにはいられない。私は高い代償を払ったのだろうか？勇気がなくて認められない答えがある。

私は死後の世界を信じたことはない。でも、歳を重ねるにつれて、それを願わずにはいられなくなる。もっと怖いのは、自分がどこへ行くのかわからないという事実だ。幸せな場所ですか？人生をやり直せる場所なのだろうか？私の元を去った友人たちに会える場所なのか？そういう場所があれば、ぜひ参加したい。ただし、地上の記憶をすべて浄化してからだ。なぜなら、君なしには、家族なしには、そこで幸せに暮らすことはできないからだ。

私の生涯で祈ったことはただひとつ、愛する人たちがこの世を去る前にこの世を去ることだった。そして今、私の時が来て、私の日々は終わろうとしている。時間を持て余す忙しい男としてではなく、人生のささやかなものを大切にできる素朴な男として、もう一度人生を生き直したい。しかし、それは自然の法則に反する。

　私の希望でいてくれて、誰もしてくれなかった方法で私を愛してくれて、私の光が衰えかけていたときでさえ、私をスターのように感じさせてくれて、『魔法使い』のように感じさせてくれて、ありがとう。私のインタビューをすべて横取りし、私の新しいデザインをすべて描きたがり、すべての授賞式に同行してくれてありがとう。シンプルな生活がどのようなものかを教えてくれてありがとう。あなたのおかげで、私は若い頃に逃してしまった人生のささやかな喜びを経験することができた。あなたのおかげで娘の成長を見ることができた。あなたのために、私は限りなく人生を持ち続けたい。

両方の長所を持つことはできない。そして、人生の単純な喜びのほとんどを失ってしまったけれど、私が死んだら、私のことを思い出してくれるだろう。かつて私が 3 つの空き缶とセロハン紙の束から始めたこの産業は、これからも生計を立て、何千もの家族を養っていくだろう。彼らは今でも私のところにやってくる。いつかこの業界で大成功を収めたいと夢見る若い連中だ。彼らは重要な仕事の前に私の足に触れ、私の祝福を求める。そしてそのたびに、彼らの夢の輝きを目の当たりにして涙が溢れ、心の底から彼らの幸せを願う。私の後継者が私の遺産を引き継ぐ。チャンダナガルは歴史の中で常にその地位を占め、自動照明は決して廃れることはないだろう。私の家は常にランドマークであり、私の名前は決して無名になることはない。この業界が生き続ける限り、私は生き続ける。それが生きる価値のある人生でなかったとしたら、それは何だったのだろう？

死んでもまだ生きていると思いたい。ローラーに銅板を釘で打ち付けたり、LED のリード線をひねったり、ミニチュアの上にセロファンを巻いたりしたことのあるすべての手の中に生きている。チャンダナガルの通りを行き交うすべての行列のパネルや、光り輝く機械的な姿の中に生きている。あなたの中に生き、あなたの言葉の中にも生きている。私のすべての栄誉と証明書の中で生きている。私の名前を冠したすべての新聞で生きている。

記憶の中で生きている。芸術の中で生きている。

エピローグ

私の町の人々は、ジャガッダトリ・プージャの間はたいてい華やかに着飾る。普通のＴシャツ、破れたジーンズ、カジュアルな服を捨て、伝統的で民族的な衣装やアクセサリーを奮発する。髪の束から足の爪に至るまで、すべてがまばゆい光のようにキラキラと輝き、私の愛する街の隅々まで盛り上げてくれる。絶え間なく押し寄せる観光客や旅行者、お馴染みの駅での到着と出発のアナウンス、人々で賑わう通り、新しい服装で元気に走り回る子供たち、色とりどりの商品を舗道に並べる売り子たち、風船やキャンディ・フロス、漫画のお面やシャボン玉、プラスチック製の笛やおもちゃの銃の音、ダークのリズム、花やお香の匂いの中を、私は通りを歩いた。

その日はナバミで、プージャの４日目、最終日だった。奇をてらったつもりはない。ただ、派手な服を着たり、化粧やアクセサリーをつけたりするたびに、自分の外見を意識してしまい、プージャの本質を吸収できなかった。年に一度、あっという間に過ぎてしまうような４日間しかないのだから、今回は見逃すわけにはいかない。

おい、サミー！」と聞き覚えのある声がした。

振り返ると、見知った顔ぶれが明るく微笑み返していた。

「やあみんな！」私は驚いた。「元気だった？」「　「どうでしたか？」と彼らは私に尋ねました。

私たちが学校を出てから２年も経つのに、あなたは一度も連絡を取ろうとしなかったじゃない！」と一人が文句を言った。

携帯電話を変えて、連絡先を全部なくしてしまったんだ」と私は説明した。

いいえ！もう一人が言った。私たちはバカじゃない

それにフェイスブックもインスタグラムもやってないじゃない！」と別の人が付け加えた。どうしたんだ？

何でもないよ」と私は答えた。

みんなドレスアップして、ゴージャスなクルターやデザイナーズ・サリーを美しく着こなしていた。そんな彼らの横で、私は少し物足りなさを感じずにはいられなかった。でも大丈夫だった。私は自分の肌に馴染んでいたし、それがすべてだった。

一緒にどうだ？一緒にパンダル・ホッピングをしよう』。

実は今夜、ちょっと予定があるんだ」と私は答えた。でも、日にちを決めて、プジャの後で会いましょうよ」。

私は社交不安症だったが、それを隠すのが得意だった。必要なときは、他の人とうまく話すことができた。

もちろんだ！電話番号を教えてくれたら、WhatsApp のグループに追加して、デートの約束をしよう」と友人は言った。グループに加えられるかどうかはわからなかった。通知で溢れることのない落ち着いたWhatsApp 環境が好きだった。

しかし、旧友たちは私に特別に親切にしてくれていたし、嫌な態度をとって電話番号を控える理由もなかった。一握りの人たちと連絡を取り合っても損はないし、学生時代の友人と一度会うくらいならストレスもないだろうと自分に言い聞かせた。だから、彼らに私の電話番号を教えた。その瞬間、私はプジャのことしか頭になかった。時計は刻々と進み、やがて太陽は東の空を燃え上がらせ、偶像はトラックに積み込まれ、街灯は落とされ、街路樹の露店は撤去される。すぐにすべてが終わる。焦りを感じた。不安だった。だから、私はすぐに彼らに別れを告げて歩いた。

歩きながら、私は自分が変わったことに気づいた。気を紛らわすために始めた祖父へのインタビューは、結果的に私の精神衛生に素晴らしい効果をもたらし、知らず知らずのうちに陥っていた暗闇から私を救い出してくれた。これはずっと私の希望だったが、実現可能かどうかはわからなかった。祖父と過ごした時間が、私の人生全体の流れを変えたのだと気づいたのは、その後になってからだった。

だから私は賑やかな通りに出て、ありのままの自分でいた。周りの光に魅了された。どのパネルも祖父が作ったものではなかったが、そのひとつひとつに祖父の刻印があった。チャンダナガル・ジャガドハトリ・プージャの行列は、その壮大な光のディスプレイとともに、リオデジャネイロのカーニバルに次いで世界で２番目に長い行列であると信じられている。もし祖父が諦めていたらどうなっていただろうかと。もし彼が工場の仕事に就いていたら、あるいは批判や障害にくじかれて仕事をやめていたら、どうなっていただろうかと。ジャガッダトリー・プージャーは、現在の半分の栄光と祝典になるだろうか？それはあり得なかった。

祖父は、自分を辱めようとする者には目をつぶり、あらゆる批判には耳を貸さず、自分に危害を加えようとする者を無視してきた。彼は集中力を切らさず、自分の能力に自信を持ち、常に何かより大きく、より良いもの、新しいものを生み出そうとした。それが彼をここまで成長させた。

辞めるのは簡単だ」と彼はあるインタビューで語っていた。最大の転倒の後、すぐに立ち直るには本当の根性が必要だ』。たとえ不利な状況でも、ゼロからやり直す。すべての抑制や不都合を後席に置き、良いことは決して簡単にはやってこないという真実を受け入れることができて初めて、人生で価値ある何かを成し遂げることができるのだ』。

いくつかの通りには小さなメリーゴーランドや観覧車が設置され、順番を待つ子供や幼児の列が絶えることはなかった。

チャート、チェルプリ、ジャルムリ、フーチカを売る屋台の店員たちは、いつも手いっぱいだった。サモサやジャレビの匂いに食欲がそそられるが、寒気がして喉が痛くても、私はアイスクリームやアイスキャンディーの方に惹かれた。

その夜、家に帰る前に、最後にもう一度、家の隣にある派手なプージャ・パンダルを訪れた。入り口を通ると、*ダアキが*まだ*ダアクを* 演奏しているのが聞こえてきて、とても懐かしかった。子供の頃、自分がクマリだったことを思い出した。5歳から10歳までの女児であれば誰でもクマリに選ばれ、マア・ジャガッダトリの一日地上代理人となることができる。5 歳から 9 歳までの 4 年間、ナバミの朝になると、私はサリーと花輪でおめかしした偶像の足元に座り、女神と並んで礼拝されたものだ。*ダアキが* *ダアクを*奏で、僧侶がマントラを唱え、プージャーに参加する人々が私の足に触れ、祝福を求め、私の前に供物を置く。しかし後になって、ほとんどのマンダップでは、クマリになるのはサヴァルナの子供たちだけで、多くの場合は特にバラモン教徒に限られていることを知り、うんざりした。子供だった私は、こうしたことを何も知らなかったから、プージャーに対する興奮はまったく別の種類のものだった。それに当時、祖父はまだ商売を続けていて、毎年イルミネーションを点灯し、いくつもの賞を受賞し、有名人もたびたび我が家を訪れ、一緒に写真を撮ってくれたが、そんなことよりも私が毎年楽しみにしていたのはクマリ・プージャーだった。まるで女神と私がひとつになったかのように、女神を身近に感じることができた。

私は今、パンダルの中にいた。人でごった返していた。そしてそこにいたのは、25 フィート近くもあるジャガッダートリ女神で、獰猛な青い目をしたライオンの上に座り、豪華な赤いバナラシのサリーと重厚な黄金の宝飾品で燦然と輝いて見えた。最後にもう一度、私は彼女の大きな催眠術のような目を見て、手を合わせ、目を閉じ、頭を下げて祈った。彼女はすでに私の望みを知っていた。彼女はいつもそうだった。

そして歩いて家に戻った。

おい、見ろよ！あれがスリダール・ダスの家だ！』。正門を開けると、道行く誰かが言ったのが聞こえた。みんな不思議そうに私を見た。私は彼らに微笑みかけ、彼らも微笑み返した。

これは珍しいことではなかったが、誰かが我が家の前を通り過ぎるたびにそう言うので、私は微笑んでいた。14 歳で学校を中退した少年が、いつの日か一躍有名人になるとは誰が想像できただろうか。アルベルト・アインシュタインはかつて、『知性の真の証は知識ではなく想像力である』と言った。知識はもともと祖父が持っていたものではない。彼が持っていたのは想像力と、それをハードワークでバックアップする意欲だけだった。想像力が彼に道を示し、タイムリーな行動が彼にあらゆるチャンスを掴ませ、知識が勝手に彼を追いかけた。私の祖父のように、それぞれの小さなやり方で社会に貢献しながらも、実際には認められてこなかった人たちがたくさんいるに違いない。とはいえ、かつてロングフェローが書いたように、彼らはみな『時の砂に足跡』を残している。

　翌朝、太陽が昇り、新しい一日が始まった。新たなスタートだ。生きていることが幸せだった。その日はダシャーミ（浸礼の日）だった。早起きして、生産的になろうと決心した。暖かいベッドを出て、私は顔を洗いに行った。鏡を見ると、頬に色が戻っていることに少し自己満足を感じずにはいられなかった。そして突然、温かい喜びが波のように私を襲い、軽く幸せな気分になった。邪魔したくなかったんだ。暗雲がようやく晴れたのだろうか。

コーヒーの準備はできていたし、ノートパソコンの充電もできていた。窓の外を見ると、2 匹の子犬が道の真ん中で何食わぬ顔で遊んでいた。沿道に植えられた竹の建造物は、行列のために撤去されていた。太陽はまだ雲に隠れていたが、空は赤とオレンジに染まっていた。早起きした鳥たちが新しい日を迎えるために、さえずりやさえずりを響かせていた。そして私は、居心地のいいリクライニングチェアの窓際に座り、祖父がしたように、今日という日をつかみたい、人生を最大限に生かしたいという願望を抱きながら、それらすべてを眺めていた。

なぜ私は落ち込んでいたのだろう？それに対する答えはなかった。おそらく、いつかそのすべてを書くことになるだろう。しかし、その日は今日ではなかった。すべての物語に完璧な解決は必要ない。

　コーヒーを飲みながら、私は自分を少し誇らしく思わずにはいられなかった。祖父が最近、私とともに陥った暗闇を思い出した。ちょっとしたことも思い出せず、心に抱いたことをはっきりと表現することもできず、ただ暗い部屋で一日中眠っているような時期だった。そして今、彼を見ると、まったく別人のように見える。再び背筋を伸ばせるようになった人、旧友のひとりに会うために自転車に乗ってひとりで出かけ、午後 10 時少し前に自信に満ち、平然とした様子で無事に帰ってきた人が見える。

祖父が再び健康で元気になった姿を見て、私は新たな活力を得た。そして、彼の物語を知ることで、私は人として変わった。人生に対する新たな視点を与えてくれた。私は人生を通り過ぎたくなかった。彼は以前、私たちは決して望んだとおりのものを手に入れることはできないと私に言った。私たちはそれに値するものを手に入れるのだ』。そして、私たちが何に値するかは、私たちが何に値すると考えるかにかかっている。だから、常に大きな夢を持ち、余分なマイルを歩くことを厭わず、ゴールに到達するまで立ち止まらないことだ』。

なぜ彼は敵に対して行動を起こさないのかと私が尋ねたとき、彼の答えは『許して忘れなさい』だった。恨みを持つことは不健康だ。それはあなたの創造力を消費し、想像力を羽ばたかせることを妨げる。それに、私たちがこの惑星にいる時間はとても短く、毎日を生きること自体が奇跡なのだ。彼らを許してやってくれ。次の瞬間、自分にも相手にも何が待ち受けているかわからない。一人ひとりが自分の戦いを戦っている。生かさず殺さず』。

携帯電話の電源を入れ、「新着メッセージ 122 件」という WhatsApp の通知を見て驚いた。WhatsApp を開くと、昨夜会った友人たちから新しいグループに追加されていることに気づいた。そのグループには 48 人のメンバーがいた。グループを開いて、私について話している人の多さに圧倒された。彼らは皆、私がグループの中で存在感を示し、私の居場所や近況、ジャヤダプール大学での様子、そしてまだ独身かどうかについての質問に答えるのを待っていた。私は笑顔を浮かべながら、彼らの好奇心旺盛な問い合わせにすべて答えようとし、初めて彼らと再び連絡を取ることに不思議な喜びを感じた。

そして、リビングルームから祖父の声が聞こえた。

お茶をいただけますか？

母が彼にコップを注ぐ音が聞こえた。

今日はとてもフレッシュね」と彼女は明るく言った。それに、かなり早起きしたわね！』と。

ええ」と彼は答えた。日の出を見逃したくなかったんだ。朝はとても穏やかで平和なんだ』。

彼の物語を正当に評価できるかどうかはわからなかった。自分がこんなことをしていていいのか、まだ確信が持てなかった。私はこの本の完璧な冒頭をまだ見つけられていなかった。完璧な結末でもない。しかしまた、現実は完璧とは言い難く、人生は決してきれいに構成された物語には従っていない。混乱と混沌こそが、私たちに生き方を教えてくれる。私はコーヒーを飲み干し、ノートパソコンを開いた。

完璧である必要はない』と私の中の何かが言った。ただやればいい』と。

そして、この本の最初の行をタイプした。

www.ingramcontent.com/pod-product-compliance
Lightning Source LLC
LaVergne TN
LVHW091715070526
838199LV00050B/2409
* 9 7 8 9 3 6 4 9 4 3 7 8 9 *